Schnatterzahn

Fantasymärchen

Schnatterzahn

Ein Vorlesebuch zum Selberlesen

November 2023

Jan Bode

Umschlaggestaltung: Atelier Rikta
www.rikta-illustrationen.de

Illustrationen: Alex van Artic
alexvanartic/instagram.com

© 2023 Jan Bode
Herstellung und Verlag: BoD – Books on Demand,
Norderstedt
ISBN: 9783758309236

für Simon

Kapitel 1

Nichts beginnt jemals

Seht, liebe kleine und große Kinder, seht genau hin, dort ist sie: Hexe Schnatterzahn. Von guten Freunden einfach nur Schnatz genannt. Aber keine Angst, ihr denkt jetzt sicher: Hilfe, eine unheimliche Hexe, trau mich gar nicht weiter zu lesen. Oder: Neee, du bist ein Lügerer, es gibt gar keine Hexen. Doch, es sei euch gleich vorweg gesagt - es gibt sie! Aber es ist keine böse Hexe, nein, unsere Hexe nicht. Sie tat noch nie etwas Böses. Zumindest bisher. Es würde ihr im Moment auch schwerfallen, denn sie kämpft gerade mit einem Zauberschwert gegen eine Zyklopenarmee von einäugigen Kobolden, die zum Glück versehentlich zu grün gestreiftem Erdbeereis mit einem dicken Klecks Sahne und bunten Streuseln gefroren. Im Nu wurden sie von Schnatz mit größtem Genuss vernascht. Ihr üblicher Hexentraum.

Doch seht, schnell, dort ist sie immer noch. Wie sie leibt und lebt. Oder besser, wie sie schläft und aufwacht. »Uaaaah«, gähnte sie, rekelte und streckte die müden Glieder. Denn auch Hexen können nicht ewig im Bett liegen. Sie schwang schwungvoll die Beine über die Bettkante und rieb den Schlaf aus Augen und Ohren, bevor sie ihren verspannten Körper von staksigem Wuchs mühsam in die Höhe stemmte. Der Tag begann.

»Guten Morgen, Kater«, begrüßte sie ihren Kater. Einen richtigen Namen hatte er nämlich nicht. Den konnte sie sich nicht leisten. Deswegen hieß ihr Kater einfach nur Kater. Damit war er aber auch zufrieden. Es machte ihm nichts aus. Er trug ihn sogar mit Würde. Katzen hören sowieso nur auf ihren Namen, wenn sie Lust dazu haben. Einen richtigen eigenen Vornamen konnte sie sich selbst ja auch nicht leisten. Wozu auch? Was sollte sie denn dann auf ihr Klingelschild schreiben? Hexe Elfriede Schnatterzahn? Oder Hexe Chantal Schnatterzahn, 2. Stock, links? Das passt doch gar nicht. Klingt wie Puttchen Brammel auf Dorfkirmes. Schließlich wollte sie schon, dass die Leute ein wenig vor ihr bange sind, wenn sie denn einmal welche sehen würde. Doch leider sah sie niemand. Hexe ohne richtigen Vornamen Schnatterzahn wohnte nämlich mit Kater tief im Wald. So tief, dass nicht der kleinste Weg dorthin führte. In einem Land weit vor unserer Zeit. Im Mittagland. Das Morgen- und Abendland kannte jeder. Aber das Mittagland war noch völlig unerforscht. In einem abgelegenen Zipfel des Kontinents Amrosien. Gleich hinter Aferikan und dann hinter der Ecke geradeaus. Eine Gegend, die sich besonders durch ihre gesunde Luft und der trostlosen Einöde empfahl. Dorthin verschlug es sie einst. Dort wohnte, lebte und arbeitete sie. Mit Kater Kater. Und Rolf. Rolf, der Wolf.

Drei Freunde, wie sie unterschiedlicher kaum sein konnten, doch innerlich tief vereint, durch ihre charaktervolle Natur und ihr selbstloses Wesen.

»Rolf, bring mir doch bitte die Latschen. Die Woche ist rum, ich muss mich waschen.« Wolf Rolf ist ziemlich schlau. Ein sehr erfahrener Latschenbringer. Hexe Schnatterzahn wusch sich. Oder wenigstens tat sie das, was sie waschen nannte. In Wirklichkeit ging sie nur am Fenster vorbei und schaute hinaus zum Bach. Ein rauschender Bach mit ganz besonders nassem Wasser. Und sie dachte, wenn man Wasser nur sieht, reicht das, um sauber zu werden. Zähne putzte sie auch nicht mehr, seitdem die letzte Borste der Zahnbürste ausfiel. Deswegen hat sie nur noch diesen einen großen wackligen Zahn vorn im Mund, der auch noch weit hervorsteht, direkt unter der riesengroßen pickligen Hexenhakennase. Schnatterzahn heißt nicht umsonst Schnatterzahn. Ein geschäftstüchtiger Prothesenklempner hätte gut an ihr verdient.

Nach der ihrer Meinung nach ausgiebigen Morgenwäsche, setzte sie ihren Hut auf. Dies war jetzt aber mal ein richtiger Hexenhut. Hoch und tiefschwarz. Mit breiter Krempe und einem spitzen Zipfel am Ende.

Sie sah sich in ihrer Schlafstube um. Sollte sie aufräumen? Viel war nicht darin. Ihr Bett, ein alter abgewetzter Teppich, eine kleine Kommode mit der unbenutzten Waschschale. Daneben das Bücherregal. Es gab noch Platz neben den beiden Büchern. Spuren eifriger Benutzung suchte man daran vergebens. Schnatterzahns Vater hatte stets gesagt, Bücher erweichen das Gehirn. Also war lieber Vorsicht geboten. Viel besser als das Regal kam das Bild zur Geltung. Dieses große Bild an der Wand, das den Raum so richtig aufhübschte. Ein Blickfang der besonderen Art. Von ihr selbst gemalt. Mit einer wunderschönen bunten Blume. Eine Blume, so bunt, wie man sie mit schwarzer Farbe malen kann. Denn leider hatte sie damals keine andere. So wurde das Bild ganz schwarz und hängt nun windschief in seinem verwitterten Rahmen auf halb acht. Eine große Kunst, nur mit schwarzer Farbe, eine bunte Blume zu malen. Das sollte ihr erst einmal einer nachmachen. Ein wahrlich meisterliches Meisterwerk; das kann ich euch flüstern.

»Quak«, machte Rolf. Wenn Rolf quakte, freute er sich immer. Das sah man auch an seinem wedelnden Schwanz, an seinen gespitzten Ohren und dem aufmerksamen Blick. Rolf war schön und schlank und kräftig, wohlgestaltet bis in die Fellspitzen, ein Prachtexemplar von Wolf, mit allen Tugenden gewaschen, aber er konnte nur quaken. Wie eine Ente. Als kleinem Welpen erzählte man ihm, seine Eltern hätten eine Arbeit als Astronaut angenommen und wohnen nun auf dem Mond und die Rakete sei kaputt und das Raketenersatzteillager ist dort nicht vollständig und sie können gerade nicht zurück und noch viele andere Lügengeschichten. Er glaubte das nicht. Das war damals schon Quatsch. Und heute, nach der langen Zeit, noch viel quätscher. Allerdings wusste er es aber auch nicht besser. Zu seinem großen Glück wurde er als Babywolf von einer schnatternden Entenfamilie gefunden und großgezogen. Die Enten hatten ihn sehr lieb, nahmen ihn auf, wie ihr eigenes Kind. Wunderten sich nur, warum er nicht ausgebrütet werden musste. Es sah schon recht merkwürdig aus, als der kleine Wolf anfangs an den Zitzen der Entenmutter neben den anderen Küken gesäugt wurde. Alle taten in der Folge ihr Bestes. Brachten ihm mit viel Geduld das Schwimmen und Gründeln bei. Aber statt des Knurrens und Grollens, eben leider auch nur das Quaken. Eigentlich ist es ja egal, ob einer quakt oder bellt oder grunzt oder sonst was. Trotzdem wurde er später von den anderen Tieren oft ausgelacht. Da schämte er sich so sehr, dass er in den Wald lief. Immer tiefer und tiefer und noch tiefer. Bis dahin, wo gar keine Wege mehr sind. Und so kamen Rolf und Hexe Schnatterzahn zusammen. Sie kannte es nicht anders und hielt das Quaken für eine normale Marotte. Sogar für eine ganz besondere Begabung, worauf er stolz sein sollte. Seitdem ist Rolf ein treuer Gefährte.

»Komm, Rolf, wir müssen los, das Bett machen wir morgen.«

»Quak!«

Kater blieb liegen. Er war faul und frönte gernstens dem Müßiggang. Schlief lieber weiter. Mied meist die körperlichen Mühen des Alltags. Die waren ihm verpönt. Er zog als Krone der Erschöpfung die konsumfreie Freizeitgestaltung im wohlfühlorientierten Offline-Modus vor. Seine größte Leidenschaft: Turboschlummern bis die Haare bluten. Der Bummelant schlich jedes Mal heimlich ins Bett, wenn die beiden loszogen in den Wald. Denn sie gingen täglich in den Wald. Kräuter sammeln. Hexenhauptaufgabe. Kräuter sammeln für Hexengebräu.

Die sengende Sonne bollerte mit Hochdruck auf die sanft wehenden Sommerkronen der Bäume, als der Aufbruch nahte. Oft war es neblig und düster mit schwerem Gewölk und 'ner kurzen Husche. Heute aber brezelte der Ofen kristallklar vom stahlblauen Himmel herab. Es war gnadenlos heiß und knüppeltrocken. Die Luft flirrte über den Wiesen. Eigentlich bestes Kräutersammelwetter.

»Wir brauchen die dornige Mistelgarbe, halbgiftigen Löwenlattich, die seltenen Hufporlinge, Grabenmohn (den blauen), krosse Kekskresse und 'ne Tüte Chips.« Los ging's, in die unberührte Vegetation der näheren Umgebung. Schon nach kurzer Zeit fanden sie den ersten Löwenhufporlattich an der Kräuterlichtung, schnitten hie und da eine Handvoll mit der Sichel ab, verstauten es in ihrem Kräutertragebeutel und suchten emsig weiter. So wäre es eigentlich jeden Tag gewesen. Nur nicht heute. Denn unangenehm schrill klingelte auf einmal das Handy! Hexe Schnatterzahn erschrak. Ein unbeteiligter kleiner Lemming im nahen Buschwerk tat es ihr gleich und verschwand. Rolf spitzte die Ohren. Eine Stimme in ihm raunte mahnend zur Vorsicht. Er zog den Schwanz ein und quakte leise, was wohl ein Knurren sein sollte. Ein Handy? Waldhexe und Handy? Na ja, beim Kräutersammeln findet man so allerlei. Sogar Handys.

»Jaaa, äääh, hallooo, hier Fräulein Schnatterzahn, wer

spricht?«

»Guten Tag, verehrte Dame«, sagte eine überfreundliche künstliche Stimme, »wir gratulieren Ihnen, Sie wurden ...«

»Wie war Ihr Name?«

»... unter tausenden Kunden persönlich ausgewählt. Ihre Telefongesellschaft Smarttalk möchte Ihnen, sehr verehrtes Fräulein Platzhalter, ein einmaliges, hochinteressantes Angebot machen, mit dem Sie viel Geld sparen können. Für nur 9,99 Amros und ein paar Zerquetschte zusätzlich im ...«

»Wie bitte? Was kann ich?«

»... Monat können Sie ab sofort zwei Mal kostenlos und völlig unverbindlich in die Pampa zwischen zwei und drei Uhr nachts telefonieren. Es ist unglaublich aber wahr, so günstig wird es nie wieder, warten Sie nicht, seien Sie klug, greifen Sie schnell zu, bevor es zu spät ist. Die ersten Teilnehmer gewinnen garantiert eine absolute Luxustraumreise auf die Dameliven.«

»Wohin? Lademiven?«

»Es ist ganz leicht, drücken Sie einfach auf ...« Klack! Hexe Schnatterzahn beendete das nervtötende Gespräch. Nicht nur der Akku war am Ende, ihre Geduld auch. Vielleicht zu voreilig? Hätte sie vielleicht doch ...? Es ließ sich nicht leugnen, das Angebot schien immerhin sehr verlockend. Es klang so überzeugend. Bestimmt müsste man irgendwann ja mal nach Pampa telefonieren. Könnte doch sein. Und der Gewinn dieser Reise wurde schließlich garantiert. In Medaliven soll es immerhin die feinsten und erlesensten Kräuter geben. Aber nein, ausgeschlossen, so plump und billig ist sie mit ein paar abgedroschenen Phrasen nicht zu ködern. Die Vernunft hielt wieder Einzug.

»Was war *das* denn??? Da wird doch der Hund in der Pfanne verrückt. Hast du das gehört, Rolf? Was sollen wir?

15

Geld sparen? Wir sollen Geld sparen? Haben die 'ne Schraube locker? Was ist denn Geld? Ist das vonnöten? Geldkräuter? Gibt's die? Wächst das auf Bäumen? Gott ach Gott ach Gott. Noch nie bekamen wir einen Anruf und dann gleich so ein alberner Klimbim. Frechheit! So ein Lümmel! Ich bin entsetzt! Komm lass uns nach Hause. Mir ist ganz tüddelig nach diesem ganzen Geseiere. Mache uns erstmal eine Apfelschorle. Ohne Schorle. Die ist alle.«

»Quak!«

Sie gingen schleunigst zurück. Im Schweinsgalopp. Ihr schlotterten immer noch die Knie, als beide zu ihrem Hutzelhaus kamen.

Das Hutzelhaus hieß so, weil es genauso aussah. Nicht unbedingt das Letzte an Vollkommenheit, eher ein schrulliges Domizil, völlig verhutzelt, abgeschieden von allem, aber trotzdem irgendwie knuffig. Die Wände aus groben, rauen Brettern mit ein paar krummen Nägeln und viel Herzblut wackelig verbunden, die Zwischenräume mit Lehm notdürftig verschmiert, das Dach allerdings mit lose aneinandergelegten Ziegeln perfekt abgedichtet. Nicht der kleinste Tropfen drang hindurch. Allerdings nur, solange es nicht regnete. Kleine blinde Fenster, geräuschvoll quietschende Türen und nur zwei Räume. Eine Schlafstube und eine Wohn-, Arbeits-, Koch-, Spiel-, Abstell- und Gästestube. Halb unterkellert mit einem großen duftenden Kräuterlager. Die Statik wirkte zwar äußerst fragil, aber das Hutzelhaus war ein Traum. Sie fühlten sich sehr wohl darin. Keine lauten Nachbarn, keine Straßen, Autos, elektrische Rasenkantenschneider, dröhnende Laubbläser oder sonstiges Gelärm. Es war ihr Eigenes. Durch eigene Hand erschaffen. Ganz ohne zertifizierten Handwerksmeisterfachbetrieb. Jeder Stein atmete den süßen Schweiß der Erbauer. Mit Geduld und Spucke hatten sie lange geplant, konstruiert, gehämmert und gewerkelt und noch immer gab es keinen Termin für die amtliche Bauabnahme. Das war getreu der kolonischen Losung aber auch nicht weiter schlimm, denn och de Dom es nit an enem Dach jebaut wode.

Ihr Heim, ein Zufluchtsort, Unterschlupf und Refugium, ihre Trutzburg, die sie abschottet gegen die Gefahren des Draußens, ohne Bausparvertrag oder Immobiliendarlehen mit Disagio, festverzinslicher Laufzeit und Sondertilgungsrecht. Solche Sperenzien gab's hier nicht. Freiheit! Klare Luft, gesunde Natur, Vogelgezwitscher, Wetterunbill, rätselhafte Geräusche. Ein Kleinod umgeben vom wahren Luxus. Hier spürte man das Leben. Ein unbeschwertes Leben. Und das war gut so.

Kater sprang schnell aus dem Bett, als er die quietschende Tür hörte.

»Kater«, rief die Hexe, »Kater, komm, wir müssen Familienrat halten.« Alle drei saßen um den wackligen Holztisch. »Kater, du kannst dir nicht vorstellen, was passierte. Wir bekamen einen Anruf. Auf diesem ... dieser ... Mobilquetsche. Jemand will uns Geld geben, wenn wir nach Pampa telefonieren. Was hältst du davon?«

Kater war ein richtiger Tausendsassa, nicht gerade ein Hansdampf in allen Gassen, eher von beschaulicher, gemütlicher Natur, trotzdem ein gewieftes Schlitzohr, raffiniert durch und durch. Er hielt sich nämlich für multilingual; konnte natürlich selbst nicht wirklich reden, glaubte aber sämtliche Sprachen der Welt verstehen zu können. Kätzisch konnte er perfekt und ein paar Brocken Quak hatte er nach langen Studien perfektioniert und stolzierte nun die kurze Zeit außerhalb seiner faulen Phasen wegen beängstigender Überqualifikation hochnäsig wie ein feiner Herr durch die

Gegend. Eigentlich hatte er richtig was auf der Pfanne, doch was man nun schon wieder von ihm wollte, konnte er überhaupt nicht begreifen. Er verstand nur Bahnhof und guckte Löcher in die Luft. Es störte seinen ausgeprägten Hang zum ruhigen Lebenswandel nicht unerheblich; empfand es als lästige Nötigung, zu solch erhöhter Gedankentätigkeit provoziert zu werden. Allein die Tatsache begann ihn zu versöhnen, dass man einmal mehr seine scharfsinnige Geisteskraft zur Rettung der verzwickten Situation benötigte. Trotzdem, dieser spezielle Firlefanz umbrandete ihn auf bedrohliche Weise, zu einem sehr ungünstigen Zeitpunkt. Zudem entzogen sich die zutiefst komplizierten Zusammenhänge seiner Denkstruktur. Er hielt Maulaffen feil und schaute gerade trotz aller Cleverness ziemlich blöd aus der Wäsche. Pampe ... was? Häää? Das roch nach Anstrengung. Wenn er die Zeit dazu findet, würde er später vielleicht noch einmal darüber nachdenken. Jetzt kommt ihm alles gerade ziemlich ungelegen. Das schrie nach einer großzügigen Mütze Schlaf, und schon fiel das Universalgenie ohne schuldhafte Verzögerung auf die Seite, streckte kurz die Beine, räkelte den Rücken und schloss mit großer Sorgfalt die Augen.

Es verfloss eine sprachlose Ewigkeit von wenigen Sekunden, bis Schnatterzahn begriff.

»Siehst du Rolf, Kater hält gar nichts von dem ganzen Zinnober. Wie klug er ist. Weißt du was? Ich finde, Kater hat recht. Wir sollten dieses blöde Handy dahin bringen, wo es hingehört!«

Mit diesem knüppelharten Entschluss, im Sinne von Katers eindeutiger Stellungnahme, ging sie ohne viel Federlesens energischen Schrittes zur Tür hinaus, ließ dabei die Türangeln mit einem quälenden Quietschen aufschreien und warf entschlossen diesen Unsinnsapparat mit Schmackes in die randvoll gefüllte Regentonne. 'Platsch' machte es! Kleine Luftblasen stiegen empor, als plötzlich, noch im Fallen, ein gurgelnd schwurbelndes Klingeln dieses Sprechdings ertönte. Ein letztes Aufbäumen im Todeskampf des technologischen Fortschritts, das jedoch sogleich endgültig erstarb. Klappe zu, Affe tot, futschikato.

»Tja«, dachte Schnatz, »das ging ja gerade nochmal gut. Fast wäre ich auf einen gemeinen Schwindler reingefallen. So ein Schuft, soll er doch einen anderen suchen, dem er seinen Klumpatsch andreht. Wir haben alles, was wir brauchen. Dazu gehören doofes Geld und doofe Anrufe sicher nicht. Schon gar nicht nervige Handys. Die sind noch viel dooferer.«

Dann ging sie nach diesem ganzen verwirrenden Spektakel unter dem heiteren Gesang der Vögel des Waldes, leichten Schrittes, zufrieden und befreit ins Hutzelhaus zurück und machte allen die versprochene Apfelschorle.

Ohne Schorle. Die war alle.

Kapitel 2

Von einer, die auszog, die Lurchen zu lernen

Gegen Abend ging die Morgensonne im Mittagland langsam unter. Das Tageslicht verlor allmählich seine Wirkung. Der Mondschein schien schon schön. Er warf taumelnde Schatten durch die Fenster des Hutzelhauses, die auf den rissigen Bodendielen in griesegraue Fragmente zerflossen. Die Aufregung des Tages um zweifelhafte Sprechmaschinen hatte sich gelegt. Die Dinger konnten keinen Schaden mehr anrichten. Es fand seine letzte Ruhestätte in den unendlichen Tiefen der Regentonne. Die drei saßen wieder entspannt beim Abendbrot und aßen eine kräftige Kräutersuppe. Mit grünen Zwiebeln, überbackenen Krähenfüßen und Eierstich. Als Nachtisch heute: Rollmopsschokolade mit Lakritzecken. Nach einem Spezialrezept Schnatterzahns Mutter; der Elfenkönigin Prinzessin Schnuckelfee. Oft dachte Hexe Schnatterzahn sehnsüchtig an ihre Mutter zurück. Was war sie für eine liebe, schöne Frau. So anmutig, elegant, weise. Das samtrosa Kleidchen umschmeichelte sanft ihren perfekten Körper, wenn sie mit ihren engelsgleichen Flügeln im lautlosen Flug graziös durch die Bäume huschte. Das Elfenvolk huldigte ihr regelmäßig und bestimmte sie seit mehreren Perioden mit überwältigender Mehrheit als oberste Repräsentantin an die Spitze der Christlichen Elfenunion. Die Liebe des Volkes zu ihr kannte keine Grenzen, als man sie einfach nur noch Mutti nannte. Die Königin dankte es mit einem steten, unverbindlichen Lächeln. Und Steuererhöhungen.

Doch Mutter hatte einst auch Sorgen. Sie wünschte sich zu

Beginn ihrer Familienplanung sehnlichst ein Kind. Als allein regierende Monarchin ohne Rentenversicherungsansprüche benötigte sie dazu einen Partner an ihrer Seite. Doch das reichste Kleid ist oft gefüttert mit Herzeleid. Die Sehnsucht und Verzweiflung nach häuslicher und familiärer Unterstützung wurde so groß, dass sie auf dem Markt der Geschlechter ungewöhnliche Wege beschritt. In der Internethöhle hinterließ sie ihre Kontaktdaten und es wurde in großer Eile der Elfenbote in die Welt entsandt, um potentielle Interessenten anzulocken. Innerhalb kürzester Zeit trafen waschkörbeweise Fotos von halbseidenen Hallodris, anrüchigen Gspusis, aufgeblasenen Angebern oder dubiosen Schürzenjägern ein. Dazu kurze Briefe voller Rechtschreibfähler und einem schnarchigen Schmonzius langweiliger Floskeln. Elfenkönigin Schnuckelfee sah die Bilder der Bewerber mit einigem Unwillen genau durch. Mit jedem Bild schwand der Mut jedoch rasch dahin. Allesamt geschniegelte Lackaffen, mit denen man bestimmt nur Maleschen hatte. Brav, bieder, schrullig, hausbacken und reizlos. Mit dem üblichen Killefitz hitziger Günstlinge: Pomade im Haar, abgekauten Fußnägeln, rotknolligen Säufernasen, Manschettenknöpfen am Ärmel oder anderen befremdlichen Abscheulichkeiten. Grässlich!

»Ogottogott, ich sollte mich bei 'Königin sucht Mann' bewerben«, dachte sie noch, unmittelbar bevor sie seiner gewahr wurde und es in ihrem Innern zu schwirren begann. Donnerkiesel! Wie ein Blitz durchfuhr es ihren Leib. Die feinen Körperhärchen stellten sich auf, die Schweißdrüsen verrichteten Schwerstarbeit, der Bauch bubberte. Jep, das ist er, genau so sollte er sein. Er nahm sie innerlich sofort gefangen. Das Bild ging ihr nicht mehr aus dem Kopf. Sie schwor im ersten Moment, ihm ewig treu und ergeben sein zu wollen. Es machte Plingplong in ihr. Der Verstand lief auf äußerster Sparflamme, das Herz jubilierte, im Bauch donnerte ein Trommelwirbel, die Glocken erklangen hell und es war um sie geschehen.

Auf diese glücksverwöhnte Weise ging Mutter also eine Liaison mit einem Piraten ein. Ein Pirat, diese glorreiche Verkörperung der ungeschliffenen Männlichkeit, mit allen Ecken und Kanten, grobschlächtig und bärbeißig, von anfangs strittigen Rufs. Ein typischer Vertreter seiner Zunft, denn er erfüllte sämtliche Erwartungen an einen Piraten. Er trug einen schwarzen Totenkopfhut über einer Frisur, die offensichtlich jeglichen Gehorsam strikt verweigerte. Dazu ein dunkler Vollbart, schiefe Augenklappe, braungebrannte Nase, zerfranste Klamotten, kariöse Zahnfäule und wahrhaftig hatte er einen großen Anker auf dem Unterarm tätowiert. Der um das Ankertau kunstvoll verschnörkelte Schriftzug 'Mutti' vervollständigte das Bild. Damit verflüchtigten sich natürlich auch noch die allerletzten Zweifel der Prinzessin. Sein berufsbedingtes Holzbein störte nicht weiter. Es war ihm gar nicht mehr bewusst, wann er diese anatomische Optimierung machen ließ. Die Krankenakte gab darüber keinen näheren Aufschluss. Seine Mutter hatte auch eins. Vermutlich wurde es vererbt und er kam bereits mit Holzbein, Vollbart und Augenklappe auf die Welt.

Der Pirat hieß Alfred. Alfred-Ambrosius Göbel-Meierhoff. Zugegeben, kein typischer Piratenname. Seine Kumpane nannten ihn lieber nur Piesel-Backe. Das klang besser als: »Sehr geehrter Herr Göbel-Meierhoff, wären Sie so freundlich und reichen mir doch bitte eben das Fass Rum, da ich das Bedürfnis verspüre, mich noch ein wenig zu stärken, bevor ich mir das Handelsschiff gegenüber in meinen unehrenhaften Besitz überführe?« Nein, das ist kein Piratenslang. »Ey, Piesel-Backe, Buddel Rum her und dann machen wa die ollen Klabautermänner da drüben feddisch, hohoho.« Ja, *so* sprachen Piraten, um halbstarke Halunken und hartgesottene Haudegen gleichermaßen zu beeindrucken. Es herrschten raue Seefahrerzeiten. Jeder, der kleinste Anzeichen von Meuterei zeigte oder nicht in der Gunst des Kapitäns stand, ging schnurstracks über den Jordan. Die Delinquenten wurden unter dem dröhnenden Gejohle der Aufwiegler ordentlich verschnürt und umgehend zu Fischfutter umdeklariert. Skandalös, aber unvermeidlich. An Land ging es nicht viel besser zu. Meist endete es zwischen den fleischprotzenden Muskelmännern nach rüder Rauferei oder anderer Kinkerlitzchen bei den gefräßigen Ratten im Kittchen der Hafenkloake. Tagediebe, Schurken, Nichtsnutze, Strolche, Lotterbuben, Gauner, Bagaluten, Scharlatane und Tunichtgute wohin man schaute. Die Polente hatte sie stets im Auge. Und wenn diese lichtscheue Piratenmeute, die gerne einen pichelte, in den verruchten Amüsierlokalen des Hafens von Sansibar ihre armselige Heuer verzechte, grölten und sangen sie in ihrer Trunksucht als Freibeuter auf den Meeren Amrosiens die üblichen Gassenhauer: »Oh mamma mia, im Keller ist ein Rohr geplatzt« oder »Potztausend, wir stechen in See, du schöne Meerjungfrau«. Das reimte sich zwar nicht, doch fällt es ins Gewicht?

Alfred sprach, trank und sang nicht nur wie ein Pirat, er war auch so behaart. Alfred war so behaart, dass er nach der Dusche seinen Rücken föhnen musste. Der Föhn war jedoch noch gar nicht erfunden, sodass er trotz seines begeisternden Hobbys, der Sammlung von Eierfiguren, depressiv wurde. Er stellte einen Antrag beim Bezirksamt für Freibeuterei, Schiffsenterungen und Piraterie, kündigte seinen Seeräuberberuf aus psychosozialen Gründen und verzichtete von Stund an auf das Duschen. Nach einigen Monaten stank er bis nach

Meppen.

Doch Elfen empfinden diesen Geruch anders. Elfen sind so feinfühlig und zartgliedrig, dass derbe Grobschlächtigkeiten und intensive Geruchserfahrungen eher anziehend auf sie wirken. Diese Gegensätze sind interessant und erstrebenswert. Besser als den ganzen Tag durch den Wald zu huschen und triefende Balladen zu trällern. So ein richtiger Pirat, breitschultrig, der anpacken konnte mit Händen wie Bratpfannen, handwerklich geschickt, stark und robust und trotzdem emotional empfindsam wie ein Babypopo. Ein verdammtes Mannsbild eben! Ja, das war der Traum einer jeden Elfe. Ömmes, mer stonn zo dir un et kütt, wie et kütt. So kam es, wie es kommen wollte. Diesem ungleichen Paar ward ein Kind geboren.

Rosemarie Göbel-Meierhoff, noch süßer und schöner, als der Name es je vermuten ließ. Sie wuchs heran in trauter Familienherrlichkeit. Umgarnt von Elfennannys, verwöhnt von Mutter und besonders vom treusorgenden Vater. Aus Mangel an Flugeigenschaften trug er sein geliebtes Töchterchen unermüdlich durch Wald und Flur, unterrichtete sie in Armdrücken und Schnapsbrennen und beschützte sie vor allem Bösen, das es im Elfenwald allerdings so gar nicht gab. Dennoch glich Rosemarie in ihrer zerbrechlichen Sanftmut eher ihrer Mutter. Mit den zartesten Elfenflügeln, wie man sie schöner zuvor nie sah, schwebte sie durch den Wald und entwickelte ein großes Talent für Musik und Kunst. Ein Jeder war entzückt, ihrer ansichtig geworden zu sein. Die Lebensgeister sprudelten in den schillerndsten Farben. Trotzdem fehlte noch etwas, um die Herrlichkeit perfekt zu machen.

»Mama«, sprach Rosemarie eines Tages mit ihrer zuckersüßen Stimme, »Mama, ich hätte so gern ein Schwesterchen. Dann könnten wir gemeinsam musizieren und die Schmetterlinge beobachten und die Butterblumen pflegen. Bitte, Mama, kaufst du mir eins?«

»Kind, ich wollte es dir schon lange sagen, Papa und ich bestellten vor einiger Zeit in Amazonien ein ganz reizendes Geschwisterchen für dich. Du wirst staunen. Es dauert nicht mehr lange und wir sind zu viert.« Rosemarie wandte sich ungläubig an ihren Vater. Ihre Augen glitzerten.

»Papa, stimmt das, ihr habt mir wirklich ein Schwesterchen gekauft?«

»Aber selbstverständlich doch, natürlich.«

»Wie teuer war sie?«

»Och, ein paar Amros.«

»Und wo habt ihr sie her?«

»Na, aus meinem Portemonnaie!«

»???«

Unabhängig von kleineren Missverständnissen lag jedenfalls allergrößte Freude in der Luft. Sowohl im Hause Schnuckelfee als auch im ganzen Königreich.

Wie üblich drei Wochen zu spät, gab der Amazonienbote das Paket am königlichen Schlosstor ab. Alfred starrte skeptisch auf den Einlieferungsbeleg. Königin Schnuckelfee öffnete vorsichtig die Verpackung und legte Luftpolsterfolie und Styroporchips zur Seite. Sie schauten nun auf das, was darinnen lag. Heiliger Strohsack! Man wich verdutzt zurück. Unwillkürlich verharrte man einen Augenblick. Die Augen wurden groß und größer, blickten wie halbfertige Spiegeleier, die Münder blieben offen, erste Speichelspuren fanden im Mundwinkel ihren Weg nach draußen, es lag eine zähe Sprachlosigkeit in der Luft. Die Zeit dehnte sich ins Unerträgliche, bis ein jäher Schrei aus dem Paket die allgemeine Fassungslosigkeit durchbrach. Was war das? Eine schreiende

Nase? Zunächst sah man ja nur diese große Hakennase. Doch nach und nach kam ein mickriger Säugling zum Vorschein und zog einen jeden auf unterschiedliche Weise in seinen Bann. Sichtbar wurde ein kleiner, schöner oder vielmehr ungewöhnlicher Winzling, der seine piefigen Pillefüße in die Höhe streckte. Es folgten eine kräftige, schnatternde Stimme, eine noch viel kräftigere Nase und ein einzelner großer Zahn. Die Umstehenden schluckten trocken. Ein Aufschrei des Entzückens blieb zunächst aus. Dafür schrie der Sprössling umso lauter.

»Potzblitz, was ist denn das für ein Pöks?«, fragte Alfred, der sich zuerst aus der lähmenden Beklemmung befreien konnte.

»Eine Falschlieferung? Soll ja schon mal vorgekommen sein. Dieses verflixte Amazonien. Ich werde mich gleich beschweren. Wo zum Teufel ist denn der Retourenschein? Rücksendegrund: Gefällt nicht? Zu groß? Zu klein? Ah, da haben wir's ja: Pathologische Entgleisung des zentralen Riechkolbens. Das füllen wir mal ruckzuck aus, kleben das drauf und ab dafür. Zack, fertig!«

Wie bitte? Was hatte Alfred gerade gesagt? Was hat er denn da für Flausen im Kopp?! Die allgemeine Befremdnis über seine Reaktion machte die Luft im Raume zum Schneiden dick. Nach einer Weile des sprachlosen Atmens schaute Schnuckelfee ihren Mann mit ungläubigen Augen an. Ihr Mutterherz schwoll zu ungeahnter Größe, zum selbstopfernden Kampfe mit den rasiermesserscharfen Waffen des Wortes bereit. Sie nahm das kleine unbekannte Wesen auf den Arm, drückte es beschützend an ihre Brust und zeigte klare Kante in energischem Ton: »Alfred, mein lieber Alfred-Ambrosius, du unsensibler Wurzelsepp! Du enttäuschst mich sehr und vergällst uns jede Freude. Der närrischste Possenreißer hätte nicht einfältiger daherreden können. Du kannst dir diesen komischen Schein an die Backe nageln und deinen pathologischen Schnickschnack gleich dazu.«

»Aber ich dachte doch nur ... weil wegen der Nase ... dachte ich«, stotterte er kleinlaut.

»Bitte Alfredius Göbelhoff, was bist du für ein Piratenpfosten. Du kannst doch nicht so blindlings Daherdenken, wie du gerade lustig bist. Hör wenigstens diesmal einfach auf zu denken. Der Gedanke ist oft die Wurzel aller Schuld. Hast du Tomaten auf den Augen? Schau, die große Nase! Sieh sie dir doch genau an. Wie gut wird sie damit einmal riechen können. Besser als wir alle zusammen. Ein jeder von uns ist mit vielen Gaben gesegnet, er hat seine ganz eigenen Stärken und Fähigkeiten, die es zu entdecken gilt. Dies ist unser Kind, unser Glückskind, unser Leuchtfeuer im Nebel, und wir werden es liebgewinnen, wie ein jedes andere. Es ist ein Wesen, das uns der liebe Gott schenkte und wir werden es annehmen und großziehen. Es mag vielleicht ein wenig auffällig und ... ähm ... speziell sein, aber mit ihrem tomatenroten Haarflaum und diesem markanten Zahn, in gewisser Weise sogar eine interessante Schönheit. Die schönsten Dinge wachsen manchmal inmitten der Dornen. Es kommt nur auf die richtige Betrachtungsweise an. Denn in unserem unterschiedlichen Aussehen und unserer unterschiedlichen Herkunft und unserem unterschiedlichen Denken und unseren unterschiedlichen Fähigkeiten haben wir trotzdem die gleichen gemeinsamen Werte, und ein Ansehen und eine persönliche Würde, die es zu respektieren, zu wahren und um alles in der Welt zu schützen gilt. Das merke dir gefälligst ein für alle Mal, mein lieber Alfred.«

Sie hatte fertig. So sprach's aus des Königinnen Mund. Alle Wetter, was für eine Standpauke. Jetzt war aber Polen offen. Herr Göbel-Meierhoff hatte es vermasselt. Die moralische Waage bekam schwere Schlagseite. Rosemarie stockte der Atem. Sie schaute von einem zum anderen und wieder zurück. Alfred wechselte die Gesichtsfarbe in einen eher blassen Schimmer, stand da, wie ein begossener Pudel. Er wusste nicht, wie ihm nach dieser flammenden Gardinenpredigt geschah und senkte den Blick verstohlen und verlegen auf seine schmutzigen Fußnägel. Frauen glauben natürlich immer recht zu haben. Diesmal war es wirklich so. Diesmal sprach die reine Weisheit aus dem Frauenmund. Seine Gedanken schlugen Purzelbäume. Einerseits glaubte er nichts Böses getan zu haben und hatte es als gestandener Piratenhäuptling nicht nötig, sich so anranzen zu lassen. Andererseits berührte ihn das Gesagte sehr. Nach der Blässe überdeckte eine nie gekannte Schamesröte seine narbige Gesichtshaut und eine Welle von Einsicht überspülte seine innersten Gedanken. Er blickte langsam und finster auf, schaute seine Tochter an, dann seine Frau, schließlich das ungewöhnliche Wesen auf ihrem Arm und strahlte allmählich, zur Erleichterung aller, weit über beide Ohren hinaus. Und dieser vollbärtige, starke Mann, der vor nicht allzu langer Zeit, Angst und Schrecken auf den Weltmeeren verbreitete, hatte, wenn man ganz genau hinsah, eine kleine Träne im Knopfloch. Nun war er ausgeschämt.

»So soll es sein, Prinzessin«, sagte Alfred voller Reue im Ton der Überzeugung, tief aus seiner starken Brust heraus, »ab sofort sind wir zu viert und ich verfüge hiermit, unseren Neuankömmling 'Schnatterzahn' zu nennen.«

Rosemarie jubelte vor Glück, die Eltern fielen sich verliebt in die Arme und Schnatterzähnchen plärrte aus vollem Halse, dass es in den Ohren schmerzte. Noch lautere Fanfaren und Posaunen verkündeten die frohe Botschaft vom First des

Schlosses. Und über das ganze Elfenland vibrierte ein donnerndes Hosianna.

Schnatterzahn erlebte eine glückliche Kindheit. Sie wuchs und gedieh. Man lebte standhaft nach dem Motto: Was kümmert es die alte Eiche, wenn sich eine Wildsau an ihr schubbert. Rosemarie und Schnatterzahn, äußerlich so verschieden wie man nur sein kann, spielten in trauter Eintracht, liefen über blühende Blumenwiesen, halfen in Not geratenen Insekten, beobachteten die farbenprächtigen Schmetterlinge auf den Vergissmeinnichten, trugen den älteren Elferanern und Elferanerinnen die Einkäufe nach Hause, sangen und tanzten nach Herzenslust den ganzen Tag. Doch bei all der paradiesischen Idylle durfte natürlich das Lernen nicht zu kurz kommen. So war es nicht zu vermeiden, dass Schnatterzahn der Grundschule einen längerfristigen Besuch abstatten musste. Auch die weiterführenden Schulen verlangten ihre Anwesenheit. Man lehrte sie so wichtige Sachen wie Maschineschreiben, Harfe spielen, Flötentröten, Gänseblümchen züchten und Motorradfahren. Am Ende stand trotz nicht ganz befriedigender Leistungen im Elfenflugsimulator immerhin ein mittlerer Mittelschulabschluss. Nun könnte man meinen, das reicht, um ein sorgen- und arbeitsfreies Leben im königlichen Hause des Elfenlandes zu führen. Schließlich wollte Schnatterzahn doch auch einmal Kinder, und die Elfenregierung wäre dann tunlichst verantwortlich, sie finanziell auszustatten. Doch da hatte sie die Rechnung ohne den Wirt gemacht. Bei solch großspurigen Allüren kam Alfreds große Stunde. Diese Einstellung widerstrebte seinem Charakter. Der Brausekopf schlug zornmütig mit der Faust auf den Tisch und holte tief Luft. Ein kühler Wind pfiff angsterfüllend durchs Land und die Königin herself wagte kaum zu atmen.

»So nicht, junges Fräulein«, polterte er, »so nicht und ich sage dir, so nicht, nämlich irgendwie, also ... irgendwie anders, aber nicht so!«

Nun, seine Eloquenz war seit jeher von recht schlichter Natur. So verwunderte diese Schelte inhaltlich nicht so sehr. Nichtsdestotrotz zeigte sie ihre unmissverständliche Wirkung. Jeder im Saal wusste, was Alfred meinte. Schlendrian kam für ihn nicht infrage. Auch *er* hatte mühsam eine mehrjährige Piratenausbildung durchlitten und sich anschließend zum Wehe der unbescholtenen Seefahrer aufgerieben. In seiner Karriere brachte er es immerhin bis zum stellvertretenden Ortsvorsitzenden des zuständigen Gewerkschaftskombinats in Oberunterursel. Und seine geliebte Tochter habe nun verdammt nochmal in diese Fußstapfen zu treten. Man einigte sich nach langer Diskussion schlussendlich im allseitigen Einvernehmen auf den Besuch der Universität in Eumelien zum Zwecke des Studiums der Wissenschaft über die Tischmanieren der Gelbfußlurche im südlichen Kombadscha des 14. Jahrhunderts. Zwölf Semester - wenn's gut läuft.

Schneller als man dachte, kam der Tag des Abschieds. Schnatterzahn weinte. Rosemarie weinte. Alfred weinte. Mama war gefasst und sagte: »Mein liebes Kind, nun beginnt der Ernst des Lebens. Geh geschwind zur Universität. Lerne für dich und deine Zukunft. Zieh in die Welt hinaus. Lass dich unterwegs auf keinen Fall von fremden Männern ansprechen. Nimm den Rucksack. Ich habe dir noch Brote mit nahrhafter Haselnusscreme eingepackt. Sehr bekömmlich. Darin sind alle lebensnotwendigen Cerealien aus Fett und Zucker, die dir die nötige Kraft spenden. Wir werden auf dich warten. Deine Heimat bleibt das Elfenland, unsere Tür steht dir immer offen, schreib uns regelmäßig, lass uns an deinen Sorgen und Nöten teilhaben und eines Tages wirst du zurückkehren und prallgefüllt mit neuem Wissen, deinen Platz im Königreich einnehmen.«

»Ja, das wollte ich auch gerade so ähnlich sagen«, brachte Alfred noch heraus, bevor Schnatterzahn den Rucksack schulterte, ihre Tränen wegwischte, den Rotz hochzog und auf traurigen Füßen den Weg zur Universität einschlug.

Es war ein langer Marsch. Sie ging und ging und ging unbeirrbar weiter und noch weiter. Doch wohin? Wie war der Weg? Wo sollte sie langgehen? Sie wusste es nicht mehr genau. Hinter Aferikan rechts? Oder das andere Rechts? Links und rechts, das ist doch gaga. Wer soll sowas auseinander halten können? Deswegen entschied sie, einfach geradeaus zu gehen. Hinter Aferikan und dann immer geradeaus. Das konnte nicht so verkehrt sein. So pilgerte sie einfach weiter, wie es ihr gerade in den Sinn kam. Und siehe da, es schien richtig. Schnatterzahn sah nach vielen Tagen Fußmarsch in der Ferne ein großes Haus. Geprägt von der zarten Ästhetik einer neongrauen Graubetonfassade. Das konnte nur eine Schule sein.

Erhitzt, geschwächt und zahngeschädigt von den aufgefutterten Bemmen mit Haselnusscreme, klopfte sie mit letzter Kraft an die riesengroße Holztür. Nach schier endlos scheinender Zeit vernahm sie ein Schlurfen hinter der Tür sowie ein unverständliches:

»Momang, Sekunn, de dämelig Döör klemmt böös, wegen de dösigen porösen Ösen, Droppen Ööl deit Noot, glieck hebb ick dat, kann nich moer lang duern.«

Schnatterzahn verfiel nach dem wirren Zeugs in kurze Ratlosigkeit, redete dann aber einfach durch die geschlossene Tür drauflos.

»Mein Name ist Schnatterzahn. Ich komme aus dem fernen Elfenland und bin angemeldet. Ich möchte Lurchologie studieren und begehre Einlass.« Zunächst passierte wenig bis gar nichts. Bis dann doch endlich jemand die Tür öffnete. Ganz sachte und langsam. Dahinter kam ein riesiger, schwarzer, spitzer Hut zum Vorschein und die erstaunt gekrächzte Frage:

»Snoddertähn? Studeern? Lurcho... wat? Hie, in de Hexenschuul???«

Mit diesen wehmütigen Gedanken an ihre Kindheit stellte Hexe Schnatterzahn die Kräutersuppenterrinen in die Spüle des Hutzelhauses. Mit Gedanken an den friedlichen Zusammenhalt und der Gemeinschaft in der unerschöpflichen Vielfalt des Elfenlandes mit den unterschiedlichsten Wesen. Mit Mama Elfenkönigin Prinzessin Göbel-Meierhoff, geborene Schnuckelfee, Papa Alfred-Ambrosius Göbel-Meierhoff, alias Piesel-Backe und Schwester Rosemarie. Mit Königinnen, Piraten, Elfen, Hexen, Trollen, schleimigen Schnecken, prachtvollen Papageien und vielem anderen Getier und Gemensch. Niemand hielt sich für wichtiger als andere. Niemand glaubte mehr wert zu sein als sein Nachbar. Der kleinste Winkel erstrahlte frei von Neid und Missgunst. Alle hielten zusammen, lebten glücklich nebeneinander, weil sie einander achteten und respektierten und so sein ließen, wie sie waren. Weil sie anderen nicht den eigenen Willen aufzwangen und weil ihnen das Wohl der Gemeinschaft mindestens genauso wichtig war, wie das eigene.

Toleranz ist die Basis eines friedlichen Zusammenlebens!

Hexe Schnatterzahn ging zu Bett und löschte die letzte Kerze. Rolf folgte. Kater war schon vorgegangen. Inzwischen herrschte tiefste Nacht. Der Vollmond stand im Zenit. Sein goldenes Licht durchbrach nur mühsam die dicht belaubten Bäume. Er schimmerte sanft auf traumselige Gesichter.

Und in der Ferne gurrte der einsame Ruf einer Eule - hu-huh.

Kapitel 3

Husten, wir haben ein Problem!

Rolf schnarchte. Rolf lag wohlig auf dem Rücken und schnarchte. Während Kater von seinen nächtlichen Streifzügen heimkehrte und die Wärme des weichen Fells seines anschmiegsamen Freundes suchte. Die Sonne war noch recht unschlüssig, ob sie dem Mittagland ihr Licht schenken sollte. In der Schlafstube vermischte sich eine spätnächtliche Finsternis mit einem Schnarchen, Schnurren und hexenmäßigen Röcheln. Das Wandbild mit schwarzer Blume auf schwarzem Grund strahlte bei diesen schwarzen Lichtverhältnissen in seiner ganzen Pracht. Der kühle Morgennebel sank herab, waberte schwerelos zwischen den Bäumen und bot allen Scheuen und Schutzsuchenden eine willkommene Unsichtbarkeit. Das Rascheln des Laubes und das Knacken des Unterholzes erzeugte eine schaurige Atmosphäre. Der nächtliche Überlebenskampf der tagschlafenden Kreaturen neigte sich für heute dem Ende. Sie krochen in ihre sicheren Baue und Höhlen. Tautropfen allüberall. Der Boden dampfte. Schichtwechsel. Die Führung des Waldes ging auf das fliegende Personal über. Die Vögel nahmen ihr Revier in Besitz. Sie stimmten einen lauthals krakeelenden oder fröhlich piepsigen Gesang an, um ihre Herrschaft zu demonstrieren und den Tag zu begrüßen. Leise begann nun auch der Wind sein nimmermüdes Spiel mit dem wispernden Blattwerk im Geäst der Bäume. Sogleich blinzelte die rotglühende Sonne wie ein schimmernder Streifen kurz über den Rand des Horizonts, vermutlich, um zu sehen, was da los ist. Nun gab es kein Zurück mehr. Das wollte sie doch einmal von oben genauer betrachten und erhellte den Tag mit ihrem strahlenden Licht, das weich auf Spitzen von Tannen- und Kiefernadeln glänzte und in einen silbrigen Schimmer tauchte. Ein Hauch ungetrübten Friedens wehte übers Land. Meddachland, do bes e Jeföhl.

Dies war stets der Zeitpunkt, an dem unsere Hexe das erste Mal schlaftrunken die Augenlider hob und leidenschaftslos mit einem halben Auge zum Fenster blickte. Bevor jedoch ihre Sinne eines Bildes gewahr wurden, schloss sie das Auge schon wieder und drehte sich mit einem grummligen Grummeln auf die andere Seite. Der flauschigweichen Bettdecke wurde anschließend die Aufgabe übertragen, beide Ohren zu wärmen, was der Abdeckung von dazugehörigen Füßen allerdings zuwider sprach. Das hexische Wohlbefinden geriet aus dem Gleichgewicht. Aus dem Grummeln wurde ein Stöhnen. Aus dem Stöhnen wurde die Gewissheit, diese geliebte Bettstatt alsbald verlassen zu müssen. Aus der Gewissheit wurde eine warme, raue Wolfszunge, die feucht und glitschig durch ein Gesicht schlabberte.

»Rolf, lass das! Das ist doch eklig, für dich!« Hexe Schnatterzahn taumelte dem Tagesanbruch entgegen und stieg schwerfällig aus dem Bett. Fenster, Bach, Hut – das allmorgendliche Ritual war schnell erledigt. Schlunzig schlurfte sie in Hauspuschen zum Küchenofen. Rolf folgte. Kater blieb lieber noch ein bisschen in der Pofe.

»Erstmal einen ordentlichen Kaffee zum Wachwerden«, gähnte Hexe Morgenmuffel. Rolf, wie immer fit wie ein Turnschuh, trank am liebsten einen herzhaften Sud aus sämigem Kamillentee mit Mettbällchen. Da hatte er richtig Japp drauf. Dazu gab es zum Frühstück kleine Schnittchen mit Erdbeerkäse, knusprigem Griebenschmalz oder gequirltem Kaulquappenquark. Manchmal auch als besonderes Dessert für den morgendlichen Feinschmecker: Magerer Rhabarber-Burger. So saßen die beiden in tiefer Zufriedenheit, sinnierten schweigend über den bevorstehenden Tag, genossen ihr nahrhaftes Morgenmahl und süppelten mit größtem Wohlgefallen das dampfend wärmende Gebräu. Aus der Nachbarstube drang dazu ein gurgelndes Schnurren. Die Geborgenheit des Augenblicks in vertrauter Dreisamkeit machte die frühmorgendliche Stimmung perfekt. Bis einer von ihnen leise pupste. Das war der verschämte Startschuss, um den Tag mit Arbeit zu füllen und frischauf zum Aufbruch zu rüsten.

Zunächst musste das Pflanzenlager überprüft werden. Nach kurzer Kontrolle kühler Kellerkatakomben, klaubten kundige Krautkenner karge Kräutersammelarbeitsutensilien und kratzten kurzerhand die Kurve. Kater guckte keck.

»Dann wollen wir mal. Ade, Kater, wir sind bald wieder zurück«, sprach's, und es ging arglos hinaus in die noch nebelverhangene Morgenfrische durch den goldgelb gefärbten, leuchtenden Herbstwald.

»Huch! Was war das denn?« Das schmerzende Quietschen der Tür vertrieb einen überängstlichen kleinen Lemming, der sich neugierig und unvorsichtig dem Haus genähert hatte. Fluchtartig suchte er sein Heil in einem nahen Busch und rechnete gottergeben mit seinem vermeintlichen Ende. Er litt unter chronischer Schnappatmung und fiel umgehend in Ohnmacht.

»Ich denke, wir sollten heute in Richtung Sumpfdotterplatz gehen. Dort waren wir lange nicht. Die Wiese muss auch mal wieder gemäht werden. Los, gib Fersengeld!« Rolf freute sich wie doof und preschte schwanzwedelnd und laut quakend vor. Ein unentdeckter Lemming erholte sich nur zögernd. Er suchte duselig das Weite und gelobte, künftig einen großen Bogen um die ausgesprochen komplizierten Mechanismen aller naturfernen Dinge und seiner verstörenden Zivilisationsschrecknisse zu machen.

Zwei andere Gesellen streiften besser gelaunt durch den mittagländlichen Forst. Beide auf der eifrigen Suche nach nutzbarer Flora. Sie ergänzten sich bestens. Der eine mit vorzüglicher Nase, die andere mit zwar großer Nase, aber noch besseren Augen und reicher Erfahrung. Gräser und Farne standen hoch. Ein feiner Wind nestelte an ihren Halmen und ließ sie sanft und gleichmäßig im Takte schwingen. Dabei wanderte ein ums andere Kraut geschwind in den Beutel. Besonders das Sommerwurzgewächs des Läusekrauts, aber auch Steinschmückel, Hunds-Zahnlilie, Strubl Buabn, Drachenmaul und kriechender Günsel standen gut im Saft. Die heutige Ausbeute entsprach höchsten Erwartungen. Sie waren schon tief im Wald, direkt am Sumpfdotterplatz. Die Sichel kam kaum zur Ruhe, zeigte schon Spuren der Abnutzung, wurde stumpf. Schnapp, zack, rein in Beutel und fertig is' die Laube. So ging's in einer Tour. Himmelsherold - schnapp, zack, rein in Beutel. Hederich - schnapp, zack, rein in Beutel. Augentrost - schnapp, zack, Beutel, klong.

Klong? Wieso klong? Beide blieben wie angewurzelt stehen. Rolf sträubte das Nackenfell, Schnatterzahn runzelte die Stirn. Zwei ratlose Blicke prägten die Situation. Höchste Alarmstufe ob des unerwarteten Geräuschs. Die Sichel fuhr erneut nach unten, um eine Auflösung der verqueren Lage zu ermöglichen. Schon wieder 'klong'! Nun wich man doch lieber einen Schritt zurück. Rolf streckte die Nase nach vorn und schnüffelte.

»Was ist das? Hast du eine Ahnung? Komm, lass uns weiter gehen. Habe keine Lust, hier wieder einen Handyapparat zu finden. Oder eine geheimnisvolle Schatzkiste mit Gold und Juwelen und Staatsanleihen und so'n Mist. Das wird man doch nicht wieder los. Ne, ne, kommt überhaupt nicht infrage, das lassen wir schön bleiben. Nie im Leben buddle ich das Ding aus. Vielleicht ist es auch eine alte Bombe, die sich gleich ihrer Bestimmung erinnert und uns mal eben akkurat atomisiert. Nein, so neugierig kann man gar nicht sein. Viel zu gefährlich. Niemals. Klar wie Kloßbrühe. Abmarsch!«, sagte ihr Verstand.

Damit war die Sache erledigt. Ohne weitere Diskussion. Endgültig! Sie gingen weiter.

»Wen interessiert schon, was dieses mysteriöse 'Klong' verursacht?! Pah, uns jedenfalls nicht. Lächerlich! Wer hat schon Lust auf rätselhafte Geheimnisse?! Wir ganz bestimmt nicht. Ob es Klong macht oder peng, ist doch ganz egal.«

Egal ist achtundachtzig, d'rum scharrten beide keine Minute später holterdiepolter mit erlebnisbereiter Heftigkeit in der Erde an diesem komischen, klongverursachenden Ding und versuchten ein kleines Stück freizulegen. Planlos wurde gebuddelt, die Fetzen flogen im hohen Bogen durch die Luft und siehe da - es gelang. Metall. Glänzendes Metall. Glänzendes, glattes Metall. In Gänze untypisch für diese Gegend. Die Abenteuerlust trieb sie weiter an. Sie wurden noch mutiger und kratzten und schabten wie wild. Eine recht große Metallplatte wurde sichtbar.

»Eine Schatzkiste ist das jedenfalls nicht«, meinte die Hexe kurzatmig.

»Und eine Bombe erst recht nicht«, dachte Rolf. Weiter räumte man Erde, Sand und Grünzeugs beiseite. Plötzlich kam etwas zum Vorschein.

»Schau, da ist Schrift drauf gemalt. Ein einzelner Buchstabe. Ein S, ich seh ein S! Schnell, lass uns weiter graben!«

Hektik kam auf. Eine Überproduktion archäologischer Forscher- und Entdeckerhormone trieb sie an, und der Verstand fand keinerlei Gehör mehr. Buchstabe um Buchstabe legten sie frei. Schließlich schien, entgegen jeglicher Vernunft, dem Ding das Geheimnis entlockt zu sein. Und siehe da, nun brauchte man nur noch abzulesen, was es war.

»Rolf«, sagte Hexe Schnatterzahn, »Rolf, unsere Mühe wurde belohnt. Wir haben es geschafft. Das Rätsel ist gelöst. Es ist … es ist ... ein Späs!«

Donnerwetter! Tatsächlich, ein echtes Späs. Der kluge Wolf schaute wissend und dachte:»Ach so, ja klar, ein Späs, da hätte ich auch gleich drauf kommen können. Logisch, alles in Butter, ein Späs, was sonst? Na, dann können wir ja jetzt zurück zum Mittagessen.« Stattdessen setzten sie sich erstmal ins Gras, ruhten aus und knabberten wortlos an ihrer mitgebrachten Brotzeit - saftige Flamingoschenkel, dazu Nacktmullschwänze mit Mostrich und eine Thermoskanne Gurkenwasser. Sie dachten nach.

»Weißt du«, sprach Hexe Schnatterzahn mit vollem Mund, »so ein Späs ist wirklich praktisch. Man kann damit ..., ich meine ..., also, man könnte zumindest ..., wenn man wollte ..., so ... so Sachen machen, verstehst du?« Rolf schaute hoch, nickte, und im nächsten Moment verstanden beide ganz genau. Sie hatten nämlich nicht den leisesten Schimmer, was ein Späs sein könnte. Das Pausenbrot flog in die Ecke und man stürzte blitzartig zurück und setzte die Ausgrabungsarbeiten auf Deubel komm raus in blindem Eifer fort. Ein jeglicher gut gemeinter Bremsversuch der Neugier wäre bereits im Ansatz zum Scheitern verurteilt gewesen. Wolfstatzen kratzten unverdrossen die Erde in hohen Fontänen nach hinten, Hexenhüte wurden zu Grabungswerkzeug umfunktioniert, Sicheln lockerten den Boden. Eine sel-

ten dagewesene architektonische Landschaftsumgestaltung des Sumpfdotterplatzes ließ die tierischen Beobachter der näheren Umgebung besorgt aufblicken. Es sah aus, wie nach einem Waldbrand in der Saraha. Misstrauisch und kopfschüttelnd beäugten Hase und Igel die Grabungsexpedition heimlich aus dem Hintergrund. Doch schließlich, wenige Stunden und etliche Kubikmeter später, waren endlich die gröbsten Umrisse freigelegt. Sie hielten inne und bestaunten ergriffen ihr Werk. Mein lieber Scholli - was für ein imposanter Anblick. Ein wirklich großes, gewaltiges, gigantisches Metallungetüm. Ein Monster-Kaventsmann. Die Beschriftung zeigte sich nun auch im Ganzen. Trotzdem konnten sie immer noch nichts damit anfangen. 'Späs Schaddel'. Was sollte das bloß bedeuten? Sicher eine unbekannte Sprache. Vielleicht nasaisch. Nun standen sie vor ihrem kuriosen Späs Schaddel. Hungrig, kraftlos, schmutzig, aber zufrieden starrten sie Seite an Seite wortlos darauf. Allmählich entschwand die Helligkeit des Tages. Ein kühler Wind streifte um die Beine. Es zog ein Meer aus wallendem Sumpfnebel herauf und ließ die Konturen der Landschaft im trüben Grau verschwimmen. Die Knochen schmerzten. Die Muskeln machten zu. Schwielen und Blasen an Händen, Schrägstrich Pfoten. Höchste Zeit an den Heimweg zu denken. Kräuter trocknen. Abendbrot machen. Kurz waschen. Ganz kurz waschen. Früh ins Bett. Das wäre vernünftig gewesen. Doch es rieselte. Ein wenig Sand rieselte offenbar durch Ritzen des vor ihnen liegenden Monstrums. Es wurden Umrisse sichtbar. Erst vereinzelt, dann immer deutlicher. Eine Tür? Eine Tür! Heidewitzka, wahrhaftig eine Tür. Und nun?

Fassen wir die sonderbare Szenerie einmal kurz zusammen: Eine erschöpfte Hexe und ein nur unwesentlich weniger erschöpfter hechelnder Wolf stehen im kühlen Halbdunkel des Sumpfdotterplatzes, schmutzig, mit triefender Nase, vor einem halbwegs freigelegten Metallungetüm und starren auf eine geschlossene Tür, die offensichtlich ins Innere eines nasaischen Späs Schaddels führt. Da ist guter Rat wirklich teuer. Mister Kater Oberschlau glänzte leider durch Abwesenheit. Seine Tendenz zu arbeitsallergischen Reaktionen fesselten ihn leider ans Bett. So eine treulose Tomate! Er hätte gewusst, was zu tun sei. So waren sie ganz auf sich allein gestellt.

Nun denn, Hexe Schnatterzahn fackelte nicht lange. Sie atmete tief durch und ging todesmutig voran. Rolf quakte Protest, folgte dann doch in sicherem Abstand. Wie in diesen Momenten üblich, stolperte er natürlich unachtsam über einen kleinen Ast und stieß versehentlich gegen ein elektronisches Sensormodul an der Außenwand. Mit einem fast lautlosen, satten »Sssssst«, einem leichten Zischen und einer kleinen Dampfwolke glitt die Tür beiseite und öffnete den Blick in ein dunkles, rätselhafte Innere. Rolf dachte an ein altes chinesisches Sprichwort aus der Ching-Chang-Chong-Dynastie: »Wer sich in Gefahr begibt, kommt darin um«. Ob sie dort jemals wieder lebend hinaus kämen? Beide atmeten noch einmal tief durch. Hexe Schnatterzahn betrat mit den sprichwörtlichen Nerven aus Eisen wie Stahl als erste die Stufen. Sie stieg hinab ins unberechenbare Dunkel. Mit dem Puls am Anschlag hing Rolf an ihren Hacken. Die Schritte hallten hohl und klangen blechern. Die Augen gewöhnten sich nur widerwillig an die Dunkelheit. Einzelheiten konnten sie kaum erkennen. Die Größe des Raumes erst recht nicht.

»HALLO, IST HIER JEMAND?« schrie die Hexe unangekündigt. Das Echo hallte dröhnend aus alles Ecken und Ritzen. Einem Kometen gleich, schoss über den plötzlichen Lärm zutiefst erschrocken, mit einer Mischung aus

Quaken, Quieken und Queken, ein haariges Etwas vor lauter Angst wie ein wildgewordener Handfeger stolpernd nach draußen. Nachfolgende Generationen vermuten heute noch, es sei ein flammender Taifun oder möglicherweise ein für seinen Mut und Tapferkeit berühmter Isegrim gewesen. Nun, ich darf's verraten, Letzteres traf zu. Rolf hatte wohl nicht seinen mutigsten Tag. Er hatte ordentlich Bammel. Verdauungsprobleme, schwere Kindheit, schlecht geschlafen ..., es sei ihm verziehen. Er beruhigte sich auch wieder. Wollte jetzt aber eigentlich nach Hause. Ins gemütliche Hutzelhaus. Am besten noch den Bauch vollschlagen und dann die ganze Aufregung wegschlafen. Wankelmütig zwischen Vernunft und Abenteuerlust zog es ihn hin und her. Er druckste rum, steckte zwischen Baum und Borke. Doch eine Mischung aus Neugier, Beschützerdrang und mangelndem Sicherheitsbedürfnis trieb ihn dann doch gegen seinen Instinkt mit schlotternden Knien und noch etwas blass um die Nase zurück. Et hätt noch immer jot jejange, woll.

Die Augen gewöhnten sich jetzt besser an die Dunkelheit und mit Hilfe des aufkommenden Mondes, der kleine Wolkenlücken fand, und einer dämmrigen Innennotbeleuchtung erkannte er im leisen Schimmer des Lichts, seine Hexe in einem großen gepolsterten Feuerstuhl sitzend.

»Alles paletti«, flüsterte sie. »Komm her, keine Angst du Schattenparker, hier ist niemand. Siehst du was das ist? Siehst du die ganzen Knöpfe, die Bildschirme und die Anzeigen?« In Schnatzs Handflächen prägten ihre Nägel tiefe Abdrücke. »Man doh, das ist ... das ist ... «, jetzt bekam ihr Flüstern einen verschwörerischen Unterton, »ich bin mir nicht sicher, aber ich glaube das ist ... das ist ein ... ein R a u m s c h i f f!«

Ein Quak ist in der Regel ein Quak. Nachdem die Kenntnis

der Erleuchtung endlich durchsickerte, war Rolf in der Lage, ein dermaßen langgezogenes, ehrfürchtiges Quak von sich zu geben, wie man es selten je im Mittagland gehört hatte. Was er sah, konnte wirklich ein echtes Raumschiff sein. Atemberaubend. Zwei Raumschiffstühle mit Anschnallgurten standen vor einem unentwirrbaren Krimskrams aus lauter Knöpfen, Tasten, Hebeln, Schaltern - zum Ziehen, Schieben oder Drücken - vor, über und neben ihnen. Überall hingen viele kleine Monitore, die allerdings nichts anzeigten.

»Klar, der Stromgenerator geht ja auch nicht, weil die Speicherzellen bestimmt verbraucht sind,« dachte der Weltraumkapselwissenschaftsoberingenieur Rolf.

»So, ich finde wir haben genug gesehen«, hätte er am liebsten gesagt, »lass uns weg, lass uns hier raus, bevor wir noch Ärger kriegen mit dem Reviervorsteher wegen unberechtigter Raumschiffbenutzung.« Doch Hexe Schnatterzahns Ehrgeiz schien unumkehrbar geweckt. Ein unerklärlicher Freiheitsdrang überkam sie, der stärker war, als alle guten Worte.

»Oh nein, sie wird doch wohl nicht ...? Nein, lass es ...! Bitte nicht...! Das kann nicht gut gehen.« Oh doch, sie tat es!

»Was heißt eigentlich dohrklost?«, fragte sie noch, bevor sie den door-closed-Schalter betätigte. Statt eines satten Sssst, schloss die Tür eher mit einem dumpfen Ffumpp. Rolfs Kopf schnellte zur Seite.

»Das war's«, dachte er, »jetzt sind sie gefangen. Kein Mensch, kein Tier wird sie je finden. Niemand, den man um Hilfe rufen kann. Ihr klägliches Ende ist besiegelt. Wer schmiss kürzlich noch das Handy mit Notruffunktion in die Regentonne???« Neben einer bestimmbaren Angst, mischte sich eine weniger bestimmbare Wut in Rolfs Laune. Zumal die Bordkapitänin neben ihm nicht locker ließ und sowohl ungehemmt als auch übermütig sämtliche denkbaren Schalterstellungen ausprobierte. Das konnte er nicht mit ansehen und schaute lieber ein wenig umher. Hinter ihnen entdeckte er allerlei Entdeckungswürdiges: Taschenlampe, ein nigelnagelneues Stück Bindfaden in 1A-Qualität, Hornhauthobel, Betonmischmaschine, einen verrosteten Zustandsveränderungsautomaten mit ausgelutschter Rückholfeder, Dampfkochtopf und Strumpfstopfkopf, eine schöne Schachtel Duschschlauchschellen (schwei Schtück), einen schicken Schlickschlitten, eine vorsintflutliche Zeitmaschine, eiserne Süßholzwurzelraspler, ein eigenartiges Funkgerät mit Wählscheibe und noch mehr so'n Kladderadatsch. Was für eine Rumpelkammer. Es sah aus, wie Kraut und Rüben bei Hempels unterm Sofa. Er entdeckte aber auch zwei weitere Türen. »Wow, ein Notausgang? Können sie dem sicheren Tode vielleicht doch noch entgehen?« In Rolf erwachte ein Hoffnungsschimmer. Er öffnete die erste Tür. In Rolf entschlief ein Hoffnungsschimmer. Er schloss die erste Tür. Er rümpfte die Nase. Ein Nebel von unangenehmen Gerüchen fäkalen Ursprungs, der jegliches Leben selbst bei viel Phantasie höchst unwahrscheinlich erscheinen ließ, beleidigte seinen empfindlichen Geruchssinn. Es war ihm zuwider. Offensichtlich die Bordtoilette. Bääh, Tür zu, nächste Tür. Hexe Schnatterzahn achtete gar nicht auf ihn. Sie hantierte weiter in ihrem Cockpit und sah sich in Gedanken wohl schon in Kürze auf einem Weltraumspaziergang. Vorsichtig öffnete Rolf die zweite Tür. Erstmal nur einen Spalt, um zunächst hinein zu schnuppern. Hm ..., weder Bordtoilette noch Kombüse. Einen Schritt später stand er in einem winzigen Raum, kaum größer als er selbst, vorne Wand, links Wand, rechts Wand, oben und unten auch. Eine Reihe von Knöpfen fielen ihm auf. Alle schön ordentlich untereinander. Beschriftet mit

8 bis 1, E und K. Er drückte auf den untersten, auf K, und erschrak. Die Tür schloss. Er war gefangen. Es ruckte, knirschte, quietschte, öttelte. Das Licht der Lampe flackerte und erlosch. Kurz danach öffnete die Tür des Fahrstuhls. Er stieg aus.

Sein erster Eindruck: Es roch gar nicht schlecht. Es roch sogar gut. Es lag etwas Vertrautes in dem Geruch. Wieder war sein Mut gefragt, als er im dunklen Raumschiffkeller stand. Dabei wollte er gar nicht immer mutig sein, wollte lieber nach Hause. Trotzdem trieb ihn diese verflixte Neugier weiter voran. Es galt, dem Unvorhergesehenen entgegen zu treten, das Unheil würdig zu empfangen. Aber ... nichts passierte. Nur diese schwarze Dunkelheit. Tiefste Finsternis umfing ihn. Da lag doch eben noch eine Taschenlampe. Also nochmal schnell rein in den Fahrstuhl, auf E gedrückt und Lampe holen. Öttel öttel hoch. Öttel öttel runter. Zurück im Kellergeschoss schritt er vorsichtig voran und fand im trüben Lichtkegel der flackernden Funzel einen kleinen Raum vor. Was war *das*? Raschelte da etwas? Plötzlich glaubte er nicht mehr allein zu sein. Oder doch?

»Hallo«, quakte er, »ist da jemand?« Nein, niemand da. Natürlich nicht. Wer sollte auch schon hier sein? Ein klapperndes Gerippe, das ihn aus leeren Augenhöhlen sabbernd angrinst? Nein, nein, natürlich hatte er keine Angst. Tapfer schaute er ganz allein weiter umher. Leuchtete links. Leuchtete rechts. Sah nach einer weiteren Raumschiffschaltzentrale aus. An den Wänden hingen große Karten von interplanetaren Raumstraßenregistern. Und überall ein Wirrwarr an Computern, Kabel, Dioden, Anoden, Kondensatoren, Transformatoren, Transistoren und noch viele andere elektronische Dingsbums-Oren. Dieses Gewühl sah sehr kompliziert aus. Wenn doch bloß Kater hier wäre. Zwischen dem ganzen

Raumschiffgerümpel hing aber auch immer noch dieser undefinierbare vertraute Geruch, der ihn ganz kirre machte.

»Was war das bloß, wo kommt das her?« fragte er sich und schnüffelte weiter. Es glich einer Ostereiersuche, denn es wurde warm und wärmer, der Geruch immer intensiver. Der Schrank in einer kleinen Nische weckte sein größtes Interesse. Insgesamt wirkte der schon ziemlich schrunzig, aber seine Türen auf patentierter Softrollenlagerbasis funktionierten noch tadellos und brauchten nur sanft zur Seite geschoben werden. Was Rolf nun im schrundigen Schrunzschrank sah, ließ ihn sprachlos staunen. Augen und Mund standen weit offen, die Ohren gespitzt, der Blick ins Unendliche. Seine Gedanken schwebten davon.

»Mama?«, flüsterte es tief und sehnsüchtig in seiner Kehle, »Mama, Papa, wo seid ihr?« Im Schrank hingen zwei richtige Astronautenanzüge. Aber keine normalen. Nein, unnormale, spezielle sozusagen, nicht mit zwei Armen und Beinen, sondern mit vier Beinen. Sieht aus wie Wolf, riecht wie Wolf. Unzweifelhaft Astronautenanzüge für Wölfe. Kindheitserinnerungen kamen ihm in den Sinn: Mond, Rakete kaputt, Ersatzteillager nicht vollständig …, *doch* keine Lügengeschichten? Nun kam Rolf endlich zu Potte. Mit einem von Gefühl und Willen entfachten Feuer schoss er so gut es ging im eiernden Fahrstuhl mit Karacho nach oben zur Hexe und überschlug sich fast dabei.

»Schnell, wirf den Riemen auf die Orgel, wir müssen auf der Stelle zum Mond - meine Eltern suchen«, schien er mit seinem stürmischen Quaken sagen zu wollen. Schnatterzahn verstand sofort.

»Okidoki!«

Zu zweit versuchte die Crew an Bord blind vor Tatendrang, ohne Sinn und Verstand wild auf den Schaltern rumzudrücken.

»Was ist denn das für ein Schlüssel?«, dachte Rolf, »egal, ich dreh ihn einfach mal.« Der überrascht-freudig-ängstliche Blick, den beide anschließend tauschten, ist schwer zu beschreiben. Tatsache ist jedoch, das Raumschiff erwachte zum Leben. Unzählige Lämpchen blinkten in sämtlichen Farben, Monitore sprangen an, Funkverbindungen rauschten, Sauerstoffmasken fielen von der Decke und eine Computerstimme führte die Routineüberprüfung durch: »check the systems, check the systems - systemcheck completed, fasten seat belt, ready for take off, attention, attention, space shuttle is starting!« Ja, ist es denn die Möglichkeit? Was war denn hier los? Man glaubt es kaum - es passierte wirklich. Raketendüsen zündeten, es knallte, zischte, dampfte, rumpelte, es erbebte drohend unterm Allerwertesten. Das noch halb vergrabene Raumschiff versuchte sich mit aller Kraft aus dem Erdreich zu kämpfen. Hexe Schnatterzahns erste Reaktion dokumentierten gebildete Historiker wie folgt:

»Ey doh, mein lieber Kokoschinski! Schnall dich an, wir starten! Chief-Commander Rolf - Sie übernehmen das Steuer! Wünsch uns eine gute Reise.«

Wider jeglicher Vernunft packte sie das Fernweh. Ein Gefühl von Freiheitsdrang und Übermut benebelte ihre Sinne. Angeheizt durch das unbändige Bedürfnis eines bestimmten Besatzungsmitglieds, die vermissten Eltern zu finden. Klar, nichts leichter als das. Man gräbt eben mal so ein Metallding aus, steigt ein, dreht den Schlüssel um und fliegt zum Mond. Ein tollkühner Plan. Ihre Euphorie war jedoch nicht mehr zu bändigen. Das Raumschiff auch nicht. Es wackelte und ruckelte und zuckelte. Ein ohrenbetäubender Lärm und ein greller Feuerstrahl drückte ein eben noch vergrabenes Metallungeheuer langsam in die Höhe und entließ sie wehrlos in

den süßen Rausch des Schwebens. Ein am Boden verbliebener und nervlich noch angeschlagener Lemming umfing angesichts eines grollenden, feuerspeienden Himmels zum zweiten Mal an diesem Tag eine schützende Ohnmacht. In der Zwischenzeit gab es über ihm verzweifelte Versuche, ein intergalaktisches Mondtaxi zu stabilisieren. Der Autopilot war dabei von unschätzbarem Vorteil. Sie flogen tatsächlich hoch und höher, weit und immer schneller. Über den Bäumen, über dem Mittagland, Richtung Wolken in fremde Sphären der Ungewissheit. Na denn - Mast- und Schotbruch.

»Wo ist denn die verdammte Bedienungsanleitung«, fragte die Co-Pilotin, »die muss doch hier irgendwo sein.« Rolf konzentrierte sich eigentlich voll und ganz auf den Steuerknüppel und bediente nebenbei noch Kupplung, Gangschaltung und Navi. Er suchte trotzdem kurz, zeigte auf die mit 'Bedienungsanleitung' beschriftete Schublade und quakte leicht gereizt.

»Ah ja, danke. Hm, mal sehen, Kapitel 1: Wir beglückwünschen Sie zum Kauf blablabla... ääh ne, unwichtig! Kapitel 37: Die Tür öffnet durch Druck auf das äußere Sensormodul - schon besser, erledigt! Kapitel 38: Die Tür schließt mit dem 'Door-Closed-Schalter' – erledigt! Kapitel 39: Starten Sie das Gefährt durch Drehung des Zündschlüssels – erledigt! Die Systeme des Raumschiffs fahren hoch und werden gecheckt. Nach Zündung der Triebwerke schalten Sie den Autopilot auf 'on' – erledigt! Ich glaub's nicht, das ist ja einfacher als seinen Namen in den Schnee zu pinkeln. Gib mal'n bisschen Gas, wann sind wir denn endlich da? Kapitel 40: Kontrollieren Sie regelmäßig den ... Treibstoff – uups! Verdammte Axt, warum haben wir daran nicht gedacht? Flieg *du* weiter, ich geh in den Maschinenraum und suche den Benzinmessstab.« Gesagt, getan. Als Schnatterzahn die schallisolierte Tür zum Maschinenraum öffnete, fiel ihr zwischen dem pneumohydraulischen Lenkkopflagergehäuse und der viertelzölligen Flanschmuffe des Rücklaufkrümmers, der Benzinpeilstab sofort ins Auge. Solch ein wichtiges Bauteil ist natürlich knallrot gekennzeichnet. Sie zog ihn heraus und stellte mit Entsetzen fest, dass das Raumschiff auf der allerletzten Rille flog. Au backe, da hatten sie den Salat, da lag der Hase im Pfeffer, ein typischer Fall von denkste. Mit einer Mondreise war es dann wohl Essig. Auf eine nahegelegene Tankstelle am Wegesrand brauchten sie bestimmt nicht zu hoffen. Betrübt ging Schnatterzahn ins Cockpit zurück. Rolf hatte es ja schon geahnt. Der Glanz wich aus seinen Augen, die eben noch überschwängliche Begeisterung und die Zuversicht, das Rätsel um seine Eltern auf dem Mond zu lösen, schwanden zusehends dahin. Der Traum zerstäubte im Nichts. Der Trauer folgte aber umgehend die Sorge, jetzt noch heil wieder runter zu kommen. Der Motor stotterte schon und es dauerte nicht lange, bis Motorengeräusch und brüllende Triebwerke der jüngsten Vergangenheit angehörten. Die nervtötende Computerstimme gab ebenfalls wieder ihren Senf dazu: Fuel empty, fuel empty, attention please, fuel is complete empty. Heißt soviel wie: Benzin ist alle, ihr Knalltüten! Die schrille Sirene in Verbindung mit der wild blinkenden, roten Warnleuchte trug auch nicht gerade zur Beruhigung bei. Die Stabilität des Raumschiffs schwand zusehends dahin, es begann zu trudeln. Die Gesichter der Insassen und Insassinnen zeigten tiefe Falten der Sorge. Als wenn das alles nicht schon genug wäre, wirbelten sie auch noch durch die Luft und wurden hin und her geschüttelt. Nur ein schmaler Gurt hielt sie auf den Sitzen. Grenzenlos enttäuscht und mutlos gab Rolf auf. Er sah keine Möglichkeit mehr. Die Sache war gegessen. Zu allem Überfluss drang auch noch wirres Zeugs aus dem Bordlautsprecher:

»Achtung, Achtung, ich bitte um Aufmerksamkeit für eine wichtige Durchsage: Hier Smartinterview - *Ihr* Institut für Verbraucherforschung. Hätten sie vielleicht eine Sekunde Zeit für eine kurze Umfrage? Es dauert auch nicht lange, geht ganz schnell. Erste Frage: Wie haben Sie von uns erfahr...?« Die Lichter und Anzeigen am Kommandostand verdämmerten flackernd. Es wurde dunkel. Der dubiose Lautsprecher hatte leichtsinnig die allerletzten Energiereserven der ohnehin kränkelnden Stromversorgung verschossen. Game over! Rien ne va plus! Tutto finito! игра закончена! 游戏结束! انتهت اللعبة! --. .- -- . / --- ...- . .-.! Das Spiel war aus!

Hexe Schnatterzahn suchte jedoch trotz alledem noch in höchster Bredouille weiter fieberhaft nach einer Lösung des Problems. Ein Hilferuf über Funk? Eine Seenotrakete? SOS morsen? 112 wählen? Es muss doch eine Rettung geben. Einen Geistesblitz hatte sie in diesem ganzen scheinbar ausweglosen Tohuwabohu noch in petto und es folgte der Moment, der keine weitere Unentschlossenheit zuließ. Sie betätigte den Schleudersitz. Jetzt kam alles zusammen. Das Schleudertraumadrama nahm seinen unangenehmen Lauf. Das Raumschiff über ihnen subtrahierte sich. Der plötzliche Sturm fegte ihnen um die Ohren. Von Radau, Durcheinander und gellende Schreie umgeben, bekamen sie das Chaos gar nicht mehr richtig mit, weil der rettende Sicherheitsmechanismus, wenn er denn in Verbindung mit einem Fallschirm benutzt worden wäre, beide geradewegs nach oben hinaus katapultierte. Es ging ab durch die Decke. Das Raumschiff spie sie aus und trudelte weiter. Im hohen Bogen schossen sie mit einem Affenzahn durch die Luft, ins Niemandsland zwischen Himmel und Erde. In der Ferne sah man noch den ganzen Stolz der nasaischen Raumfahrt abstürzen und in den

Fluten des Ozeans versinken, während sie selbst mit einer äußerst ungesunden Geschwindigkeit ebenfalls dem Irdischen zustrebten. Ihr Schicksal war besiegelt. Sie hatten es verdaddelt.

Kater erwachte aus tiefen Träumen, horchte und schaute bedächtig auf.

»Was ist denn hier los? Alles dunkel, keiner da. Wo sind die denn?« Er gähnte und streckte erstmal ausgiebig die lahmen Knochen, bevor er vorsichtig begann, die ein oder andere Sorge über das unübliche Fernbleiben seiner Mitbewohner aufkommen zu lassen. Hatte er einen Termin verpasst? Halloween? Laternenumzug? Mitternachtssauna? Nein, nein, sowas gab's hier nicht. Da ging etwas nicht mit rechten Dingen zu. Sie ließen ihn noch nie ohne Abendbrot zurück. Er wähnte sich mutterseelenallein, was ihn blitzartig quicklebendig werden ließ. Da ging etwas sogar ganz gewaltig nicht mit rechten Dingen zu. Kater beschloss unverzüglich die Hühner zu satteln und eine systematische Suchexpedition einzuleiten. Zum Glück bekam er morgens ganz genau mit, wo sie heute ihre Kräuter sammeln wollten - im Krötenpfuhl. Dort müsste er einfach hingehen. Dieser, nach seiner Meinung bis ins Kleinste ausgeklügelte Plan, erschien ihm bombensicher. Er platzte fast vor Stolz über seinen eigenen Scharfsinn. Sofort stürzte er hinaus in die Dunkelheit und nahm Witterung auf. Doch schon nach kurzer Zeit verloren sich die Spuren. Kein gewohnter Geruch mehr, keine abgeschnittenen Kräuter, keine abgenagten Nacktmullschwanzreste. Nur von Hexen und Wölfen unberührte Landschaft. Sein komplexes Suchsystem zeigte kleinere Schwächen. Vielleicht sollte er jemanden fragen. Zufällig kam gerad' ein eigenartiger Wandersmann daher.

»Hey, du, hast du vielleicht eine Hexe mit großer Nase und einen quakenden Wolf gesehen?« fragte Kater. Ein äußerst verstört wirkender Lemming machte nur große Augen, nahm seine Beine in die Hand und floh flugs von dannen. Was war denn das für ein komischer Vogel? Kein gutes Zeichen. Zum Glück lugte gerade der Nacktmullkumpel Grottenolmmolch aus seinem Höhlenloch. Er hatte genau gesehen ..., nein, gehört ..., ääh ..., auch nicht, gerochen, vielleicht gefühlt ..., irgendwas eben, immerhin wusste er genau, in welcher Richtung die Vermissten zu suchen wären und er erzählte ..., zeigte ..., ach egal; Olme und Mulle können einfach nix, aber sie sind bestimmt trotzdem auf ihre Art glücklich. Wie auch immer, jedenfalls wusste Kater nun, wo er zu suchen hatte. Am Sumpfdotterplatz. Volltreffer!

Kater erkannte den Platz kaum wieder. Ein tiefes Loch, verbrannte Erde, umgestürzte Bäume. Zustände wie nach einer rauschenden Ramba-Zamba-Elefantenparty mit Tanz und Gesang. Und obwohl der letzte Nachhall jenes höllischen Düsengelärms längst vom Winde fortgetragen und verklungen war und alle wieder von beschaulicher Friedsamkeit umdeckt sein könnten, redeten die immer noch aufgeregten Tiere der Umgebung allesamt durcheinander und faselten unverständliches Zeugs von wegen Feuerball, fliegendem Metalldinosaurier und in Bälde das Ende der Tierheit. Aber übereinstimmend wiesen die meisten in Richtung Meer.

Es dauerte noch lange, bis Kater sie fand. Direkt am Strand. Komplett durchnässt. Leblos. Er versuchte Rolfs Fell trocken zu lecken. Vergeblich, da regte sich nix mehr. Sie machten den Schlappmax. Im Hauch der Flamme erlosch das Licht des Lebens. Endgültig! Warum hatten sie auch so irrwitzige Dönekens im Sinn und baden aus lauter Jux und Dollerei noch nachts im Meer, blaffte Kater ärgerlich. Er überlegte mit verdüstertem Gemüt, was nun als Erstes zu tun sei. Es blieb wieder an ihm hängen, erst einmal ganz allein die Dinge zu regeln, die geregelt gehörten. Welche Adresse schrieb man denn jetzt wohl in den Nachsendeantrag? Wer macht ihm morgen das Frühstück? Wie kommen die Streifen in die Zahnpasta? Gefangen in den entscheidenden Problemen des Alltags, bekam er erst gar nicht richtig mit, wie Rolfs Lebensgeister kurz blinzelten. Sie hatten sich doch noch nicht ganz verabschiedet. Durch die vertraute Berührung konnte sein großes Wolfsherz mühsam überredet werden, noch einmal zu schlagen. Wer hätte das gedacht? Ein zweiter Schlag folgte. Dann sogar ein dritter und vierter. Dann noch einer und noch ganz viele. Ein wenig Blut rann durch seine ausgetrockneten Adern. Rolf zuckte, stöhnte. In den leeren Blick drang so etwas wie Erkennen. Ein stummes Quaken kam tief aus seiner Kehle. Kater hörte es im letzten Moment, stürzte ungestüm auf den Verunfallten zu und setzte seine Trocknungsbemühungen eiligst fort.

»Steh auf, beweg dich, du musst dich bewegen, ich will, dass du aufstehst, verdammt nochmal! Jetzt!«, dachte Kater. Und das Wunder geschah, die Flamme war wieder entfacht, Rolf stand auf. Erwacht aus dem Schattenreich des Bewusstseins. Mühsam zwar, zittrig und voller Schmerzen, aber er stand langsam auf. Ein Schwall salziges Wasser schoss mit einem würgenden Husten aus seinem Hals. Doch nachdem dieses Problem seinen Weg nach draußen gefunden hatte, sagte das Leben wider Erwarten nochmals grüß Gott und herzlich willkommen zu ihm.

Er fühlte sich ganz koddrig. Was war geschehen? Die Erinnerung kehrte wie durch einen Schleier zurück. Rakete, Mond, Eltern ... Und die Hexe? Wo ist die Hexe? Er suchte taumelnd den Strand ab.

»Da! Da drüben, da liegt sie! Was ist mit ihr? Wieso bewegt sie sich nicht? Sie muss auch aufstehen.« Gemeinsam starteten sie ein bewährtes Trocknungsprogramm. Und es half auch ihr. Tief in ihrem Innern, erinnerte Schnatterzahns Unterbewusstsein sie daran, aufzustehen, wenn ihr durch das Gesicht geschlabbert wurde. Sie blinzelte mit einem halben Auge. Aber diesmal reflektierte der Blick nicht am vertrauten Fenster, keine Decke, der die Ohrenwärmungsaufgabe übertragen werden konnte. Stattdessen Nässe und Kälte am ganzen Körper. Ihr hexisches Wohlbefinden geriet zum zweiten Mal an diesem Tag hochgradig ins Ungleichgewicht. Zu allem Überfluss spülte sie in einem wässrigen Ausfluss genau wie Rolf mit einer gewaltigen Hustenexplosion ihre Atemwege frei. Prompt schnappte die Lunge endlich wieder gierig nach Luft.

»Lasst das, das ist doch eklig, für euch«, war ihre erste gewohnte Reaktion, bevor sie gleich schon wieder vorsichtig weiter schnatterte. »Mein lieber Herr Gesangsverein, mein Schädel, oh haua ha, der dröhnt vielleicht. Da hat der Hintern aber Kirmes. Wo bin ich? Was machen wir hier? Wieso ist es so kalt?«

Es war nicht damit getan, ein wenig den Staub von der Kleidung oder aus dem Fell zu klopfen. Ihre Körper waren ein komplizierter Mischmasch aus Schmerz. ʼJelenkisch wie en Ihsebahnschienʻ schüttelten und streckten sie die wunden Glieder, ächzten, jammerten und klagten Wehgeschrei, doch am Ende fielen sie sich entkräftet, aber überglücklich in die Arme oder entsprechende Beine. Bis schließlich Hexe Schnatterzahn den schönsten aller Sätze des Tages sprach: »Kommt, lasst uns nach Hause gehen.«

Aufstehen, Krone richten, weitermachen. Noch wackelig auf den Füßen, völlig durchnässt und frierend machte sich diese nicht alltägliche Gesellschaft bei ganz usseligem Wetter auf den Weg. Der tiefsitzende Schock über die unangenehme Erfahrung, ließ sie in einem Augenblick der Rückbesinnung nachdenklich werden.

»Wisst ihr«, begann Hexe Schnatterzahn, »wisst ihr, wir hatten wirklich großes Glück, kamen noch einmal glimpflich davon. Das Wasser fing unseren Sturz ab und die Wellen spülten uns an Land. Es hätte auch anders ausgehen können. Aber was machten wir falsch? Es ist nicht so einfach. Bei vielen Dingen, die wir tun, müssen wir uns entscheiden zwischen Herz und Verstand. Beide haben oft unterschiedliche Meinungen. Der Verstand vergleicht genau Gutes und Schlechtes miteinander und sagt manchmal: Halt, Stopp, lass das lieber, das ist gefährlich. Das Herz, beeinflusst von Neugier, Abenteuerlust oder Emotionen, entscheidet aus einem Bauchgefühl heraus. Es interessiert sich nicht im geringsten für nachvollziehbare Argumente, weiß trotzdem Dinge, von denen der Verstand keine Ahnung hat. Wer von beiden richtig liegt, ist im Voraus oft ganz schwer zu beurteilen. Man kann nämlich auch einmal ein Wagnis eingehen und etwas riskieren, um besonders schöne Sachen zu erleben. Denn zuviel Vernunft bedeutet auch Entbehrung. Es wäre doch unglaublich toll gewesen, wenn wir mit dieser Weltraumrakete deine Eltern auf dem Mond gefunden hätten. Dafür lohnt es sich auf jeden Fall, Gefahren einzugehen. Aber nicht um jeden Preis. Diesmal hätten wir vorher auf unseren Verstand hören sollen. Er hatte recht. Nächstes Mal hat aber vielleicht wieder das Herz recht. Dennoch darf man niemals vergessen, seinen Verstand intensiv um Rat zu fragen. Man muss schon ganz besonders klug sein, um vorher stets richtig einzuschätzen, wer von beiden richtig liegt. Ich kenne keinen, der so klug ist und ich glaube, es gibt auf der ganzen Welt keinen.

Hinterher weiß man es natürlich immer besser, dann kann ein jeder Schnacker schlau daher reden.

Das Herz treibt uns, der Verstand schützt uns.

Schaut, wir sind endlich zu Hause.«

Die Geschundenen und Unverwüstlichen hatten dem Tod in die Augen gesehen und ihn gezwungen, den Blick noch einmal zu senken. Nun traten sie ein, in ihre Schutzhütte, ihre Oase der heilen Welt, ihr Hutzelhaus, in dem der Ofen, von wem auch immer entzündet, glühte und prasselte und wohlige Wärme verströmte. Gemeinsam wurden die drei Freunde endlich wieder lauschig eingehüllt, in die lang ersehnte Behaglichkeit.

Kapitel 4

Boriumsche Anstalten

Behaglichkeit empfand Schnatterzahn nicht gerade, als sie damals nach ihrem Weggang aus dem Elfenwunderland und einem langen Irrweg an die große Holztür der Schulanstalt klopfte und vom knarzigen Hausmeister Karl hereingebeten wurde. Vielmehr standen die ungleichen Schwestern Verwunderung, Erschöpfung und Neugierde vor der Tür. Allerdings nicht mehr lange.

»Nu komm erstma rin«, sagte der Knarzkopp, »un treck nich son Flunsch! Büst doch keen Bangbüx, oder?«

»Wie bitte?«, lautete die naheliegende Antwort.

»Net son Flunsch trecken, hebbt i secht. Soll heten: kieck nich so. Alns beten, kleen Deern. Brukst keene Manschetten hebben.« Diese sonderbare Erläuterung half dem Neuankömmling zwar auch nicht viel weiter, doch aus den Augen ihres Gegenübers strahlte Freundlichkeit und Vertrauen.

»Kum, we gon in min Kontor. Set di daal! Hest döst? Mogst wat suupen? Een Buddel sööt Blubberbruus?« Schnatterzahn fand sich in einer Art Dienstzimmer wieder, in der ihr ein Stuhl angeboten wurde. Ihr klingelten die Ohren angesichts dieser fremdländischen Sprache, die aus dem hintersten Winkel des letzten Stammes wilder Trizonesier stammen musste. Doch die Worte klangen wie eine Frage, deswegen nickte sie einfach verlegen, in aufmerksamer Erwartung, was passiert. Man reichte ihr ein Glas mit sprudelnder Brause. Der Mann lächelte herzlich.

»Nu sup eerstma beten. Hest en feern Tuur achter di, woll?

Nau wo ick.« Schnatterzahn verstand kein Wort. Sie lächelte zurück, trank zögerlich und sagte lieber nichts. »So, iersmol hartlik wilkom. Mien Naam is Karl, Karl Huusen. Ut anner Welt kumm ick wech, bannig wiet, wohrhaftig, dat kannst mi glöben. Vun Oostfreesland, in Tüütschland. For fofftig Johrn bün i losgohn, op'n Dörp, tofoot, juemmers fürbass. Dunnemals wollt ick Hexmeester warrn, min groot Draum, leider hets blot tom Hex*hus*meester langt. Schaad! Aver ick bün selig hie, is een gaud Arbeed. Oh, ick Rappelsnuut, ick vertelle un schnacke, hett hüt woll wedder Quasselwader drunken, dat ick so goot to Foot bün ünner de Nees. Ick hol di leber min Fru, du brukst wat mang de Kiemen. Wers sehn, se is ne Wucht. Sigrid ..., SIGRID ..., kumm, wi hebbt een Gast. Scher di doch eenmol direktemang bidd um si, ick mott noch fix wat dohn. Hett foerwiss Schmacht, soll sick iersmol 'n Wanst düchtig vullwämsen. Mok ehr doch mol een ornlich Supp!«

»Jau Kalli, ich komme gleich, was musst du denn noch tun?«, rief jemand von nebenan.

»Ooch, dit un dat«, rief Karl ... oder Kalli zurück.

»Na gut, aber geh nicht wieder auf's Dach, das ist zu gefährlich.«

»Ach, Tüddelkram, dat geit woll, dat is jo man Kluut un Klacker. Wat mutt dat mutt.« Der komische Mann wandte sich wieder an seinen Gast. »Wart, lütt Göör, min Fru steiht inne Köök am Kockpott, kummt gwiss gliek.« Anschließend schaute er auf seine Taschenuhr und erschrak. »Oh wat ne du, Deivel nochmaal, klei mi ann Mors un Dunnerslag! Düchtig spät, Schietkram, wat bin ick bregenklöderig, keene Tiet, ick mott fix loos, mott noch frickeln un Kraam upklötern. Dat schedderig Daak is in'n Dutt un de Waterkraan in de Baadstuuv is marood, de löpt. Bet nahher. Mohltiet!« Damit beendete Karl zunächst seinen befremdlichen Monolog und schlurfte schleunigst aus dem Zimmer. Allerdings nicht, ohne Schnatterzahn noch ein freundliches Lächeln zuzuwerfen.

Das gab ihr die Gelegenheit, den Blick ein wenig im Raum schweifen zu lassen. Eigentlich ein ganz normales Büro. Mit Schreibtisch, Akten und Papierkram. In der Ecke, ein gewöhnlicher Werkzeugkasten. Nur das große Regal erschien bei genauer Betrachtungsweise sehr ungewöhnlich. Darauf stand ein interessantes Sammelsurium unzähliger, eigenartiger Hüte. Schwarz, spitz, mit breiter Krempe, in den unterschiedlichsten Größen. Alle nebeneinander in schönster Ordnung. Wie eine erbeutete Trophäensammlung. Auch ihr netter Empfangschef trug einen der kleineren Sorte davon.

»Hallo«, begrüßte sie eine Frau, die ins Zimmer trat und ihr die Hand reichte, »mein Name ist Sigrid, ich bin die Frau vom Hexenhausmeister Karl. Herzlich willkommen in unserem bescheidenen Hause. Was führt dich zu uns?« Auch Sigrid strahlte durch ihr Lächeln und durch ihr wohlbeleibtes Äußere mit einer mächtigen Oberw… äsche eine Güte aus, bei der man sich sofort wohlfühlte. Sie trug langes, schlohweißes, zu einem Zopf gebundenes Haar, wovon ihr eine verschwitzte Strähne in die Stirn fiel, hatte rote, gesunde Bäckchen und trug eine geblümte Kittelschürze und einfache Schlappen.

»Guten Tag«, antwortete die weit Gereiste höflich, »mein Name ist Schnatterzahn Göbel-Meierhoff. Ich komme aus dem Elfenwunderland in Amrosien und bin auf dem Weg zur Lurchstudierschule, weil ich eine große Lurchexpertin werden will, damit ich einmal das Elfenwunderland regieren und Königin werden kann. Bin ich denn hier richtig?« Zu Sigrids gütigem Lächeln gesellten sich zwei fragend gerunzelte Augenbrauen.

»Na, nu komm erstmal mit in die Küche. Auf dem Herd steht eine schöne, warme Suppe. Die wird dir gut tun!« Schnatterzahn nahm ihre wenigen Habseligkeiten auf und folgte Sigrid in eine unfassbar große Küche. Darin, gemauerte Arbeitsflächen rundherum und quer durch die Mitte des Raumes. Über offener Flamme einer Kochstelle mit zwei höchst ökologischen Ölöfen, die ganze Kompanien hätte versorgen können, standen riesige, dampfende Töpfe; gerupfte Hühner hingen kopfüber von der Decke; Gemüse, Obst, Gewürze, übergroße Messer, Hackebeile, Schöpfkellen und all dieses ganze Schisslaweng, das man in einer Küche benötigt. Der würzige Duft der schmurgelnden Suppe, ließ ihr das Wasser im Mund zusammenlaufen.

»Komm, setz dich, ich hoffe, du magst Hechtsuppe mit Haferflocken und einem Hauch Haselwurzhonig.« Schnatterzahn mochte, und wie sie mochte, das war alles andere, als eine olle Plörre, da gab's nix zu mäkeln, das war ein Fest für sämtliche Geschmackssinne. Die Appetitlichkeit kam einem Attentat auf den Gaumen gleich. Sie bedankte sich artig und aß nach vielen Tagen einfachstem Haselnussschmodder mit großem Verlangen.

»Eine Lurchschule ist dies leider nicht«, sprach Sigrid, »du scheinst falsch abgebogen zu sein. Aber das ist nicht schlimm. Wer nie vom Weg abkommt, bleibt auf der Strecke. Dies ist eine Hexenschule. Die Fidibus-Hexenschule in Eumelien. Wir sind alle Eumel. Ich bin die Küchenmeisterin, und meinen lieben Mann Kalli kennst du ja schon, er ist der Hausmeister. Vor fünfzig Jahren kam er bereits hierher. Seine plattdeutsche Sprache und seine Heimat kann er trotzdem nicht vergessen. Ist aber auch gut so. Heimat ist wichtig, die verbummelt man nie und trägt sie ein Leben lang im Herzen.

Du wirst es wissen, gerade jetzt, zu einem Zeitpunkt, an dem du in die weite Welt hinausziehst.«

»Ja, das stimmt«, antwortete Schnatterzahn und unterbrach kurz die Mahlzeit. »Aber wenn dies nicht die Lurchanstalt ist, muss ich schnell weiter wandern. Könnten Sie mir denn sagen, welcher Weg der richtige ist?«

»Nein, leider nicht. Von einer solchen Schule habe ich noch nie etwas gehört.«

»Oje, was mache ich denn jetzt? Es ist doch schon spät und wird bald dunkel.«

»Hättest du vielleicht Lust, heute Nacht hier zu bleiben und dich auszuruhen? Es sind noch genug Betten frei. Bis morgen finden wir den Weg heraus und dann könntest du frisch und mit vollem Magen weiterziehen.«

Ein verlockendes Angebot schlich durch Schnatterzahns Gehör in ihre Gedankengänge. Sie aß weiter. Wen interessierte in diesem Moment noch der ganze Lurchkrempel? Freundliche Menschen, leckeres Essen, warme Betten …, sie konnte die Energie für langes Überlegen getrost sparen und antwortete schmatzend, mit vollem Mund: »Bwa, gwärne, dnke.«

Karl kam trotz 'Tietnoot' und nahm ihre Tasche. Er brachte sie in seinen alten ausgelatschten Schluffen durch das Labyrinth verwirrend langer und verwinkelter Flure über wuchtige Treppen und steile Stiegen in die Schlafkammer. »De Weg is oordig biesterig«, meinte er. Was wohl heißen sollte, dass der Weg nicht einfach sei. Links und rechts an den Wänden hingen hunderte Bilder honoriger Männer, die ernst und erhaben aus der Wäsche blickten. Der eine mit Monokel im Auge, der andere mit Pfeife im Mund, oder einer mit fischigen Glupschaugen und buschigen Haaren aus der Nase. Da-

zwischen auch einige verknöcherte Frauenzimmer - streng, schmallippig, mit aalglatter Frisur, langem Hals, spitzem Kinn und hoch erhobener, nicht minder spitzer Nase.

»Wer sind diese Leute?«

»Us Hus hett eene grode Traditschoon«, erklärte Karl stolz wie ein Gockel. »Dat weern allns unse verährt Direkter un Direkterinnen un enige us best Gattenpietscher. Arg kloog Lüüd, eener plietscher as de anner, över hunnert Stück in all den Johrn. Eene ganz achtbor Gesellschop.«

»Aha«, antwortete Schnatterzahn, die tatsächlich glaubte, etwas verstanden zu haben, »über hundert Stück?! Das is ja mal 'ne Hausnummer.«

»Jo, dat wüll ick meenen, do kunnst een drop laaten.« Beide lachten. Und als sie noch dachte, der Weg nähme niemals ein Ende, standen sie dann doch endlich vor einer unscheinbaren Tür, auf der selbsterklärend schlicht 'Schlafkammer' stand.

»So, anlangt! Biddschön, dit is unse koeniglich Präsident-suite, de Slaapkamer. Nu sök di eenfach een frie Bedd un tu di iersmol verpuusten un versök een beden to sloopen. Moin is een nü Dag, do kiek wi wieter. Godde Nacht«, sprach ihr Wohltäter, lächelte und ging zurück an die Arbeit. Schnatter-zahn trat ein, doch in Erwartung eines spartanischen Käm-merleins, blieb sie mit offenem Mund auf der Schwelle ste-hen. Diese kleine, unscheinbare Tür öffnete den Blick zu ei-nem regelrechten Bettensaal. Nicht gerade stattlich in der Ausstattung, jedoch mächtig in den Ausmaßen. Es schien of-fensichtlich nicht nur ein kleines Kämmerlein für fußlahme Wanderer zu sein, sondern das Nachtlager für eine Vielzahl von müden Ruhesuchenden - die Jugendgemächer der Schü-lerschaft. Der ganze Raum stand voller Betten. Und das nicht nur nebeneinander. Etagenbetten, mindestens fünfstöckig, bis zur Decke, bis ganz da oben. Die gegenüberliegende Wand bestand aus einer riesigen Fensterfront und gab den Blick frei, auf einen kleinen Weiher, in dem die untergehende Sonne dunkelrot schimmerte, umsäumt von unzähligen, bunten Farbtupfern und das purpurfarbene Blütenmeer eines wildwuchernden Kraut- und Rübengartens mit knackigen Knospen und saftigfrischem Grün, und mit alten knorrigen Obstbäumen, die am Beginn einer frühlingshaften Kirschblüte standen. Von geschmeidigen Eichhörnchen federleicht beklettert und bunten Libellen in ihrer beneidenswerten Lebenslust umschwirrt.

Seitlich befand sich ein weiterer Raum, doch die Tür mit der Aufschrift 'Waschstube', blieb lieber unberücksichtigt, sodass Schnatterzahn das nächstbeste Bett aufsuchte, um ihren, nach dem langen Fußmarsch müden Gliedern, eine wohltuende Schonung und ihrem vollen Bauch, Zeit zum Verdauen zu gönnen. Ach, welch Labsal, nach vielen Tagen im Freien ohne vernünftiges Bett, ohne vernünftige Nahrung, ohne vernünftige Vernunft, nun in diesem warmen, weichen Federbett zu liegen. Trotz des noch frühen Abends schaltete sie umgehend, frei von erkennbarer Gegenwehr, zufrieden und mit einem gleichmäßigen, ruhigen Schnaufen, in einen erholsamen Schlafmodus.

Die Hexenschülerinnen eines jeden Jahrgangs kamen heute spät aus dem Wald vom Außenunterricht der Projektwoche in den Fächern Kräuterrezeptologie und Physikalisch-Technische Besenaerodynamik zurück. Hastig wetteiferten die Pennäler um die besten Plätze im Speiseraum und fielen hungrig über die Hechtsuppe der Küchenmeisterin her. Es gab allerdings auch die unvermeidlichen Essensnörgler unter ihnen. Diese Gruppe aß Fischschuppensuppe, während Sigrid ihnen ausführlich vom neuen Gast berichtete. Besonders Freya, die schon lange eine neue beste Freundin suchte, hörte ungeduldig zu und konnte es gar nicht mehr abwarten, diese ... diese ... Knatterzahn oder Schnabbelbahn oder Schlubbelwahn kennen zu lernen. Sie wäre am liebsten sofort zu ihr gegangen, doch zuvor musste, wie jeden Tag, noch das traditionelle Abendgebet gesprochen werden. Vielstimmig erscholl die Ode an die Hexerei, das Hexenunser, voller Hingabe im Raume:

»Vor langer Zeit schuf ein Poet,
in seiner Weisheit ein Gebet.
Fromme Prosa und Gedichte,
von denen ich berichte.

Das Rezept höchster Magie,
es bleibt geheim, verrat' es nie!

Zu Beginn macht Sinn:
Hexenkunst und Schlangenbein,
Feuersbrunst und Unkenschleim.
In der Mitte dann bitte:
Zauberspruch und Rattenspeck,
Aasgeruch und Schweinedreck.
Nicht zuletzt kommt jetzt:
Höllenglut und Matschepamp,
Teufelsblut und Patschemamp.
Dann soll man:
um Himmels Willen im Stillen die Pillen gar grillen,
'n Packen Nüsse knacken, klein hacken, aufbacken,
die zarten Tomatenzutaten aus dem Garten braten,
und zwei Wochen ununterbrochen Rochenknochen kochen.

Es muss zum Schluss:
in Frieden sieden
bis die Fliegen siegen.
Hinterher wird's schwer.
Äh ..., wie war das noch?
Ich weiß nicht mehr.
Frag doch den Koch.
War's das endlich? Selbstverständlich.

Heile damit Weh und Leid
bei Schmerzen in der Krankenzeit.
Nicht nur da, auch hier und überall.
Ob Mensch, ob Tier - total egal.
Doch gib es nur in kleinen Dosen,
sonst macht man in die Hosen.
Und ist es da erst drin,
haut's nich' hin.

Es ist der beste Zaubertrunk.
Das Wichtigste jedoch,
das sage ich dir noch:
Vergiss nicht deine Abrechnung.

Mit alldem sollst du Gutes tun,
in deinem und in Gottes Namen,
zum Wohl von unser'm Hexentum.
Amen!«

Noch bevor die letzte Silbe andächtig verklang, stürzte Freya auf und lief durch das verwinkelte Gewirr der Flure und Treppen in Richtung Schlafkammer. Vorsichtig öffnete sie die Tür, lugte durch den Spalt und sah sofort diese mächtige Nase über einem offenen, eindeutig schlafenden Mund auf einem Kissen nahe des Fensters ruhen.

»Schläfst du?«, war die erste typische und überflüssige Frage.

»Chrrrr«, lautete die genauso typische Antwort. Freya schüttelte die Ruhesuchende durch.

»He, wach doch mal auf, es ist noch gar keine Schlafenszeit. Bist du die Suppelhahn? Warum hast du so einen großen Zinken?«

»Soßen trinken? Was? Wie? Nein, danke, ich trinke lieber Sprudelwasser.« Verwirrung machte sich breit.

»Du bist ja knorke. Träumst du? Ich habe gefragt, warum du so einen Riesengummel hast.«

»Oh, entschuldige, ich bin wohl eingeschlafen, hallo, ich, äh, was? Riesengummel? Meinst du meine Nase? Was ist denn das für eine komische Frage?«

»Ich frag ja nur. Weil die so groß ist.«

 Aber das macht doch nix. Große Nasen sind eben schön.«

»Dann will ich auch so eine Nase haben. Wie heißt'n du?«

»Schnatterzahn. Und du?«

»Freya. Ich bin Hexenschülerin im ersten Semester. Bist du neu hier?«

»Nein, ich ruhe mich nur aus und morgen geh ich zur Lurchschule, damit ich Königin werden kann.«

»Ach so.«

»Kennst du die Lurchschule?«

»Nö, keinen Schimmer. Kannst du nicht auch als Hexe Königin werden? Bleib doch einfach hier in der Penne. Was willst du denn mit diesem ganzen Lurchquitschquatsch? Das braucht doch niemand. Du könntest morgen im Direktoratsbüro mit Herrn Professor Borium sprechen und die Aufnahmeprüfung machen. Die ist zwar kaum zu schaffen, aber Hexen haben nun einmal Zukunft, die werden immer gebraucht. Da hättest du 'was Eigenes.«

»Meinst du?«

»Klar.«

»Weiß nicht.«

»Wieso?«

»Eigentlich täte ich schon wollen, aber dürfen traue ich mich nicht.«

In Wirklichkeit empfand Schnatterzahn große Sympathie für diese Idee und ihr Entschluss stand so gut wie fest. Sie hatte keine Lust, morgen weiter zu wandern, denn diese gemütliche, interessante Bildungsstätte, voller freundlicher Menschen, behagte ihr sehr. Freya musste sich jedoch erstmal mit einer nicht ganz zufrieden stellenden Antwort abfinden.

»Ach, mal sehen, vielleicht, kann sein.«

Die anderen Knirpse trudelten nach und nach in der Schlafkammer ein und machten, was alle Kinderhorden machen, nämlich *nicht* das, was sie sollen. Ihr Geschrei endete in frühreifen Zickenterror, naseweisen Schabernack und vorlauten Döneken. Ein Höllenspektakel. Es dauerte sehr lange, bis die Blagen nach einer fetzenden Kissenschlacht im Bett lagen und Ruhe einkehrte. Mucksmäuschenstille hätte den Raum beherrscht, wenn nicht zwei neue beste Freundinnen, zwei Quasselstrippen noch bis tief in die Nacht sabbelten und kicherten. Schnatterzahns letzter Blick des Tages fiel durch das große Fenster auf den vom Südwind wolkenlosen, dunklen Himmel. Lichtjahre entfernt flog eine Sternschnuppe am Vollmond vorbei. Schnatz hoffte, ihr geheimer Wunsch ginge in Erfüllung. Mit einer Flut neuer Eindrücke schlief sie zum zweiten Mal an diesem Tag ein und träumte von ihrer Familie, von der Vergangenheit im Elfenwunderland, aber mehr noch von ihrer Zukunft und der bevorstehenden Prüfung.

»Iiiiih, das ist ja ganz kalt.«

»Ach, Schnatz, nu hab dich nicht. Sei doch nicht so pimpelig etepetete. Das Wasser wird gleich wärmer. Du musst dich doch mal ordentlich waschen. Besonders nach deiner langen Reise und vor deiner Aufnahmeprüfung bei Herrn Borium«, drängte Sigrid. »Mach hinne, Karl kommt gleich. Er hat heute Morgen schon mit dem Meister alles arrangiert und bringt dich nach oben, in den präsidialen Direktionsbereich. Da ist er schon.«

»Moin!«

»Guten Morgen, Karl.«

Er musterte den neuen Gast.

»Oh, schnieke, dat schaut ja man ganz manierlik ut. Vergeet nich de Luushark.«

Gekämmt, frisch gewaschen und in sauberer Wäsche, was sich eigentlich gar nicht so schlecht anfühlte, ging Schnatterzahn mit vor Nervosität feuchten Händen hinter einem tiefenentspannten Karl durch die verschlungenen Flure. Tausend Fragen schwirrten ihr dabei durch den Kopf.

»Du, Herr Karl«, fragte sie unsicher, »sag mal, wie soll ich mich denn gleich verhalten? Wie wird die Prüfung ablaufen? Was soll ich tun?«

»Wat du dohn sallst? Och, dat is nich swor, dat is janz eenfach: Do wat du wist, de Lüüd snackt doch. So is dat.«

Während Schnatterzahn noch überlegte, was er damit meinte, standen beide dann unversehens vor dem Büro des altehrwürdigen Direktors der Fidibus-Schule und größten Hexenmeisters Eumeliens, Herrn Professor Doktor Doktor Borium.

»So, mien kleene Schietbüddel, do wärn wi, nu geit dat laus, de Meester lässt bidden. Denn man to. Doch Vörsicht, he is af un an een dammlig Blubbermuul, oder een gräsig Klookschieter un Piesepampel, denn is em een Luus över de Lebber lopen. Oder he snackt so schedderig un bölkt as en ool Waschwief, denn het he Hunger. Un de Upgaben de Prövun sünd äsig figelinsch. Aver keene Sörg, lett de Flapp nech hang un kiek nich so bedrübbelt, dat is fix vörbi, dat löppt sik allens 'trecht. Vööl Glück, mok di net inne Büx un pass op di op.« Mit seinem typisch freundlichen, diesmal allerdings etwas verkrampften Lächeln, machte er ihr nochmal Mut. Leider ließ er sie schneller als erhofft mit seinen Ratschlägen und ihrer Aufregung allein. Wahrscheinlich musste er wieder irgendwas heilmaken oder upklötern oder sowas. Soll er doch klötern bis der Arzt kommt, sie wird das schon ohne ihn schaffen. In Wirklichkeit mochte Schnatterzahn diesen gutmütigen Karl richtig gerne. Er schien vielleicht in seiner Art ein wenig ungewöhnlich zu sein, manche sagten sogar, der spinnt, aber im Grunde war er einfach gesegnet mit einem sehr ruhigen und friedvollen Charakter, mit sich selbst im Einklang und reinen Herzens.

Dann gab es kein Zurück mehr. Es ging los. Nach einem tiefen Durchatmen und einem schüchternen Anklopfen öffnete der Aufnahmeprüfling die schwere Tür des Direktorats. Respektvoll und nervös trat sie zaghaft mit bubberndem Herzen zur Audienz ins Allerheiligste.

Da saß er nun! Der berühmte Direktor. Seine Heiligkeit höchstpersönlich. Herr Borium saß herrisch hinter seinem riesigen Bürotisch, lugte mit gestrengem Blick über seine Brille hinweg, stand auf und trat auf sie zu. Jede Kleinigkeit in der strengen Stille dieses Raumes steigerte ihre Ehrfurcht bis der Atem stockte. Der mächtigste je gesehene Hexenhut auf dem Haupt des Meisters der Gelehrten, sein lebensgroßes Ölgemälde, welches seinem Äußeren auf unseriöse Weise schmeichelte, der tiefe Teppich, der jeden Schritt ins Unhörbare dämpfte und das nicht enden wollende Bücherregal, mit den ältesten und lehrreichsten Werken, die je gelesen wurden. Eine wändefüllende Bibliothek in einer dem Wissen gewidmeten Welt. Dies alles beeindruckte sogar die Tochter einer Königin. Einen ganz gegensätzlichen Eindruck machte allerdings die würfelförmige Statur, die dicke Wampe, die fleischigen Backen, die struppigen Augenbrauen und die haarige Warze auf dem Kinn dieses größten Eumels des Landes. Der sonderbare Herr Borium neigte ein wenig zur Korpulenz und entsprach äußerlich nun nicht so ganz Schnatterzahns Vorstellungen, die eher einen garstigen Griesgram oder bräsigen Quacksalber, als diesen aufgedunsenen Dickwanst erwartet hatte. Dieses unliebsame Antlitz war alles andere als ein Augenschmaus. Auch wenn dem strengen Blick, ein missglückter Versuch von Wohlwollen folgte. Doch es kam ihr unecht vor, er wirkte ein wenig blasiert, sie traute ihm nicht, sie war auf der Hut. Erst recht, als er auf sie zuschritt und ihr seine Hand mit den schwulstigen Wurstfingern reichte. Eine Gänsehaut durchfuhr sie bis in die Haarspitzen.

»Ich begrüße dich, junge Dame. Setz dich.« Schnatterzahn setzte sich auf einen niedrigen, harten Stuhl. Er selbst schritt zurück hinter den Schreibtisch und ließ seinen umfangreich geformten Körper in einen schweren Ledersessel fallen, dessen Federn schmerzhaft in die Knie gingen.

»Mein Name ist Borium. Brim Borium. Professor Doktor Doktor Brim Borium. Ich bin der Direktor und Hexenmeister dieser Bildungs- und Erziehungsanstalt. Wie ich hörte, ist es dein Lebenstraum, bei uns aufgenommen zu werden.«

»Guten Tag Herr Doktor Professor Briorium, ich meine,

was?, Lebenstraum?, nun ja, also, nicht so ganz, ich wollte eigentlich zur Lurch...«

»Ich will sehen, was sich machen lässt«, unterbrach er sie. »Zunächst musst du natürlich eine Aufnahmeprüfung mit ziemlich kniffligen Kniffligkeiten bestehen. Die meisten scheitern daran, denn man muss schon ein regelrechtes Schlitzohr sein, um sie zu bestehen. Willst du lieber gleich aufgeben?«

»Aufgeben? Nein, Herr Direktor. Aufgeben kann ich bei der Post. Außerdem ist Aufgeben das Privileg der Schwachen, sagte mein Papa immer. Schwierig heißt nicht unmöglich. Einfach kann jed...«, erwiderte sie gerade ziemlich altklug, als der korpulente Herr ihr erneut ungeduldig in die Parade fuhr.

»Jaja, ist schon gut, genug der Plauderei, sei lieber ruhig und gib Obacht.« Mit diesen Worten stand er nochmal auf, kniff in ihre Backe und nahm wieder an seinem Schreibtisch Platz. Ein wenig verstört nach der unangenehmen Berührung, richtete Schnatterzahn ihre Konzentration auf die Prüfungsaufgaben.

»Mein liebes Kind, konzentriere dich, die Prüfung beginnt, es folgt Aufgabe 1: Zähle zweimal hintereinander bis unendlich. Du hast sechzig Sekunden Zeit. Bitteschön!«

Bitteschön? Wie bitteschön? Geht*s schon los? Was meint der jetzt? Zweimal bis unendlich? Wie soll *das* denn gehen? Ist der irre? Schnatterzahn haderte mit der Aufgabenstellung und ihr Mut sank dahin. Gleich bei der ersten Aufgabe fiel sie durch. Scheibenkleister! Die Zeit lief. Aber Aufgeben kam für sie nicht infrage. Lustlos und schummelnd leierte sie herunter:

»Eins, zwei, drei, unendlich. Eins, zwei, drei, unendlich!« Das war's. Sie konnte zwar schon locker bis neunzehn zählen, aber das wäre jetzt auch nicht entscheidend dichter an unendlich gewesen. Mehr konnte sie nicht tun. Außer Hoffen. Nach einer ausgedehnten lähmenden Stille, kam das niederschmetternde Urteil.

»Hm«, der Direktor überlegte angestrengt, runzelte die Stirn, »hm, ich bin mir nicht sicher«, grübelte er, und es folgte ein drittes 'Hm', bevor er seine Entscheidung verkündete: »Stellen wir uns heute einmal nicht so pinselig an. Ich glaube, das könnte gewissermaßen richtig sein. Möglicherweise ist die Antwort in kleinen Teilbereichen nicht ganz vollständig. Ich werde es später nochmals genau nachrechnen, aber doch doch, nach eigenem Gutdünken lasse ich das einmal gelten.«

Unglauben legte sich wie ein Schleier auf Schnatterzahns Gemüt. »Da brat mir aber einer einen Storch«, dachte sie etwas bodenständiger und horchte gebannt der Aufgabe 2.

»Die nächste Aufgabe ist ungleich schwieriger. Bist du bereit?«

»Ja, ich werde es einfach versu...«

»Versuch es einfach. Pass auf! Du hast ein Haus, in dem sämtliche Wände nach Süden zeigen. Es kommt ein Bär vorbei. Welche Farbe hat er?«

»Welche Farbe?«, in Schnatterzahns Gedanken rumorte es. Das geht doch gar nicht. In einem Haus können nicht sämtliche Wände nach Süden zeigen. Und wieso überhaupt ein Bär? Grün, blau, rosa gestreift vielleicht? Sie überlegte her und hin, aber ihr fiel partout nichts ein. »Keine Ahnung«, dachte sie und gab sich geschlagen. »Nachdem ich jede Möglichkeit bis ins Detail erwog, muss ich leider zugeben, ich habe nicht den leisesten Schimmer, ich weiß es ni...«

»Weiß, goldrichtig, sehr gut«, frohlockte der Professor, »du hast recht. Ein Haus, in dem sämtliche Wände nach Süden zeigen, kann nur genau am Nordpol stehen. Dort wandeln in der Regel weiße Eisbären ohne Farbschimmer. Das hast du sehr gut kombiniert. Respekt! Kommen wir nun zu der letzten Aufgabe. Diese ist mit Abstand die schwierigste, also höre gut zu: Drei verwitwete Grazien von Canterbury-Hall vergruben am 34. Oktober um Mitternacht auf einer Waldlichtung des Sharewood-Forest ein Stück im Eichenfass gereiften Cheddar-Käse, um die Krampfadern einer ihrer jungfräulichen Töchter zu beschwören, für ewige Zeit verschwinden zu lassen und sie zur Schönsten im ganzen Königreich zu machen. Nun, was glaubst du? Was passierte wohl? Wie lautet deine alles entscheidende Antwort?«

Ein nachdenkliches Hm vernahm man diesmal von der anderen Seite des Raumes. Was könnte passiert sein? Es gab so viele Möglichkeiten. Die Krampfadern verschwanden und sie heiratete den schönsten Prinzen des Landes oder die Krampfadern verschwanden nicht und die bedauernswerte Tochter schloss sich für den Rest ihres Daseins in ihrer Kammer ein oder der Cheddar-Käse erwachte zum Leben und verschlang die Witwen mit Haut und Haar oder, oder, oder ... Nein, diese Aufgabe ist unlösbar. Es gab Pi mal Daumen Zillionen von möglichen Antworten. Was für eine verwegene Schnapsidee, zu glauben, diese Prüfung je bestehen zu können. Schnatterzahn resignierte.

»Herr Direktor, es tut mir leid, ich habe keine Ahnung, ich weiß es leider nicht.« Der große Hexenmeister Brim Borium riss überrascht den Kopf hoch. Seine schwabbeligen Backen wackelten noch sekundenlang nach.

»Bitte wiederhole die Antwort, damit ich es richtig im Protokoll vermerken kann.«

»Ich sagte, ich weiß nichts.«

»Nichts? Gar nichts? Überhaupt nichts? Tja, dann muss ich

leider sagen: Du hast schon wieder recht! Es passierte nichts, denn jeder kleine Hexenmeister weiß, gegen Krampfader hilft nix. Rein gar nix. Dagegen gibt es kein Zaubermittel und wird es auch in Zukunft niemals geben. Krampfadern und erst recht Cellulite werden die bleibende Geißel der jungfräulichen Töchter bis ins unsterbliche Jenseits irdischer Zeitrechnung sein. Pech gehabt.

Doch *du* hast Glück. Prüfung bestanden! Gratuliere dir.« Damit griff er in eine Schublade seines Schreibtischs und entnahm ihr einen kleinen schwarzen spitzen Hexenhut. Erhaben schritt er zu der neuen Hexenschülerin, setzte ihr den Hut auf den Kopf und hielt eine kleine Ansprache.

»Hiermit heiße ich dich Willkommen und ernenne dich offiziell zu einem Zögling unserer, zu über tausend Jahren Tradition verpflichteten, Fidibus-Hexenschule. Die Größe dieses Hutes verleiht dir den Status des Grünschnabels. Mit jeder erfolgreichen Prüfung erhältst du einen größeren Hut und einen höheren Status. Mögest du dich würdig erweisen und gelehrig sein, um eines Tages dein Hexendiplom zu erwerben und zum Wohle jedweder Gutwesen und Wehe sämtlicher Haderlumpen das Hexentum auszuüben.«

»Oh, vielen Dank, ich freu...«

»Ja ja, schon gut, das war's. Du kannst dich trollen.«

»Wie bitte? Was soll ich?«

»Du darfst dich entfernen«, sprach Direktor, Professor und noch irgendwas Borium gebieterisch, »spute dich, ich hab' zu tun. Und Hunger.«

Ein kleiner Grünschnabel, von dem Prüfungspipapo noch ganz schwindlig im Gemüt, trollte sich, wie ihm geheißen, ohne nochmals unterbrochen zu werden. Mit einem breiten Grinsen und stolz geschwellter Brust lief sie ihrer besten Freundin Freya entgegen, die gebannt gewartet hatte.

»Wie war's? Bestanden?«, fragte sie gleich.

»Na klar, alles tacko, war doch pillepalle!«, strahlte Schnatterzahn zurück und vor lauter Begeisterung über ihr neues Bündnis, umarmten sie sich, lachten und jauchzten, hüpften und tanzten quietschfidel im Kreise, bauten übergroße Luftschlösser in Wolkenkuckucksheim und hatten Rosinen im Kopf, mit denen sie fieberhaft Wünsche und Träume für eine erfolgreiche Zukunft sponnen, in der sie die bedeutendsten Hexen des Reiches wären, nur, um sofort wieder still zu stehen, sich gegenüberzustellen und tief in die Augen zu sehen. Ungeniert spuckten beide in die Hand der jeweils anderen und besiegelten damit ein immerwährendes Bündnis. Sie schworen einander mit einem feierlichen Treueeid ewige Spuckeschwesternschaft.

So ging die Zeit ins Land, die Jahre schwanden dahin. Schnatterzahn schrieb regelmäßig ihrer Familie, die sehr erfreut war über den beruflichen Werdegang und den Erfolg ihrer Tochter und vielerlei Gutes aus der Heimat in ihren Briefen zu berichten hatte. Schnatz und Freya blieben allerbeste Freundinnen. Zuweilen zeigten sie sich im Unterricht als aufmüpfige Querdenker, meist jedoch als butterweiche Luftikusse. Fleißig wie eine Biene sammelten sie den Honig fürs Leben. Die schulischen Leistungen hielten größeren Erwartungen durchaus stand. Besonders in den Hauptfächern Hexenspruchmetrie, eumelische Eumelkunde und der Anatomie des Knödelkäfers. Kleinere Defizite in Leibesübungen sowie Körperpflege- und Aufräumkunde konnte man ausgleichen. So verwunderte es nicht, dass Schnatterzahns Hut nach einigen bestandenen Prüfungen eine recht beachtliche Größe aufwies und sie den anerkannten Status eines Dreikäsehochs erwarb.

Karl lag im Sterben. Er hatte auf dem Dach gefrickelt, stolperte dabei über einen rostigen Nagel und fiel herunter. Der Medizinalprofessor diagnostizierte nach proakut reanimatologischer Behandlung eine gravisive Frakturation des Neurocraniums im insanabilen scaena ultima. Oder so ähnlich. Karl hatte seine eigene Erklärung und sagte nur: »Dat begriep ick nich. Man lernt jo nie ut, aver ick glöb eenfach, ick weur een Dösbaddel un opn Brägen knallt. Mi is ganz plümerant tomoot, ick bün nich op´n Damm. Do kunnst nix moken.« Hexenzauber nahm ihm die Schmerzen, konnte aber nicht wirklich helfen. Möge es einem jeden Warnung und Lehre zugleich sein und er bei heiklen Dachfrickelungen stets einen geeigneten Arbeitsschutzhelm verwenden.

Sigrid saß an seinem Sterbebett. Sie hielt sich tapfer und seine kalte Hand, konnte die Tränen aber nicht zurückhalten.

»Du weest doch, mien kleen Schätzeken: Schiete seggt Fiete«, sprach er mit schwerer Zunge, »dröm si nich trurig, do gifft et gor nix to jammern, vertwiefel nich, gode Fru, ick goh allmol vor, un richt dat door scheun her, dormit allns bereet is, wenn du nokümmst«, er atmete schwer, »ick goh den Weg allns Lävens, un Unkruut vergeiht nich«, die Worte kamen immer dünner über die Lippen, »oh, nu ward dat aver tappendüüster«, und dann noch mit letzter Kraft, »eens noch, eens wullt ick noch seggen, dat ... dat du woll weest, dat du mien ... mien ... Leevste ... büst.«

Es waren seine letzten Worte. Er hatte unrecht, denn auch Unkraut vergeht. So starb Karl. Hexenhausmeister Karl Huusen aus Oostfreesland in Tüütschland. Er schied friedlich und würdevoll. Das Leben wich aus seinem Körper und schwebte davon in die Unendlichkeit. Doch Leben und Tod ist nur eine Frage der Perspektive und so streifte er voller Demut die Schwere des Daseins ab, um zur Ruhe zu kommen und nahm die Erinnerungen an eine zufriedene und glückliche Zeit auf Erden mit auf den Weg durch die Pforte in das gleißende Licht eines unbekannten Landes der Vergänglichkeit, ohne Wiederkehr, das ausnahmslos jeder einmal kennenlernen wird. Versprochen! Es ist die einzig wahre Gerechtigkeit auf Erden.

Karl fehlte an allen Ecken und Enden. Er war der beste Heilmaker in ganz Eumelien. Nicht nur am Hause, auch kindliche Tränen wegen eines aufgeschlagenes Knies oder schmerzenden Heimwehs konnte er mit seinem Lächeln, seiner Gutmütigkeit, seinem Mitgefühl, seiner Kraft und einer plattdeutschen Weisheit besser als jedes Hexenrezept heilen. Noch lange trauerte man regelmäßig an Karl Huusens Ehrengrab auf dem Anger. Besonders natürlich seine Witwe Sigrid. Als ob gerade *sie* nicht schon genug zu leiden hatte, mit der ständig schwieriger werdenden Versorgung ihrer Schulkinder und des Lehrkörpers und insbesondere mit dem nimmersatten Direktorium. Im Sommer konnten noch selbst die Hungrigsten mit dem Gemüse und Obst des Gartens gesättigt werden. Zusätzlich gab es dann sonntags, zum großen Genuss aller Feinschmecker im Hause, meist noch ein saftiges Schneckenschnitzel. Mit dick Panade. Zu besonderen Gelegenheiten sogar auch mal ein zartes Schnutenpitzel. Mit krosser Kruste. Oder zumindest eine schöne Suppe aus Wrunken oder Klackerklüten. Aber im Herbst, und erst recht jetzt im Winter, reichte selbst dem Anspruchlosesten die wässrige Haferschleimgrütze nicht mehr. Es machte sich zunehmend der Hunger als unwillkommener Gast in den Mägen bequem und kniff im Gedärm. Der Prof höchstpersönlich sah sich veranlasst, den Appetit mit einer gepfefferten Rede aus dem Stegreif vor versammelter Mannschaft zu stillen.

»Verehrtes Kollegium, liebe Küchenmeisterin, Kinder«,

begann er beifallheischend, »es ist mir ein dringendes Bedürfnis, ja sogar ein außerordentliches Verlangen, in diesen schweren Notzeiten der Nahrungsverknappung, uns die Kraft zu spenden, die wir zum Durchhalten benötigen, um diese Phase der Beschwernis und Mühsal zu überstehen. Die allwinterliche missliche Versorgungslage nötigt einen jeden, den Gürtel enger zu schnallen. Gewiss, unsere unermüdliche Sigrid ist eine wahre Meisterin, selbst aus kleinsten Resten noch etwas Wohlschmeckendes und Nahrreiches herzurichten. Obgleich auch ihre große Kunst nichts Unmögliches zu leisten vermag. So bleibt uns nichts weiter übrig, als diese niederen Bedürfnisse der Nahrungsaufnahme hinten anzustellen und uns mit ganzer Kraft der Lehre und des Studiums unserer Kunst zu widmen und daraus die nötige Energie zu schöpfen und auf den nächsten Sommer mit einer guten Ernte zu hoffen. Bis dahin müssen wir sparen, wo immer es geht. Koste es, was es wolle. So will ich allen voran, mich in einem aufopfernden Beispiel der bedingungslosen Enthaltsamkeit üben und verkünde, in den folgenden Wochen zum Wohle der Gemeinschaft lediglich mit einer einzigen dürftigen Mahlzeit am Tag, meine Be ... ääh ... Erfüllung zu suchen. Nein, wartet, mehr noch, mit den Brosamen, mit den allerletzten Brosamen, die der Herr noch übrig hat, will ich mich künftig einem kleinen Spätzchen gleich, zufrieden geben. Ich werde höchste Ansprüche stellen an die Anspruchslosigkeit.« Gestenreich unterstrich er sein edelmütiges Opfer und fügte nach dieser einzigartigen Selbstkasteiung schwer atmend und mit tränenerstickter Stimme noch hinzu: »So wahr ich hier über euch ... vor euch stehe.«

Nachdem staunende Gesichter wieder zur Besinnung kamen, erfüllte tosender Applaus den Saal. Einzelne Bravo-Rufe rundeten die Begeisterung ab. Die einen waren ganz aus dem Häuschen und nickten einander anerkennend zu, die anderen verzogen etwas misstrauisch das Gesicht. Der Direktorius stieg nach dieser brillanten Rede von seinem eigenen Großmut beweihräuchert, die Stufen des Rednerpults hinab. Seine Selbstgefälligkeit troff aus allen Poren, sein Geltungsdrang war befriedigt. So stolzierte er hoch erhobenen Hauptes in seine herrschaftlichen Privatgemächer, um sich nunmehr am eigenen Hunger zu erfreuen. Friede, Freude, Eierkuchen.

Freya und Schnatterzahn gehörten jedoch zur Fraktion der Misstrauischen.

»Haarsträubender Blödsinn!«, meinte Freya verächtlich, »der Dicke hat gut Reden. Wenn ich so eine Plauze hätte, könnte ich mit einer Mahlzeit pro *Woche* auskommen. Diese Heuchelei ist schwer zu ertragen. Ich glaube ihm kein Wort. Ich habe schon zwei Kilo abgenommen und *der* wird immer fetter.« Schnatterzahn widersprach nicht. Sie nickte nur und ihre Eingeweide zogen sich zusammen, als sie mit Grauen an die nächste fade Schneesuppe dachte. Bäh, pfui Spinne!

Nun könnte der aufmerksame Leser wahrlich der irrigen Idee erliegen, man möge doch in diesem Hause, welches sich in besonderem Maße der übersinnlichen Magie widmet, einfach mit einem schmissigen Sprüchlein, ein ordentliches Leberwurschtbrot auf den Tisch zaubern. Jedoch ist darauf erklärend leider zu erwidern, dass selbst die Fähigkeit des kundigsten Hexperten, natürlich nur Illusionen und Trugbilder hervorzurufen vermag oder durch geschicktes Mischen und Bearbeiten verschiedenster Kräuter, Linderung bei körperlicher Kümmernis bewirkt. Jede irdische Kunst unterliegt unweigerlich engen Grenzen. Denn wirkliche Wunder vermag ganz bestimmt nur einer zu vollbringen. Der liebe Gott und sonst niemand!

So blieb ihnen denn auch heute nichts weiter übrig, als die Krümel der Speisekammer aufzupicken und eine von schlichter Kargheit geprägte Abendspeise genügsam zu erdulden. Sie darbten. Selbst das Flott auf der Milch oder der Knust des Brotes, erst recht die sehnigen Knorpel des Vortages wurden zum Hochgenuss. Schnatterzahn aß besonders wenig, damit für die anderen mehr übrig blieb. Unter diesen Bedingungen konnte man nicht studieren. Und nicht schlafen. Des Nachts, als im Bettensaal nur noch ein allgemeines Schnaufen und Schnarchen durch die Reihen ging, schlich sie leise aus dem Bett, hinein in ihre Galoschen, hinaus auf die kilometerlangen Flure, über unzählige Treppen, und trieb wie von selbst in Richtung Küche. Schnatz wurde ganz traurig bei dem, was sie dort sah. Zu später Stunde, mitten in der Nacht, auf einem hölzernen Schemel - die Sigrid. Da saß sie. Zu einem Häufchen Elend versunken. Die Brust wurde eng. Eine Träne rann hinab.

»Ach, Schnatz«, klagte sie geradewegs mit wackelnder Stimme, »ich weiß nicht mehr weiter. Ich gehe jeden Morgen den mühseligen Weg zum Markt und versuche die nötigen Vorräte zu beschaffen. Der Bauer im Tal klaubt auch seine kümmerlichen Reste für uns zusammen. Dazu noch die Winterkräuter aus dem Garten, aber es reicht einfach nicht für alle. Ich bekomme euch nicht mehr satt. Diese Misere bereitet mir viel Verdruss. So langsam geht's ans Eingemachte. Was soll ich nur tun? Dabei denke ich oft, wir hätten genug, doch dann ist alles wieder schneller weg, als man gucken kann. Es ist grotesk. So einen arg schlimmen Winter hatten wir noch nie. Wir sind trunken vor Hunger. Kalli ..., mein Kalli, *der* wüsste Rat. Der Spökenkieker fehlt mir, Schnatz. Wie schnell man nach der für selbstverständlich gehaltenen Zweisamkeit einsam werden kann. Wenn er morgens um vier

Uhr aus dem Bett stieg und mich mit seinem fröhlichen »Moin Moin, du Slaapmütz. Opwaken, de ol Hahn hett al kreiht! Tiet to opstahn, mien Leckerche« weckte und wir noch ein wenig poussierten, da war meine Welt in den Fugen, da konnte nichts schiefgehen, da warf uns der stärkste Sturm nicht um. Aber nun …, nun weiß ich nicht mehr, wie es weiter gehen soll.«

Die Träne auf Schnatterzahns Handrücken schimmerte soeben noch im Augenwinkel. Worte halfen da nicht wirklich. Zuhören allein brachte schon reichlich Trost. So ergossen sich beide noch eine Zeit lang in ihrem Herzschmerz und der Trauer. Um Karl, um den Hunger und um die schwere Last des Lebens, die es zu tragen galt, ohne umzufallen. Bis dann doch die Augen vor Müdigkeit zufallen wollten und man getröstet endlich zu Bett ging. Sigrids Kammer lag gleich hinter der Küche. Schnatterzahn schlug den Weg zurück in ihre eigene Schlafkammer ein. Über die unendlichen Gänge. Durch fahles Mondlicht schummrig erhellt. Verwinkelt, geräuschlos, allein, schaurig. Auf diesem nächtlichen Rückweg, fuhr der mutigen Schnatterzahn eine leise Furcht in die weichen Knie. Es konnte nicht schaden, einmal vorsichtig über die Schulter nach hinten zu schauen und die eigene Gangart unauffällig zu beschleunigen. Bis das lautlose Schließen einer Tür und schwere bedrohliche Schritte, Herz und Atmung vorübergehend zum Stillstand brachten und sie vorsorglich hinter dem nächstbesten Mauervorsprung in Sicherheit sprang. Die Schritte einer dämonischen Spukgestalt kamen näher. Ein allnächtlicher Traumwandler, entstiegen aus den Gräbern der Unterwelt. Schnatterzahn presste sich in die Ecke, ahnte große Gefahr. Aus leiser Furcht wurde blanke Angst. Wer war da? Mitten in der Nacht? Was hat der hier zu suchen? Sie hielt in höchster Not die Luft an, schloss die

Augen, wünschte das sichere Bett herbei. Die Schritte waren kurz vor ihr, mühsam setzte jemand einen Fuß vor den anderen, war nun direkt neben ihr. Schlimmstes würde jeden Moment passieren. Sekunden dehnten sich zur Ewigkeit. Die Schritte stoppten. Das Nachtmonster hielt an. Bestimmt hatte man sie entdeckt. Jeden Moment würde es zuschlagen. Aber ... man glaubt nicht, was dann geschah: Das Nachtmonster rülpste! Tatsächlich! Dieser bedrohliche Rüpel rülpste einfach nur, blies ab, und das sogar mit größter Hingabe. Er rülpste und keuchte und machte Geräusche, die in dieser wenig appetitlichen Form sicherlich eher selten zu hören sind. Unglaublich! Das war nicht von schlechten Eltern. Mit dem Schlimmsten hatte sie gerechnet, aber nicht damit. Nachdem die unheimliche und zugleich stinkende Person von ihren körperlichen Gasen befreit war, setzte sie ihren Weg erleichtert fort und verschwand um die nächste Ecke. So schnell, wie es kam, so schnell verschwand es auch wieder. Schnatterzahn erinnerte sich nach gefühlt mehreren Stunden und überstandener Gefahr wieder ihrer selbst, hauchte einen vorsichtigen Atemzug, öffnete die Augen und blieb unentdeckt. Puuh, haarscharf, das ging ja gerade nochmal gut. Was war *das* denn? Ein Rhinozeros auf zwei Beinen, ein Biogaswerk oder der ewige Sitzenbleiber im Benimmkurs??? Schnatterzahn stand mit knackenden Knochen auf. Die Angst wich einer nicht zu unterdrückenden Neugier. Sie warf einen interessierten Blick auf die unscheinbare Tür, mit der jene nächtliche Situation ihren Anfang nahm. 'Zutritt streng verboten' stand darauf. Zutreten wollte sie gar nicht, aber reinschauen wird ja wohl noch erlaubt sein.

Dahinter kam eine Treppe zum Vorschein. Eine feuchte Treppe, die in einen noch feuchteren Keller führte. Nach Monsterhausen wahrscheinlich! Nein, nein, natürlich würde sie dort nie im Leben hinunter gehen. Niemals! Schon gar nicht mitten in der Nacht. Sie ist schließlich nicht lebensmüde, sondern geht auf direktem Weg flugs ins Bett. Und zwar jetzt, in diesem Moment! Zumindest, wenn sie diese doofe Tür wieder auf bekommt. Von außen ging es doch eben so leicht. Wieso klemmt die denn jetzt plötzlich von innen?

»Macht nix, ich brauche nur mit aller Kraft dagegen zu drücken, und schwupps, bin ich wieder draußen – nnnnngggh!« Es half nichts. Ein Stück ihrer Schlafanzugho-se blieb auch noch in der Tür hängen, sodass sie sich regel-recht losreißen musste. So ein verdammter Schlamassel, heu-te blieb ihr aber auch gar nichts erspart.

»Na ja, es wird schon noch einen anderen Ausgang hier ge-ben«, dachte Schnatterzahn. Eine Treppe führte tief nach un-ten. Am Ende wiesen kleine flackernde Fackeln den Weg. Es roch feucht und muffig. Sie tapste weiter. Mehrere Quergän-ge, Treppen und Korridore später stand sie dann endlich vor der Ausgangstür. Jetzt nur noch durchgehen und schon ist sie im Bett. Sie ging durch und schon war sie ... alles andere als im Bett. Nein, da war kein Bett. Bett geht anders. Von Bett konnte ganz und gar nicht die Rede sein. Vielmehr wähnte sie sich geradewegs im Schlaraffenland. Jawohl, ihr könnt es ruhig glauben, ich wiederhole: Im Schlaraffenland! Denn di-rekt vor ihr lag der Garten der Seligen zum Greifen nah. Ihre Sinne duselten. Ein Traum? Trugschluss? Einbildung? Au-genfehlfunktion? Nein, die Nase bestätigte es. Der Raum quoll über vor lauter lukullischen Delikatessen. Bis zur De-cke lagerte hier das feinste Essen, das man seinem Verdau-ungstrakt zuzuführen vermag. Haufen von Rosinenwürst-chen, mit oder ohne Gnubbel, grüne Fischschokolade, Salz-stangenpizza, Waldmeisternudeln, Blutwurstmarzipan,

Marshmallows in Aspik, dazu Kribbelwasserlimonade, Fliegensaft und Pfeffersirup. Als Krönung des Ganzen stand in der Ecke der nagelneue, chromblitzende, vollautomatische Grillomat 'Broiler2000'! Mit Appetitsensor und Servierfunktion. *Was* für ein Anblick! Sofort reagierte ihr Magen mit einem lauten Knurren sowie der Speichelfluss mit einer vermehrten Produktion und verlangten, an diesen Köstlichkeiten teilzuhaben. Bereitwillig gab sie ihnen nach und griff beherzt zu einem cremigen Tannenzapfenpudding am Stiel. Mit einer erregten Vorfreude führte Schnatterzahn ihn zum Mund und merkte gar nicht richtig, wie der erhoffte Gaumenkitzel ein jähes Ende nahm. Das Desaster begann. Fast unbemerkt verschloss eine Hand jene Körperöffnung, die üblicherweise der Nahrungsaufnahme dient.

»Na warte, ich werde dich lehren, mir heimtückisch meine Vorräte zu stehlen, du undankbares Gör«, sprach's unmittelbar hinter ihr. Und bevor die Hungrige begriff, schleifte man ihren Körper rücklings in einen Nebenraum und verfrachtete sie herrisch, grob und schonungslos auf den blanken und nassen Steinfußboden dieser gruseligen, finsteren Gruft. Rums! Eine schwere, eisenbeschlagene Tür fiel scheppernd zu. Der Riegel verriegelte mit einer geräuschvollen Endgültigkeit. Und nach einem letzten kurzen Poltern umgab die Ärmste tief drunten eine gespenstische Grabesstille, die man sogar schmecken konnte.

Die Überraschung war zu groß, um Angst zu zeigen oder das soeben Erlebte wenigstens ansatzweise zu verstehen. Nur langsam fanden die Gedanken zurück in geordnete Bahnen zu der gewohnten Arbeitsweise und bemerkten die klamme, glitschige, lieb- und lichtlose Umgebung; rochen die verschimmelte, feucht-modrig stinkende Luft. Kein Stuhl, kein Tisch, keine Pritsche, nicht der kleinste Halm Stroh. Nur ein

verrosteter Eimer in der Ecke mit einer braunen Pfütze brackigen Wassers darin. Ein Rudel Dünnflitschfliegen sirrte noch unentschlossen drumherum. Sie fröstelte, bibberte. Undefinierbares kreuchte und fleuchte über den blanken Boden und eine haarige Spinne, von Allem unbeeindruckt, suchte ihren Weg von einem kunstvollen Gespinst an der Decke hinab an einem langen Faden in den Nacken der Geplagten. Damit war sie für ewig gefangen in einer klammen, kalten, feuchten, dunklen, einsamen Grotte, einem entsetzlichen Kerker. Eine höhere Macht hatte sie ihrer Freiheit beraubt. Es dauerte nicht lange, bis sie aus der lähmenden Erstarrung erwachte. Zusehends durchschwappte eine Welle des Erschauerns ihr Innerstes. »Nein«, flehte sie still und leise, »bitte nicht, bitte lasst mich wieder raus.« Endlich folgten dann auch die entsprechenden körperlichen Reaktionen: Herzrasen, Zappeln, Schluchzen, Panik und ungehörte Schreie gegen meterdicke Mauern: Hilfe, HIIIILFE!!!

Die Krähen krächzten pünktlich wie an jedem Morgen um dreiviertel Uhr und weckten die Kinder des Schlafsaals. Freyas erster Blick galt dem Nachbarbett ihrer besten Freundin. Sie wunderte sich, dass Schnatz schon wach war, das Bett gemacht hatte und dem Bad offensichtlich einen freiwilligen Besuch abstattete. Übte sie für die heutige Körperpflegeprüfung? Die Verwunderung nahm zu, als die Gesuchte weder im Bad noch beim Frühstück zu sehen war. Und aus Verwunderung wurde Sorge, nachdem auch ihr Platz an Freyas Seite im Unterricht leer blieb. Der Lehrer erschien.

»Herr Runkelbein, bitte, Herr Runkelbein, ich habe eine dringliche Mitteilung zu machen.«

»Guten Morgen, liebe Kinder. Wie ihr wisst, schreiben wir heute eine Klassenarbeit in Körperpflege. Bitte holt eure

Zahnbürsten und den Waschlappen raus.«

»Herr RUNKELBEIIIIN!?«

»Freya, bitteschön, was gibt's denn?«

»Schnatterzahn ist nicht da!«

»Wie, nicht da? Wo ist sie denn? Wir schreiben doch heute eine wichtige Klassenarbeit. Dann hol sie, aber ratzfatz, sonst gibt's mal ein bisschen Wind von vorne und eine schlanke Sechs im Klassenbuch. Körperpflege ist schließlich nicht gerade ihr bestes Fach.«

»Das ist ja das Problem. Ich weiß nicht, wo sie ist.«

»Ja, dann such sie, aber hurtig.«

So begann die größte Suchaktion in der langen Geschichte der Fidibus-Hexenschule. Das gesamte Haus wurde auf den Kopf gestellt, jeder Winkel auf links gekrempelt - im Bettensaal, Waschraum, Klassenräume, Küche, Dachboden, Garten, überall. Es half nichts. So groß, wie die Suchaktion war, so erfolglos war sie leider auch. Am Abend noch immer keine heiße Spur. Die nächsten Tage blieben nicht minder erfolglos. Alle Bemühungen verpufften im Nichts. Man kam am Ende zu der Erkenntnis, dass Schnatterzahn bestimmt heimlich in ihr Elfenwunderland zurückgekehrt sei. Niemand ahnte, wie groß ihr Heimweh gewesen sein musste. Wirklich tragisch. Die Suche wurde auf Anordnung des Direktors zu seinem größten Bedauern eingestellt. Der Betrieb musste weitergehen. Schließlich verschwand nicht zum ersten Mal ein Schüler spurlos und spukte zu mitternächtlicher Stunde schauerlich zwischen den Spinnweben in den hintersten Ecken des Dachbodens. Was allerdings noch niemals jemand gesehen hatte. Nur Sigrid gab noch keine Ruhe.

»Ich glaube das nicht. Das ist nicht ihre Art. Sie würde uns niemals einfach so verlassen. Es muss etwas passiert sein.«

»Sieh es ein, Sigrid«, versuchte Herr Runkelbein zu beruhigen, »das Heimweh überkommt jeden einmal. Dazu die Prüfungsangst vor'm Waschen und Zähneputzen. Wollte sie nicht auch irgendwas mit Fröschen an der Universität studieren? Es gibt keinen Zweifel mehr, sie ist fort, auf und davon, verschwunden, auf Nimmerwiedersehen, wir können nichts mehr tun.«

»Doch!«

»Nein, ausgeschlossen!«

»Ich gebe noch nicht auf. Ich bin sicher, wir haben etwas übersehen.«

»Was denn?«

»Eine letzte Möglichkeit gibt es noch.«

»Und die wäre?«

»Die Polizei! Wir müssen die Polizei einschalten.«

Bezirkswachtmeister Hasenfuß erschien vom Notruf der Einsatzzentrale alarmiert, gleich am selben Abend. Er war im ganzen Land bekannt dafür, bisher noch jeden Fall gelöst zu haben. Die Schindluder treibenden Ganoven fürchteten ihn, die tugendhaften Sittenwächter priesen ihn. Ein sehr geachteter und angesehener Eumel. Mit dem Handy am Ohr betrat er Sigrids Küche. Bestimmt ein ganz wichtiger Polizeianruf aus dem Hauptquartier, um wieder einen gefährlichen Schwerverbrecher hinter Schwedischen Gardinen dingfest zu machen.

»Was? Wie bitte? Wie war Ihr Name? Schmartolk?«, hörte man ihn sagen, »der tausendste Kunde? Auto gewonnen? Was für ein Auto? Brauche ich nicht! Nein! Keinen Führerschein. Nein, hab ich nicht, wie?, doch, das gibt's, danke. Nein. Ich sagte doch, nein! Nein! Ja, Sie mich auch.« Damit wandte er seine Aufmerksamkeit leicht verärgert zu den Anwesenden. »Ich bitte um Entschuldigung, eine kleine lästige

Unterbrechung. Lassen Sie uns lieber mit den Ermittlungen beginnen.«

Nach allgemeiner kurzer Verwirrung ließ sich dieser Hasenfuß den Sachverhalt nun erst einmal ausführlich bis ins Detail schildern. Anschließend folgte das Verhör der Zeugen. Zielgerichtet stellte er seine knallharten Fragen.

»Beschreibung der Zielperson?«

Freya preschte unbeirrt vor und beschrieb eine ausgeklügelte Charakteristik.

»Eine schöne, riesengroße Nase hat sie. Mitten im Gesicht.«

»Aha!« Hasenfuß überlegte angestrengt. Doch damit nicht genug. Hartnäckig bohrte er weiter, um den Zeugen auch noch die kleinste Information zu entlocken. Jede Kleinigkeit konnte wichtig sein. »Und wann hat man die Großnasige zuletzt gesehen?« Diesmal war es Sigrid, die genau Auskunft geben konnte.

»Wir redeten letzte Woche nachts noch lange in der Küche, bis wir müde wurden und dann wollte Schnatz ins Bett.«

»Aha, aha, so, so. Na dann bitte ich darum, mir den Weg von der Küche ins Schlafzimmer zu zeigen.« Ja, was für ein genialer Einfall. Der Mann beherrschte seinen Beruf aus dem Effeff, ein echter Profi, ein Meister seines Fachs mit modernster Ermittlungsanalytik.

Man machte sich auf den Weg. Selbst der Herr Direktor höchstpersönlich ging mit, blieb allerdings ungewohnt wortkarg. Auf dem langen Gang durch die Flure, stopfte der Chefermittler, tief in seinen kriminalpolizeilichen Überlegungen versunken, tabakhaltige Rauchwaren in eine Pfeife und zündete sie an. Kleine Funken stoben in die Höhe, als er abrupt stehen blieb, die Augen zu schmalen Schlitzen verengte und das allgemeine Interesse auf einen kleinen Stofffetzen lenkte, der in einer Tür feststeckte.

»Aha, aha, was ist denn das?«, fragte der Fahnder in die Runde und nahm seinen Knösel aus dem Mund. »Das könnte ein Corpus Delicti sein, wie wir Kriminalen sagen.« Er zog eine spezielle Speziallupe der Spezialpolizei aus der Tasche und unterzog diesen Corpus einer intensiven optischen Inspektion. Das Auge des Gesetzes, scharfsichtig wie ein junger Wurf Maulwürfe.

»Aber Herr Wachtmeister Hasenbein, ich bitte Sie, das tut doch gar nichts zur Sache«, schoss mit einem Mal der professorale Direktor ganz generös aus seiner Deckung hervor, »das ist doch nur ein alter Lappen, ich werde diese Unordnung sofort beseitigen lassen. Freya … los los, beweg dich, räum das weg, wird's bald?!«

»Fuß.«

»Wie bitte?«

»Fuß. Mein Name ist Hasen*fuß*. Bitte merken Sie sich das!«

»Was? Ja, natürlich, entschuldigen Sie, Herr Hase…, ich meine, Kommissar Hasenb… ääh, wie war das noch?«

Das brimsche Boriumchen verlor nicht nur die Farbe im Gesicht, sondern auch die Fassung. Mein Gott, wieso war der denn auf einmal völlig neben der Spur? Nervös schaute er wie gehetzt von einem zum andern. Der Inspektor schmauchte genussvoll an seiner Pfeife und ermittelte unbeirrt fort.

»Ich werde Beweisstück A beschlagnahmen und einer genauen Analyse unterziehen. Meine Damen, Herr Direktor, ich habe genug gesehen für heute. Ich werde diesen Stoff ins Labor geben. Sie hören von mir. Ich empfehle mich«, sprach Bezirkswachtmeister Hasenfuß, nicht ohne noch einen kräftigen Zug aus seiner Pfeife zu saugen, der den Tabak rotglühend aufglimmen ließ. Offensichtlich hatte er Lunte gerochen.

Die Anwesenden, und sogar der immer noch fahrig wirkende Direktor, senkten in rauchgeschwängerter Luft unterwürfig den Kopf und blieben mit einer nicht unberechtigten Hoffnung zurück, das Rätsel um den Verbleib der Vermissten mit viel Glück und Hasenfußes Geschick eventuell vielleicht möglicherweise doch noch lösen zu können.

In der Nacht wälzte sich Freya in ihrem Bett hin und her. Sie weinte ihr Kissen nass, traurig darüber, dass ausgerechnet ihre Spuckefreundin sie wortlos verließ, um in ihre Heimat zurückzukehren. Vor lauter innerer Unruhe, brauchte man an Einschlafen keinen Gedanken zu verschwenden. Auch die morgen nachzuholende Körperpflegeprüfung war ihr im Moment schnuppe. Vielmehr ging ihr ein unbedeutend scheinender Stofffetzen nicht aus dem Kopf. Worauf könnte der hinweisen? Wieso hielt der Polizeimann den für so entscheidend? Und was hatte dieses stotternde Gezappel des Direktors zu bedeuten? Es ließ ihr keine Ruhe, dem musste nachgegangen werden. Sie hatte einen schlimmen Verdacht und nahm eigene Ermittlungen auf.

Sofern an einer Tür 'Zutritt streng verboten' steht, hält sich ein ehrliches und gut erzogenes Mädchen natürlich daran. Und zwar ohne Widerrede. Aber besondere Umstände erfordern zuweilen besondere Maßnahmen. Am Ende der Treppe wiesen auch heute Nacht flackernde Fackeln den Weg. Dabei entdeckte Freya Gleiches, wie einige Nächte zuvor eine ihr lieb gewonnene beste Freundin. Doch dann erstarrte sie. Aus den Tiefen der Katakomben hörte sie ein unheimliches Greinen und Winseln, dass ihr die Fußnägel aufrollte und schaudern ließ. Das Bedürfnis, den schmerzenden Hunger mit dieser Unmenge an Delikatessen zu stillen, trat jedoch hinter den Wunsch, der Ursache des jämmerlichen Wimmerns nachzugehen.

»Schnatz? Schnatz bist du hier?«

Eine schwache Stimme antwortete: »Freya? Freya, ja, ich bin hier, hier im Verlies. Es ist so kalt und dunkel, bitte hilf mir, bitte mach die Tür auf!«

»Schnatz, warte, ich komme, ich muss nur den Riegel zur Seite schieben.« Die Aufforderung zu warten, erscheint in Anbetracht der aktuellen Lage eigentlich nicht wirklich sinnvoll, ist in einer solchen Situation aber bitte nicht überzubewerten.

»Er klemmt.«

»Du musst ihn zur Seite schieben!«

»Ja, ich weiß, es geht aber nicht.« Verzweifelt drückte und drückte Freya. Die Verklemmung konnte sie trotz größter Anstrengung nicht entklemmen. Wie konnte es anders sein, in dieser dringlichen Angelegenheit hörte man zu allem Überfluss auch noch Schritte auf der Treppe. Mühsam setzte jemand einen Fuß vor den anderen. Die, die die verdammen, die die Dietriche erfunden haben, tun ihnen unrecht.

»Schnell, beeil dich, da kommt wer!«

Hoppla, welch Güte des Geschicks, denn genau in diesem Augenblick flutschte der Riegel durch die unermüdlichen Bemühungen und ein wenig Fingerspitzengefühl zur Seite. Das war aber auch allerhöchste Eisenbahn! Die Tür sprang auf und eine gelangweilte Spinne wirkte äußerst gleichgültig, trotzdem sie künftig wieder allein ihr Dasein fristen musste.

Doch Schnatterzahns Freude währte nur kurz, bis Freud und Angst in ihrem Innern wieder miteinander stritten. Die Angst gewann.

»Komm, schnell, wir müssen uns verstecken.« Eine Palette

Knoblauchkonfitüre bot willkommene Zuflucht. Keine Sekunde zu früh erreichten sie ihre Deckung und lugten aus dem sicheren Versteck auf den umtriebigen Unhold, der fast im selben Moment den Raum betrat. Der Schreck fuhr allen gleichzeitig in die Knochen. Dem Einen über die gelungene Flucht der Gefangenen, der Geretteten über die Erkenntnis ihres unleidlichen Peinigers. Da war er. Der Rülpsrüpel. Nie im Leben hätte Schnatterzahn gedacht, dass ausgerechnet *Er* nach ihrem Unheil trachtete. Denn es war niemand geringerer als ... Herr Borium. Jawohl, es schlug dem Fass die Krone ins Gesicht, Professor Brim Borium höchstpersönlich. Der große Hexenmeister und Direktor der Fidibus-Hexenschule. In Erwartung seiner allnächtlichen heimlichen Völlerei, musste er sich nun entdeckt glauben. Er suchte, von Jähzorn gepackt, panisch jeden Winkel ab, drehte seinen schweren Leib, bückte nieder, stolperte fast über die eigenen Beine und fand doch nichts. Das Verlies verließ er in hektischer Flucht. Schnatterzahn atmete tief durch und fiel erleichtert in den sicheren Schoß der Rettung. Oha, das war knapp.

Noch vor dem Frühstück wurden die Hungerleider des Hauses eiligst aufgefordert, an einer dringlichen Sonderankündigung des Direktoriums teilzunehmen. Alle erschienen. Bis auf zwei Schülerinnen. Im Saal herrschte ein sonores Summen und Raunen, das wie eine Wolke über den Köpfen der Anwesenden hing. Der Chef der Anstalt bestieg schwerfällig schnaufend die Stufen des boriumschen Rednerpults. Mit hochrotem Kopf und bitterer Miene. Wie ein Bauer, dem der Hafer verhagelt. Eine weitere Ansprache zu seinen Untergebenen stand unmittelbar bevor. Er wirkte gereizt und sprach hoch erzürnt.

»Liebe Vergammelten ..., äh, ich meine, liebe Versammelten. Also, liebe Versammelten, ich schäme mich Ihnen leider mitteilen zu müssen«, eine unheildrohende, kurze Pause folgte, »dass ungeheuerliche Abscheulichkeiten unser Haus erschütterten. Es trug sich ein Begebnis zu, das ich kaum in Worte zu fassen vermag. Doch ohne Umschweife beichte ich es direkt heraus und bekenne meine Schuld. Ich möchte mich entschuldigen, es tut mir leid. Denn in *meiner* Verantwortung liegt es, einen schäbigen Flegel in unserer ehrenwerten Schule aufgenommen zu haben. Ich hätte es wissen müssen, aber ein solcher Fall von Vertrauensbruch ist mir in meiner Amtszeit noch nicht in die Finger gekommen.« Wild gestikulierend fuchtelte er raumgreifend umher. Sein Hals schwoll an. Die Adern an den Schläfen traten dick hervor. Mit Schaum vorm Mund spie er weiter. Die Zuhörerschaft ließ ihn in seinem stinkeligem Vortrag zunächst ungestört weiterplätschern.

»Nach nächtelangen, kräfteraubenden, akribischen und verborgenen Nachforschungen ist es mir gelungen, den Dieb unserer Nahrungsvorräte ausfindig zu machen und sein konspiratives Lager zu entdecken. In seiner Dreistigkeit nutzte er ausgerechnet auch noch meinen eigenen Privatkeller und hortete dort mindestens drei Butterbrote, um sie vor den anderen zu verstecken. Bestimmt finde ich sogar noch ein viertes.«

Uijuijui! Starker Tobak. Er schlug wie eine Bombe ein. Der Geräuschpegel im Saal stieg. Ein aufgeregtes Gemurmel und Getuschel schwoll wieder an. Es brodelte in der Zuhörerschaft.

»Wer war der gemeine Dieb?«, rief ein aufgebrachter Wüterich von hinten.

»Nun, ich kann es nicht verheimlichen. Es war diese Schnatterzahn! Jawohl, es tut mir Leid, Schnatterzahn ist an

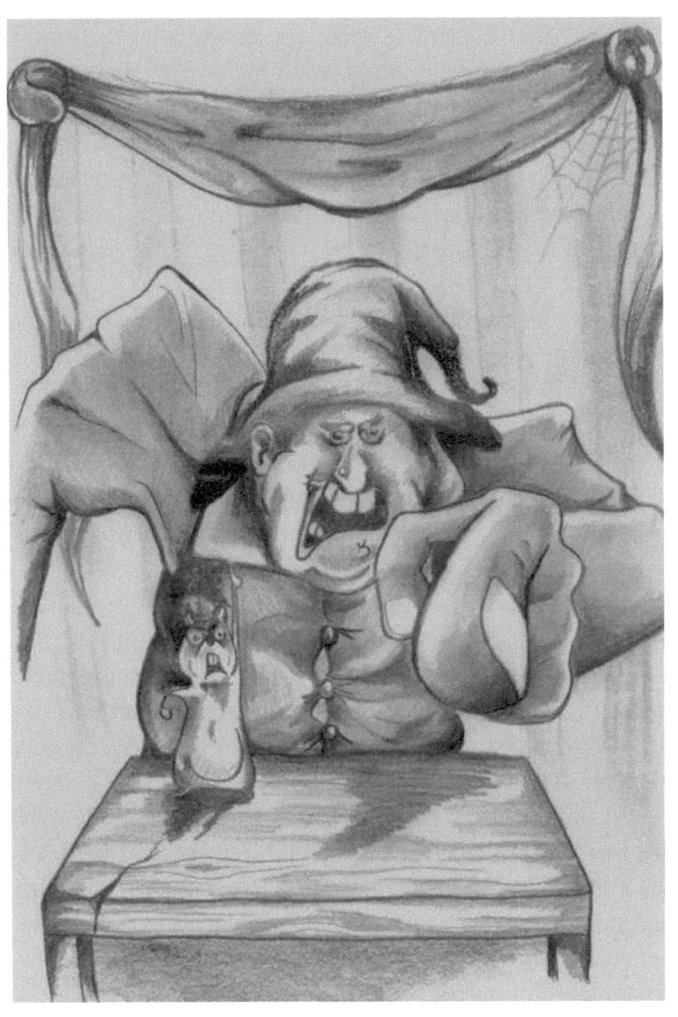

allem schuld. Aber macht euch keine Sorgen, ich ertappte sie auf frischer Tat und brachte sie noch letzte Nacht um die Ecke ... ääh«, kurzfristig hakte es im Redefluss, Borium blickte suchend auf dem Rednerpult hin und her, verhaspelte sich, geriet ins Stocken, »ich meine, ääh, wo ist denn mein Manuskript, also, ääh, ich wollte sagen, nun, ich brachte sie noch letzte Nacht vor die Tür und jagte, also ich meine, jagte sie, ähm, mit Schimpf und Schande von unserer ruhmreichen Lehranstalt und befahl, jawohl, ich befahl, nie mehr wieder zu ko...«

Weiter kam der Direktor mit seinem Gesabbel nicht, denn diesmal wurde *er* in seinem Redeschwall unterbrochen. Von zwei Schülerinnen, die ihren ganzen Mut zusammenrafften, aus einem Versteck hervortraten und anklagend die Initiative ergriffen.

»Feige Lügen«, schrie Schnatz über die Köpfe der Anwesenden hinweg, »nichts als feige, billige Lügen! Was für ein himmelschreiendes Unrecht. Genau umgekehrt wird ein Schuh draus. Denn *Sie* waren es. Sie waren es selber. Stahlen viele Jahre klammheimlich die Vorräte aus Sigrids Küche, hamsterten nicht nur drei lächerliche Butterbrote, sondern massenweise die dringend benötigten Lebensmittel im eigenen Keller und stopften sich Nacht für Nacht den Wanst voll, ohne die kleinste Rücksicht auf den Hunger der anderen. Und dann fällt Ihnen nichts Besseres ein, als mich öffentlich mit Ihrem hanebüchenen Unsinn und ihren schamlosen Täuschungen zu entehren, um mich an den Pranger zu stellen und mir Ihre eigensinnigen Untaten in die Schuhe zu schieben. Was für ein niederträchtiges Verhalten, eine Unverschämtheit sondergleichen! Pfui! Pfui Deubel!«

Das saß! Ruhe. Schockstarre. Die Ruhe vor dem Sturm. Da zeigte jemand Rückgrat. Mutter Courage hatte zurück geschlagen. Offene Münder, in die leise der Wind zog. Die Versammelten sammelten ihre Gedanken und wussten gar nicht, wie ihnen geschah und was hier gerade passierte. Misstrauen schwängerte die Luft im Saal. Doch sie hatten ein Gespür dafür, wer die Wahrheit sagte, wer gut und wer böse ist. Die Stimmung schlug über, auf die Seite der Unterdrückten. Eine Mischung aus Zustimmung und Empörung setzte ein. Borium holte tief Luft und wollte gerade zum Gegenschlag ansetzen, als unerwartet die nächste Überraschung in der Tür erschien. Damit hatte niemand gerechnet. Bezirkswachtmeister Hasenfuß! Der Saal verstummte wieder und hielt in gespannter Erwartung des Bevorstehenden die Luft an. Hasenfuß bestieg das Rednerpult und trat ans Mikro.

»Herr Direktor Borium - die Beweislage ist erdrückend. Ihre absurde Intrigenschmiede ist beendet und ich bin heute zu Ihnen gekommen, um Ihnen mitzuteilen, dass heute Ihre Verhaftung ...«

Weiter kam er erstmal nicht. Jubel brach aus. Und gleich einem gehetzten Tier schaute der wahre Übeltäter von einem zum andern. Kalter Schweiß trat auf seine Stirn, die Kinnlade fiel herunter. So langsam entglitt ihm die Kontrolle über die Situation.

»Aber ich liebe – ich liebe doch alle – alle Hexen – na, ich liebe doch – setze mich doch dafür ein ...«, stammelte er unschuldig wie ein Waisenknabe in einem letzten hochnotpeinlichen Versuch und erntete nur noch mitleidiges Gelächter.

»Niemand hat die Absicht, Sie auf Dauer zu vernichten«, sagte Hasenfuß, »aber die Verhaftung tritt nach meiner Kenntnis … ist das sofort. Unverzüglich«, fügte er noch hinzu, »denn das Recht in seinem Lauf, hält weder Ochs noch Esel auf. Bitte gehen Sie voraus. Es gibt kein Zurück mehr. Vorwärts immer, rückwärts nimmer!«

Der Drops war gelutscht. Das Klicken der Handschellen beendete das unwürdige Schauspiel.

»Geschmacklose(!) Zustände« lautete die Titelschlagzeile in formatfüllenden Lettern der einschlägigen Gazetten. Der eumelische Lokalanzeiger brimborisierte erwartungsgemäß in einem großen Enthüllungsbericht und noch größeren Bildern die gesetzeswidrigen Vorkommnisse in jener angesehenen Lehranstalt der Hexologie und erbrach sich fast in seiner künstlichen Verärgerung über diesen unglaublichen Hokuspokus von Mund- und Freiheitsraub. *Was* für ein ruinöser Verfall der Sitten, ein eklatanter Eklat, eine absolut unverzeihliche Verrohung des akademischen Miteinanders, an Schamlosigkeit nicht mehr zu überbieten. Die Schuldigen wurden vor aller Augen im Sinne einer wahrheitsgetreuen Berichterstattung öffentlich gemeuchelt. Schließlich ließ der gesellschaftliche Bildungsauftrag der Zeitung gar keine andere Wahl, als bei Schwierigkeiten in der freien Meinungsfindung unvoreingenommen behilflich zu sein. Ohne es beschönigen zu wollen, aber wen interessieren da schon Hintergründe, Objektivität, Sorgfaltspflichten und persönliche Würde? Geschieht dem schließlich recht. Jeder, wie er es verdient. Persönlichkeitsrechte? Sensationsgier? Populismus? Hetzkampagne? Ach, hör doch auf. Blödsinn!

Gut unterrichtete Kreise der Medienmeute hatten vorher schon alles geahnt. Die überparteiliche Journaille bezog ihre exklusiven Informationen aus absolut sicheren Quellen, die natürlich unter allen Umständen geschützt werden müssten. Gnadenlose Fakten, ungeschminkte Wirklichkeit, ohne Wenn und Aber. Eine Extraausgabe publizierte die Vermutung, dass sicher noch mehr einflussreiche Verantwortungsträger in den, Zitat: »Gefräßigen Klauen der diabolischen Habgier und

Barbarei gefesselt seien.« Zitat Ende. Jeder, der in diesen mafiösen Skandal vom Stamme Nimm verwickelt wäre, solle seinen letzten Funken Anstand zusammen kratzen, und sich gefälligst zu erkennen geben. Der unsägliche Mummenschanz gehört unverzüglich beendet. Schließlich gehörten auch diese Individuen öffentlich für ihre Eskapaden an den Pranger gestellt. Die Agenturmeldungen waren verheerend. Die Recherchen in der Broilergate-Affäre wurden sogar noch weiter intensiviert. Da müsste doch bestimmt noch mehr rauszuholen sein. Salz in die Wunde, bisschen prokeln, künstlich aufblasen. Passt schon. Wahrheit? Dehnbar. Gewissen? Da hinten, an der Garderobe. Moral? Ach komm, zieh Leine. Die Auflage stieg. Läuft!

Gleichzeitig feierte die Presse zwischen den Klatschspalten der Promis die grandiose Aufdeckung jener schwerwiegenden Machenschaften. »Allererste Sahne« stand unten auf Seite fünf. »Sensatiös«! Ein einsamer Vorkämpfer für Recht und Ordnung hatte wieder einmal durch Erfahrung, Tiefsinn und modernste Ermittlungsmethoden, der Wahrheit zum Durchbruch verholfen. Ein wichtiger Sieg im erbarmungslosen Kampf zwischen Gut und Böse. Des Übels Wurzel wurde in einer beispiellosen Polizeioperation nicht nur mit Stumpf und Stiel ausgerissen, sondern sogar mit Haut und Haar eliminiert. Schwere Worte, die nachdrücklich eine umgehende Beförderung Hasenfußes zum Oberbezirksinspektor trotz Planstellenmangels verlangten. Dem öffentlichen Druck konnte die Polizeipräsidentin auf Dauer nicht standhalten. Ach, leck mich do en de Täsch, wat wellste maache?

Brim Borium kam nach einem Aufsehen erregenden Prozess ins Zuchthaus der städtischen Strafanstalt. Professor hin oder her, der arme Tropf bot in seiner nicht gerade vorteilhaften Sträflingskleidung einen bedauernswürdigen Anblick. Er trug ein längsgestreiftes, figurbetontes Ensemble aus dünner Hose im geraden Schnitt mit farblich abgestimmter, allerdings etwas zu eng sitzender Oberbekleidung. Der vorderste Knopf hielt der Belastung bereits nach der ersten Anprobe nicht stand und hatte krachend aufgegeben, kurz bevor er den Zuchtmeistern der Kleiderkammer zischend um die Ohren pfiff. Seine Konfektionsgröße war eben eher selten verfügbar. »Passt!«, behauptete einfach der Justizvertreter. »Olle Plünnen«, schimpfte sein Kunde mit zornrotem Kopf. Da müsste der Anstaltsschneider bei Gelegenheit aber bald nochmal ein bisschen an den Textilien nacharbeiten. Und dann machte sich der Professor a.D. auch noch gleich am ersten Hafttag zum Gespött der anderen Knastologen, als er beim Betreten der Arrestzelle mit seinem dicken Schmerbauch in der schmalen Tür stecken blieb. Es bedurfte der außerordentlichen Kraftanstrengung von drei der stärksten Wärter, um ihn unter großem Wehgeschrei in seinen Haftraum zu quetschen. 'Flupp' machte es am Ende, und er war endlich drin. Fortan schmachtete er unfreiwillig lange Zeit bei Wasser und Brot, was immerhin seiner Figur zu großem Vorteil gereichte. Der neuen Karriere als Chef der Tütenkleberkolonne im Brennholzverleih stand nun nichts mehr im Wege. Doch eigentlich wollte er lieber einen langen Schuh machen, denn mit einer Haftverschonung konnte er frühestens am Sankt-Nimmerleins-Tag rechnen.

Schnatterzahn sah ihre Zeit als gekommen, sich ebenfalls zu verändern. Freya, Sigrid und Herr Runkelbein arrangierten ihr zu Ehren einen großen Festakt. Die wiedererlangten Vorräte reichten nicht nur für den ausschweifenden Abend, sondern stellten die Versorgung der Lehrenden und Lernenden für den nächsten Winter und darüber hinaus sicher. Als besondere Anerkennung wurde ihr für die guten Leistungen im Unterricht sowie den erlittenen Kummer das offizielle Hexendiplom verliehen, mit den Vermerken:

1. Unentschuldigte Fehltage: 5.

2. Die Leistungen in Aufräum- und Körperpflegekunde sind nachzubessern.

3. Mumm, Anstand und Zivilcourage sind in löblichster Weise hervorzuheben.

4. Die Absolventin ist berechtigt, den Status einer Hexsachkundigen zu führen.

Fünf lange Tage saß also die Ärmste in diesem finsterlichen Kerker. Eine kleine Ewigkeit in Anbetracht der schrecklichen Marter. Als kleine Wiedergutmachung und großen finalen Abschluss folgte eine feierliche Zeremonie im Auditorium maximum. Herr Runkelbein übernahm stellvertretend die Leitung. Auf langatmige Vorreden wurde verzichtet. Davon hatte man erstmal genug. Ein würdevollerer Akt sollte folgen. Trommelwirbel. Sämtliche Scheinwerfer zielten mit ihrem strahlenden Licht auf eine bestimmte Person. Schnatz! Auf unsere Schnatz! Sie trat auf die Bühne und Herr Runkelbein sprach ein paar angemessene Worte zur Überreichung einer außergewöhnlichen Auszeichnung.

»Meine Damen und Herren, liebe Angehörige, verehrte Gäste! Wir sind hier zusammen gekommen, zur Ehrung einer ganz besonderen Schülerin, deren Verhalten fachlich und insbesondere persönlich es hervorzuheben verdient und zu einer außerordentlichen Belobigung Anlass gibt. Ich möchte darüber meine persönlich empfundene Freude zum Ausdruck bringen. Gleichzeitig bin ich aber auch zutiefst beschämt wegen erlittener Ungerechtigkeiten im Namen unseres Hauses. Viel Leid geschah. Es ist leider nicht rückgängig zu machen.

So bleibt nur die Bitte um Entschuldigung. Ich bin zuversichtlich, dass vielleicht eines Tages verziehen werden kann. Das Ansehen der hexischen Fakultät ist schwer beschädigt. Wir alle sind verpflichtet, den guten Ruf wieder herzustellen. Es bedeutet viel Arbeit und Geduld, den warmen Glauben an die Redlichkeit wieder im Herzen zu fühlen. Darum ist es umso widriger, wieviel einfacher und schneller das mühsam Erreichte durch individuelle Eitelkeiten und dummen Eigennutz sowie rücksichtslosen Egoismus verloren ging. Unser guter Karl, Gott hab ihn selig, er hätte es sicher auf seine ganz eigene, liebevolle Art auf den Punkt gebracht: 'De Jung hett awer 'n gesünn Aftiet, leidergotts is he bi Klemm un Klau to School gahn'.« Die ersten tupften mit Taschentüchern die Augenwinkel trocken. »Darüber hinaus sind wir aber auch zu Dank verpflichtet. Zu Dank, dass uns die Augen geöffnet wurden, die wir verschlossen hatten vor dem Undenkbaren, dem Unvorstellbaren, das über uns kam. Von weit oben über uns kam. Ein erschütternder Vertrauensmissbrauch, von Ausmaßen, die niemand für möglich hielt. Ich fordere auf, es für alle Zeit Warnung und Mahnung zugleich sein zu lassen. Das Gebot zu einem gesunden Misstrauen bis in höchste Sphären soll uns von Stund' an ein treuer Begleiter sein.«

Rührende Worte. Balsam für die geschundenen Seelen. Daraufhin sammelte sich Herr Runkelbein innerlich und atmete bedeutungsschwer durch.

»Meine Damen und Herren, wollen wir nun zum Höhepunkt des feierlichen Festakts schreiten und ein auf höchste Weise gebührliches Verhalten belohnen, mit der größten Auszeichnung, die eine Lehranstalt der Hexenzunft zu vergeben hat. Ich bitte das Plenum, sich zu erheben.«

Kurze Unruhe. Stühle, die über den Boden kratzten.

»So überreiche ich dir hiermit, liebe Schnatterzahn, in der Hoffnung auf eine erfolgreiche Zukunft, verbunden mit der Bitte zur gewissenhaften Pflichterfüllung, das Zeichen höchster Anerkennung und Wertschätzung. Ich überreiche dir, und bin sehr stolz darauf, ich überreiche dir im Namen des Magistrats für traditionelle Kulturen im Hexen-, Drachen- und Druidengewerbe, ich überreiche dir somit ... den großen Hexenhut der Stufe Alpha X1. Mit Sternchen.«

Schnatterzahn senkte leicht den Kopf und der dem Stande entsprechende Hut wurde weihevoll ihrem Haupte kredenzt.

»Herzlichen Glückwunsch!«

Ein langer, inniger Händedruck; ein scheues Lächeln; eine leichte, dezente Umarmung.

»Danke, Herr Runkelbein.«

Peinlich berührt von Aufmerksamkeit und Getöse nahm Diplom-Hexe Alpha X1 Schnatterzahn mit einer tiefen Verbeugung die große Ehrung an. Ein jeder im Saal zollte ihr aufrichtige Bewunderung und uneingeschränkte Hochachtung. Der donnernde Applaus ließ die Wände erzittern.

Bereits tags darauf nahte die Zeit des Abschieds. Die Tränen der Trennung flossen reichlich. Hexe Schnatterzahn hatte ihren Koffer gepackt und schritt die große Treppe hinunter zur Ausgangshalle, vorbei an ihrem neuen Bild in der Ahnengalerie der Honorigen.

»Was willst du denn jetzt tun, Schnatz?«, fragte Freya, »wirst du dein Studium der Lurchtischmanierenwissenschaft beginnen?«

»Nein, ich werde nach Hause gehen, ich vermisse meine Familie, sie wartet auf mich, ich muss mich um das Elfenwunderland kümmern, die können Hexen bestimmt gut gebrauchen.« Auch Sigrid verabschiedete den Fortgang ihres

Schützlings gedankenschwer mit feuchten Augen.

»So ist's recht. Tu das. Deine Familie kann stolz auf dich sein. Erzähle ihnen von deinen Erlebnissen und dass die Macht immer von der Mehrheit der einfachen Leute ausgeht. Jeder, der neben Anstand, Moral und Recht steht, wird auf Dauer keinen Erfolg haben und früher oder später von den eigenen Untaten überrollt werden. Sei er auch noch so groß. Ohne deine wackere Tapferkeit hätten wir allerdings wohl noch sehr lange darauf warten müssen. Wir haben dir viel zu verdanken. Grüße deine Familie und denke dran: Lügen haben selbst bei hohen Tieren kurze Beine. Obwohl manchmal die Welt nicht besser wird, wenn man die Wahrheit kennt, zahlt sich Ehrlichkeit früher oder später immer aus. Und falls nicht, macht sie immerhin ein verdammt gutes Gewissen.«

Dieses Aferikan wurde nach all den Jahren auch nicht übersichtlicher. Links, rechts, geradeaus oder doch umgekehrt? Man weiß es nicht. Schon bald irrte die Heimkehrende selbst als diplomierte Hexsachkundige mit Alphastufe wieder planlos umher. Die reichliche Marschverpflegung ohne braune Pampe machte es diesmal zumindest weniger beschwerlich. Der Wald wurde dichter, die Wege lichter. Bis sie gänzlich unpassierbar wurden. Es dämmerte, Nieselregen setzte ein, wurde kühl, als sie unverhofft auf einen Leidgenossen traf.

»Ja, wer bist du denn?«

Ein kleiner, schwarzer, zutraulicher Kater ließ sich nicht stören. Er schlief einfach weiter. Hexe Schnatterzahns Füße schmerzten. Zeit auszuruhen. Sie hockte neben den schnurrenden Kater nieder. Gemeinsam fanden sie Schutz hinter einem verhutzelten Holzstapel.

»Mmh, da ließe sich vielleicht 'was draus machen, ja, warum eigentlich nicht?!«

Dies war der Moment, in dem Hexe Schnatterzahn, die von Erfahrung gereifte und von Zuverlässigkeit geprägte, die von Lebenshunger erfüllte und von Unabhängigkeit gelenkte, nicht nur Lurchschule, sondern sogar Elfenwunderland als Vergangenheit empfand. Die sie zwar auf Ewig im Herzen trug, aber inzwischen überwunden glaubte und zurücklassen wollte. Sie musste versuchen, auf eigenen Beinen zu stehen und selbst Verantwortung für ihre Zukunft zu übernehmen. Immerhin hatte sie jetzt eine abgeschlossene Berufsausbildung. Trotzdem, es würde bestimmt nicht einfach sein. Unüberwindliche Hürden türmten sich vor ihr auf. Wie sollte man das alles alleine schaffen? In das drängende Bedürfnis der Eigenständigkeit mischte sich eine gehörige Portion Angst. Was wäre, wenn ihr neuer Plan nicht aufginge? Was wäre, wenn sie mit allem überfordert ist? Was wäre, wenn sie kläglich scheitert? So viele Fragen.

Sie dachte an Karl, den lieben Karl, der einst die Worte eines großen Dichters zitierte, deren Bedeutung sie nun verstand und voller Zuversicht werden ließ.

»Joeder Verännerung, joedem Aanfang, wohnt een Zöber inne, de us beschützt und de us helpt, to leve.«

Kapitel 5

An Erika

Der Wandel der Zeiten ist ein schleichender Vorgang und die Grenzen verschwimmen im Bewusstsein des Denkens. Dabei lag das Abenteuer mit dem Raumschiff inzwischen lange Zeit zurück. Der Alltag verlief seitdem wieder in gewohnten, unaufgeregten Bahnen. Sogar die Verwandlung der Erdscheibe in ein kugelähnliches Gebilde blieb unbemerkt. Was allerdings auch nicht weiter verwundert, da dieser Vorgang doch das ein oder andere Zeitalter in Anspruch nahm. Den recht ordentlichen Ruck, mit dem diese Scheibenkugel begann, sich in eine Drehbewegung zu versetzen, hätte man jedoch von unseren drei Freunden mit einem wachen Verstand und etwas weniger Unbekümmertheit durchaus wahrnehmen können. Es wurde aber schlicht als natürliche Erdverwerfung oder als statisches Problem tragender Wände der eigenen hutzligen Wohnbehausung abgetan. Beim Kartoffelschälen ließen sie sich davon jedenfalls nicht stören. Aufmerksamere Zeitgenossen hielten die neue Erddrehung für eine närrische Mär oder für neumodischen Kram, der zweifellos bald wieder vorüber ging. Andere glaubten, die Regierung sei sowieso an allem schuld und prophezeiten das Ende der Welt um viertel vor sechs. Die Verschwörungstheoretiker hatten Hochkonjunktur. Sie spürten den Hauch der Verdammnis, veranstalteten beängstigende satanische Riten und opferten ihren Leib den mystischen Mächten, im festen Glauben an die Auferstehung im Jenseits. Und sie bewegt sich doch!
In diesen schönschweren Zeiten sorgte der unberechenbare

Gang von Mutter Natur für reichlich Gesprächsstoff. Vor allem die mit einem heftigen Knall verbundene Explosion der Zweitsonne. Mein lieber Oschi, das war damals ein ganz ordentlicher Bums. Sie zerbarst spektakulär in unzählige kleine, flimmernde Sternchen am nächtlichen Firmament und bot den staunenden Zusehern ein kurzweiliges Schauspiel. Nur auf den guten, alten Mond war Verlass. Er nahm ab und zu wie eh und je.

Tief im Mittagland blieb man von den himmlischen Kapriolen unbeeindruckt. Vergnügt ging ein jeder fleißig seiner Arbeit nach. Die eine sammelte Kräuter, der andere unterstützte quakend, ein Weiterer schlief sich wund. Das Leben verlief im mittagländlichen Spätsommer unbeschwert und fluffig. Zeit schien selbst für den Einzelnen etwas Endloses zu sein.

Im Hutzelhaus herrschte die gewohnte Routine. Schnatterzahn stand in der Küche. Sie buk Brot. Das Mittagessen stand auch bevor. Es schmorte allerorten.

»Heute brate ich uns Kartoffelschalen von sonnengereiften Erdäpfeln mit roter Kirschsoße und weißem Quark. Was haltet ihr davon?« Ein munter wedelnder Schwanz und sogar ein verschlafen blinzelnder Blick zeugten von besonderer Vorfreude. »Nur schade, dass die schöne Schale immer mit diesem nutzlosen gelben Zeugs gefüllt ist. Vielleicht sollte ich das einmal zu frittierten Stäbchen mit feuriger, rotweißer Soße verwursten!? Mit alles oder mit ohne scharf. Kartoffelgelbfleischstäbchen frites! Dazu eine kleine Schnuffe Salz. Ach nein, lieber nicht, das würde niemand wollen, das schmeckt bestimmt keinem.« Dojäje es en jot jebrots Jänsje ene jroße Jave Jottes.

Mitten hinein in den schönen schnöden Alltagstrott passierte dann das Unvorhergesehene, das den Anlass gab, die tägliche Routine aufzugeben. Es klopfte. Ja, tatsächlich, es ist wirklich wahr - es klopfte. Noch niemals nie klopfte jemals jemand an diese jene Tür. Man kann getrost sagen: Es war das erste Mal. Schreck und Verblüffung waren so groß, dass Schnatterzahn glatt der Joghurt aus der Hand fiel. Er war nicht mehr haltbar. Alle erstarrten. Nachfolgendes lief scheinbar in Zeitlupe ab; träge und schwer wie Kaugummi. Die Köpfe schnellten herum, die Augen wurden aufgerissen, die Münder schauten es den Augen ab und taten es ihnen gleich. Ein erster Film ängstlichen Schweißes benetzte die Achselhöhlen und nicht zuletzt klimperte das Kartoffelschälmesser auch noch zu Boden. Das alles, wie erwähnt, in kaugummigleicher Zeitlupe. Doch bevor man wieder alle beisammen hatte, klopfte es sogleich ein zweites Mal. Auweia!

»Hallo? Jemand Zuhause? Hallo? Hier ist der örtliche Amtmann. Die Post ist da. Ich habe eine eingeschriebene Briefsendung zu überbringen. Hallo?« Die Anspannung machte der Erleichterung Platz. Die Post. Nur die Post. Gott sei Dank, man weiß ja nie, man hört doch so viel, man kann nicht vorsichtig genug sein und habe ja schon Pferde vor der Apotheke ..., nun, ich will nicht zu sehr ins Detail gehen, jedenfalls öffnete die Hausherrin erwartungsvoll die Tür. In schmucker Uniform stand ein schlaksiger Postbeamter davor. Ein Strich in der Landschaft, groß und dürr, milchgesichtig, schmalbrüstig und bebrillt, in kurzen Hosen, mit leuchtenden roten Haaren und passenden goldigen Sommersprossen. Dazu herrliche Segelohren, die bei Rückenwind vermutlich höchst vorteilhaft waren.

»Gestatten, Krawuttke. Postzustellungsbevollmächtigter. Bezirk Mitte-Ost,«, sagte er amtlich korrekt, höflich und dienstbeflissen. »Wünsche einen angenehmen guten Tag, die Dame. Ich bitte um Entschuldigung, kurze Frage, bin ich hier

richtig, bei Schnatterzahns, Mittagland Nr. 38?«

»Äh, ja, das bin ich. Mittagland, jawohl. 38, kann sein, weiß nicht, möglich.« Schnatterzahn hatte schon einmal besser gestottert. Der noch nie dagewesenen Situation war es geschuldet.

»Gnädiges Frollein, ich habe ein Einschreiben zu überbringen. Wenn ich Sie bitten dürfte, die Zustellung auf dieser Linie mit Ihrer Unterschrift zu quittieren!« Gnädiges Frollein? Wen meint der mit 'gnädiges Frollein'? Mit der Situation eigentlich überfordert, setzte die Briefempfängerin trotzdem unter Zuhilfenahme des gereichten Stifts ihren Namen an die zugewiesene Stelle. Der Postmann entnahm das Schriftstück aus der Amtstasche.

»Dankeschön, hier ist ihr Brief. Bitteschön. Damit hätten wir's. Der Verwaltungsakt ist abgeschlossen. Wenn auch unter größten Schwierigkeiten. Sie waren wirklich schwer zu finden. Zum Glück haben wir eine bahnbrechende Neuerung am Pulsschlag der Zeit auf der Amtsstube. Gesichtsbuch! Sonst wäre es gar nicht möglich gewesen. Da steht einfach alles drin. Es ist fast schon beängstigend. Wenn Sie einmal etwas über Ihre eigene Person wissen wollen – schauen Sie in Gesichtsbuch, und Sie wissen Bescheid! Verehrteste, gehaben Sie sich wohl, auf Wiedersehen.« Mit der Hand an der Mütze grüßte der Oberpostrat noch einmal zackig und setzte stolzen Schrittes seine dringlichen Amtsgeschäfte fort. Zwei bis drei verdatterte Gestalten blieben zurück.

Die Neugier trieb Kater jetzt doch aus dem Bett. Gleichzeitig wuchs eine wichtige Frage in ihm. Eine Frage von unerkannter Bedeutung für das Überleben im amrosischen Zeitalter. Eine Frage, die nur *ihm* einfallen konnte: Wer bringt eigentlich dem Briefträger seine eigene Post? Er selbst? Das geht doch nicht! Oder doch? Bringt er sich selbst seine Briefe? Darf der das? Bestimmt nicht! Darf der die dann überhaupt öffnen? Trotz Briefgeheimnis? Hat diese Problematik überhaupt schonmal jemand erkannt? Hat die Wissenschaft das vielleicht noch gar nicht erforscht? Schwierige Sache. Und die Vögel? Was ist mit den Vögeln? Was macht ein Vogel, der Höhenangst hat? Tieftauchtraining? Oder wie behandelt man einen wasserscheuen Fisch? Hilft da eine Umschulungsmaßnahme zur beruflichen Neuorientierung? So kam er vom Hölzchen aufs Stöckchen. Fragen über Fragen. Warum bleiben die schwierigsten Fälle immer an ihm hängen? Es ist anscheinend das Schicksal der geistesbetonten Kopfarbeiter. Er wird später nochmal intensiv darüber nachdenken. Zunächst musste er die drängendste Herausforderung meistern - der Einschreibebrief! Gemeinsam setzten sie sich an den Tisch und starrten ungläubig den soeben eingetroffenen Brief an. Niemand traute dem Braten, bis die Hausherrin die Initiative ergriff und ihn schwungvoll aufriss. Laut las sie den Zuhörern vor.

»Sehr geehrte Frau Schnotterbahn, da es offensichtlich ihrer Buchführungsabteilung entgangen ist, dürfen wir Sie höflichst an den Ausgleich folgender Forderung erinnern: Telefonie von 03:35 bis 03:37 Uhr nach Pampa. Bitte schicken Sie bis Ultimo 9,99 Amros abzüglich persönlichem Treuerabatt in Höhe von 1,9%, somit insgesamt 10 Amros (gerundet) an Zahlemann & Söhne! Mit freundlichen Grüßen, Smarttalk - die Telefongesellschaft Ihres Vertrauens.«

»Du kriegst die Motten. Haben die'n Sockenschuss? Oder nich' alle Pfeifen auf der Orgel? Ich glaub mein Hamster bohnert«, waren noch die harmlosesten Reaktionen. Es war wirklich eine Frechheit. Unter aller Kanone. Wie konnten diese Banausen eine fürstliche Summe Geld für eine Leistung verlangen, die sie niemals erbracht haben? Und dann noch mit dieser Milchmädchenrechnung. Halten die einen für so bestusst, dass ihn die Gänse beißen? Da waren ja ein paar ganz ausgekochte Bürschchen am Werk. So etwas gehört sich nicht. Das hatte nichts mit vorbildlichem Kundendienst zu tun. Sehr bedenkliche Manieren. Sollte Ehrlichkeit unmodern werden und zwielichtiges Geldverdienen ohne jeglichen moralischen Anspruch durch Lug und Betrug einmal zum allgemeinen Zeitgeist gehören, dann ade und Prost Mahlzeit, oh, du schönes Vaterland. Hexe Schnatterzahn erinnerte sich an einen unliebsamen Vorfall und löste das Problem auf die einzig richtige Weise: Sie warf die Rechnung mit Krawumm in die gludernde Lot. Die ... die glodernde Flut, die in ... in die fludernde Glot. Ins Feuer des Ofens.

»Was fällt denen ein? Diese Schmarttokheinis sind doch total plemplem. Aber davon lassen wir uns verdammt nochmal den schönen Tag nicht verderben. Jetzt wird erstmal gegessen.« Allmählich kühlten die Gemüter wieder ab, was den geliebten Kartoffelschalen frites leider nichts mehr nutzte. Sie waren durch das ganze Hickhack ziemlich angebrannt und kaum noch genießbar. Wenigstens die Apfelschorle, diesmal mit ganz viel Schorle, brachte eine willkommene Erfrischung und wieder einen klaren Kopf. Und neue Fritten waren dann auch noch schnell gemacht.

Später, als im Zwielicht zwischen Tag und Nacht, die Mücken in der flirrenden Luft ihre abendliche Polka tanzten, saßen die Hutzelhäusler auf der Terrasse und chillten. Sie beobachteten, wie in ihrer immerwährenden Jagd, das Tageslicht vor der anrückenden Dunkelheit flüchtete, nur um am nächsten Morgen aus dem Hinterhalt den Spieß umzudrehen. Die Dunkelheit hatte für heute den Kampf gewonnen und machte sich mit einem hochnäsigen Gewinnerlächeln breit. Dabei funkelten die unzähligen neuen Sonnensplitter in der Schwärze der Kuppel wie Kinderaugen vorm Weihnachtsbaum und wurden ehrfürchtig bestaunt.

»Dieser glimmrige Glanz der leuchtenden Sterne sieht ja wirklich schön aus«, bemerkte Schnatz, »aber irgendjemand muss das ganze Durcheinander sicherlich auch einmal wieder einsammeln und aufräumen. Da hat man bestimmt ein paar Tage zu tun. Wie weit das Ende des Himmels wohl entfernt ist? Wenn ich einmal Zeit habe, werde ich dorthin reisen. Das wär bestimmt interessant. Dann bringe ich euch auch etwas Schönes mit.« Rolf war das Ende des Himmels egal. Ihm hätte die kurze Strecke bis zum Mond schon gereicht. In Kater jedoch, erwachte ein unbestimmtes Gefühl. Ein Gefühl der umtriebigen Unruhe. Ganz und gar untypisch für ihn, aber er konnte es nicht unterdrücken. Das Ende des Himmels? Wieso hatte er denn nach der Postzustellungsproblematik und den anderen schwierigen Kisten darauf schon wieder keine passende Lösung? Er wusste doch sonst auf jede Frage dieser Welt eine Antwort. Er, Kater, Mr. Alleswisser, die amrosische Denkfabrik hatte einen Ruf zu verlieren. Als feste Stütze der Hutzelgemeinschaft trug unsere hochgeistige Geheimwaffe eine intellektuelle Verantwortung, der er sich als ein notwendiges Übel stellen musste. Unser Pantoffelheld fasste einen Entschluss. Er stand auf und ging. Einfach so, ohne nochmals den Blick zu wenden. Schnatz und Rolf plinkerten sich zu. Wo wollte er hin? Sein allnächtlicher Streifengang? Oder hatte er einen Termin beim Schlaftherapeuten?

»Sei vorsichtig und verausgab dich nicht. Hals- und Beinbruch«, riefen sie ihm in ihrer Spottlust noch feixend hinterher und beömmelten sich köstlich über seine ungewohnten Aktivitäten. Doch sollen sie ruhig spötteln, er hörte schon gar nicht mehr hin und das Lachen wehte nur noch von weitem an seinem Ohr vorbei. Er hatte nämlich eine Mission zu erfüllen. Es galt, das Rätsel des Himmelendes zu klären. Kann schließlich nicht so schwierig sein. Morgen früh ist er zurück und wird wie selbstverständlich sein Wissen multiplizieren. Ein neuer bombensicherer Plan stand auch schon fest: GesichtsTuch! Im Postbüro. Dahin trieb ihn sein Anliegen. Dieser Postmann sagte, dort stünde alles drin. Aber wieso ein Tuch? Warum schreibt man die Dinge nicht auf Papierseiten und klebt die mit einem schützenden Umschlag zusammen? Das wird er später einmal erfinden. Eine gute Idee. Dass da noch keiner drauf kam ...

Unwissend, dass sein Leben von nun an bestimmt wird, vom unsteten Dasein voller Unrast und Wissbegier, schritt Kater weiter energisch voran. Der eigentliche Zweck seines Lebens lag letztendlich in den Entbehrungen für die Bildung. Da störte es ihn auch nicht, dass der dunkle, nächtliche Wald mit seinen unheimlichen Geräuschen viele versteckte Gefahren barg. Des Nachts umgab die Einheimischen eine nebulöse Wolke der Unnahbarkeit. Schemenhaft leuchtende Augen im Geäst der Bäume folgten ihm auf seinem Weg durchs urwüchsige Naturreich. Reißende Bäche musste man queren, Strauchwerk umgehen, zerklüftete Felslandschaften überwinden, klaffende Schluchten überspringen und holprige Hemmnisse beklettern. Das herrschende Muffelwild beäugte den Eindringling in ihrem Revier misstrauisch. Katzen speisende Hyänen nahmen Witterung auf, folgten der Fährte und liebäugelten mit einem abendlichen Gaumenschmaus. Kater schlängelte sich derweil lautlos und unbeeindruckt auf sanften Pfoten durchs Gehölz des Dickichts.

Doch zu viel Unbekümmertheit tut selten gut. Denn unverhofft donnerte ein fürchterliches, animalisches und raukehliges Grollen über das Land. Es verhieß nichts Gutes. Lang schwang der Klang am Hang entlang, bis ein weiteres Katzen speisende Individuum das sowieso schon spärliche Licht des Mondes verdunkelte. So ein Spaßverderber. Die Situation barg ein bedenkliches Konfliktpotential. Die Pläne der Kontrahenten erschienen weder kompatibel noch hatte der unbedarfte Beobachter den Eindruck, sie wären in besonderer Weise meinungskonform. Man musste Böses ahnen. Es drohte Zoff, Übelwollen, richtige Kloppe. Denn der größte und schwärzeste Weißbär, den Kater je sah, gab unmissverständlich zu erkennen, dass ihm der Sinn nach frischer Nahrung stand. Mit überzeugenden Argumenten. Eine kraftstrotzende Tatze, groß, scharf und gefährlich wie nordkoreanische Tellerminen, schlug nach ihm und verfehlte, dank eines geschickten Ausweichmanövers, nur knapp sein Ziel. Eine harmlose kleine Studienreise zum Postbüro entwickelte sich aus dem Nichts heraus zu einem drohenden Scharmützel. Es ging je nach Sichtweise um Leben und Tod oder um Hungrig und Satt. Die Kontrahenten standen sich Aug' in Aug' gegenüber und planten ihre Kampfstrategie. Plötzlich setzte Kater angriffslustig zu einem furchterregenden Gegenschlag aus der Abteilung Attacke an. Er trat diesem grimmigen Riesenbär mit einer ihm niemals zugetrauten brachialen Urgewalt gegen das Schienbein. Doch die Wirkung zeigte sich anders als vorausberechnet. Der Tritt schlug fehl. Die ungeplante Folge war kein zerschmettertes Bärenbein, sondern ein dunkles Kichern und Gickern aus dem Hals des Hungrigen. Offenbar empfand er es lediglich als Kitzeln. Kater blieb nichts anderes übrig, als unverzüglich alles auf eine Karte zu setzen. Ein As hatte er noch im Ärmel. Jetzt oder nie. Und so setzte er zum Sprung an. Zum Sprung direkt an die Gurgel des Ungetüms, um den von allen gefürchteten "Schwitzkas-

119

ten der Hölle" wie ein stählerner Schraubstock um den Hals seines Gegners zu spannen, bis er mit seinen letzten Krümeln Luft nur noch zappelnd um Gnade röcheln kann.

»Damit hast du wohl nicht gerechnet. Gib endlich auf, du elendes Mistvieh«, triumphierte Kater. Allerdings etwas zu voreilig. Denn er kam nicht einmal ansatzweise um den Hals des Bären herum, sondern hing da oben eher wie ein Schluck Wasser in der Kurve auf halb acht, sodass Bär nur kurz mit den Ohren wackeln brauchte und Kater polterte direkt vor seine Füße. Autsch, das tat weh. Doch wer Kater kennt, der weiß, er gibt niemals auf. Ängstliche Zeitgenossen sollten jetzt lieber nicht weiterlesen, denn nun begann ein blutiges Gemetzel. Kater setzte zum schrecklichen, finalen Todesstoß an. Vereinzelt kauerten Schaulustige in nahen Verstecken und wandten geschockt den Blick ab, denn unbarmherzig biss er ohne Vorwarnung volle Lotte in einen großen haarigen Bärenzeh. Ein brillanter Überrumpelungscoup. Taktische Kampfführung vom Feinsten. Waffengattung der besonderen Art. Ein »Aaaah« und »Uuuuh« ließ den Wald erzittern. Zunächst zuckte nur Zottelbärs Zeh, dann der ganze Fuß, das monströse Ungeheuer kam ins Straucheln, torkelte, geriet aus dem Gleichgewicht, und stürzte schlussendlich mit seinem tonnenschweren, aber vorzüglich gepolsterten Hintern mittenmang auf unseren unerschrockenen Helden. Der Unterlegene japste und schnaufte, als kurzzeitig seine Lichter ausgingen.

Dann kehrte Ruhe ein. Die Ruhe *nach* dem Sturm. Die Schlacht war geschlagen. Die Erregung der heimlichen Zuseher ließ nach. Sie gingen nach Hause, um den Daheimgebliebenen vom ungleichen Kampf dieses schaurigen Ringens in der Arena der Sensationen zu berichten. Bär schüttelte sein Fell einmal durch, rieb den geschundenen Zeh, stand auf, hatte genug. Hatte genug von diesem Humbug. Von diesem widerspenstigen Abendbrot, das ihm in den Zeh zwickte. Mit einem schlecht gelaunten, brummigen Gebrummsel tat er das einzig Richtige. Er ging. Denn auch ein Bör hat's schwör.

Zurück blieb ein geplätteter Plättling, mit verdrehten Augen, der alle Viere von sich streckte, leise stöhnte und rumlamentierte, aber nach Meinung aller Experten, gewonnen hatte.

»Oh ... ooooh ... meine Knochen ... oh, was für ein hundsfottgemeiner Schurke mit seinem fiesen Überfall auf offener Lichtung. Na warte, wenn ich den nochmal in die Finger kriege, dann ... dann kann er was erleben, aber frag nicht nach Sonnenschein. Oh verflucht, tut das weh.« Während die Rachegelüste unserer stählernen Kampfmaschine noch finsterste Hinterhältigkeiten ausbrüteten, kratzte Kater sich selbst schmerzhaft vom moosbewachsenen Waldboden, streckte vorsichtig die Beine, machte den Buckel krumm, setzte nach und nach einen Fuß vor den anderen und ließ so den Ort seines triumphalen Sieges allmählich hinter sich. Er sah aus, wie ein Schluck Wasser in der Kurve; fühlte sich restlos zerledert, wie vom Lkw überrollt. Mit Mühe erklomm er einen sicheren Löwenzahnbaum, leckte seine Wunden und sammelte Kraft für die weitere Reise im Namen der Wissenschaft und Forschung.

Selbst eingefleischte Langschläfer saßen schon beim zweiten Frühstück, als aus den Baumkronen der majestätische Ruf einer mächtigen Harpyie die unschuldige Ruhe des Morgens zerriss und den Geschundenen zum ersten Mal am Tag zucken ließ. Sein Kopf pochte. Auch die Schmerzen im Kreuz riefen sogleich unangenehme Erinnerungen an bärige Gesäße auf einem blutigen Schlachtfeld hervor. Größere

Blessuren trug er gottlob nicht davon. Kater fasste den Entschluss, hier nicht länger als unbedingt nötig zu verweilen und setzte nach einem langgestreckten Gähnen seinen Weg ins Postbüro fort. Es konnte eigentlich gar nicht mehr weit sein. Der Weg führte aus dem Wald heraus, vorbei an einem Meer aus duftenden Blütenfeldern. Fleißige Bienen trugen rastlos den Nektar zu ihren Waben, die leider von räuberischen Problembären regelmäßig ausgeräumt wurden. *Dagegen* sollte die Regierung einmal etwas unternehmen, um diese unhaltbaren Zustände zu regulieren. Vorrangig galt es jedoch, zunächst das Ende des Himmels zu ergründen.

Glaubt es oder glaubt es nicht, aber die Ergründung des Unergründlichen stand unmittelbar bevor. Denn in der Ferne erspähte Kater ein kleines gelbes Amtshäuschen. Davor, eine lange Schlange geduldig wartender Kundschaft. Das Postbüro! Und nicht nur irgendein x-beliebiges Postbüro, nein, es war sogar die Leitstelle der Postbürohauptzentrale von Pusemuckel. Endlich! Der letzte Rest des Weges war ein Klacks. Stetig bergab, auf festgetretenen Pfaden, frei von waldtypischen Gefahren.

An der amtlichen Dienststelle angekommen, trat er zu der wartenden Reihe des illustren Kreises der weit gereisten Fauna.

»Entschuldigen Sie, werter Kollege,« sprach Kater ein Tier ähnlicher Gattung an, »ich habe einen beschwerlichen Weg hinter mir und wollte mich nur mal eben schnell in diesem GesichtsTuch nach dem Ende des Himmels erkundigen. Muss ich mich denn wohl auf eine längere Wartezeit einstellen?«

»Ja, mein Freund, das musst du wohl. Stell dich hinten an und übe dich in Langmut, Geduld und Ausdauer bis du an der Reihe bist.« So tat er es. Am Ende der Schlange nahm er ein beschauliches Plätzchen ein und beobachtete die Szenerie und seine aberwitzigen Leidensgenossen mit ihrem bunten Singsang postalischer Anliegen. Es gab kein Drängeln und kein Schieben. Ein jeder schien zeitvergessen in seinen Gedanken versunken und verhielt sich friedlich ohne Fehl und Tadel. Der Wüstenpinguin wirkte jedoch etwas verloren. Er fror. Die Spinne lachte herzhaft über einen Fliegenwitz, ein possierlicher Lemming schaute ängstlich umher, die Nacktmulle zogen vorsichtshalber ihre Schwänze ein, die Amöbe packte eine fette Butterstulle aus und versuchte beherzt ihren Platz in der Reihe zu behaupten, die Schlange hatte etwas missverstanden, sie versuchte zu stehen und kippte dauernd wieder um, zwei Läusebuben wollten sich vorne anstellen, weil hinten stand schon einer, der putzigen Qualle ging langsam die Puste aus und, man glaubt es kaum, sogar die Brieftaube harrte beharrlich aus. Das alles hielt den verantwortlichen Postbeamten vom Dienst jedoch nicht davon ab, in gemächlicher Seelenruhe seine Frühstückspause zu genießen. Die Ersten waren kurz davor, die Hoffnung aufzugeben. Geier, Aaskäfer und eine Made stritten bereits um die besten Plätze. Doch, in einem denkwürdigen Moment, wurde hinter dem Schalter, mit einer bemerkenswerten Gewissenhaftigkeit, ein strahlend grauer Vorhang geöffnet und gab den Blick auf einen uniformierten Postbeamten in einem mickrigen Kabuff frei, der temperamentvoll wie eine abgelaufene Reiswaffel den erlösenden Satz sprach: »Der Nächste, bitte.« Mit diesen ersehnten Worten kam plötzlich wieder Leben in die Bude. Sogar aus dem Hintereingang strömten nun massenhaft alle beiden Schnecken, beladen mit ihren Posttaschen, auf dem Weg in die unendlichen Weiten der Korrespondenz. Der erste Kunde, eine Wanze, gab einen Brief in ein unbekanntes Land an einen Herrn CIA ab, der nächste, eine Gottesanbeterin, beantragte ein R-Gespräch zum Angebeteten, dem dritten fehlten fünf Pfennig zu 'ner Mark und wurde wieder nach Hause geschickt. Auf diese Weise lichtete sich die Amtsstube und Kater stand unmittelbar vor dem Abschluss seiner Forschungen. Endlich kam er an die Reihe.

»Guten Tag, mein Name ist Kater, ich komme auf Empfehlung Ihres Kollegen und bitte um Einsichtnahme in Ihr GesichtsTuch, ich möchte nämlich wissen, was am Ende des Himmels ist.«

»Ja, das tut mir leid, da müssen sie noch etwas warten. Jetzt ist erstmal Mittagspause. Mahlzeit!«, und ein Vorhang wurde erneut vor Katers Nase zugezogen. Nun stand er da wie Pik Sieben. Nun hieß es abwarten und Tee trinken. Ein leichter Anflug von Unmut regte sich unter den noch Anwesenden. Ihr Verständnis wurde durch die in aller Konsequenz beachteten behördlichen Pausenvorschriften arg strapaziert. Doch es nutzte nichts. Außer einer stummen Bestürzung hatten die Wartenden wenig beizutragen. Man musste den Gewohnheiten der Staatsmacht in ihrer leicht verschrobenen Art nachgeben und ihnen die wohlverdiente Regenerationsphase gönnen. Enttäuscht blickte Kater auf ein dröges, graues Stück Stoff, als ihn ein Schweinchen, ein Bock und ein Fuchs von hinten ansprachen.

»He, du, wie ist dein Name?«

»Mein Name? Ich heiße Kater. Kater vom schnatterzahnschen Mittagland.«

»Warum bist du hier?«

»Ich bin Forscher und auf Entdeckerreise in astronomischer Mission.«

»Verstehe. Wir sind Charlie, Oma und Dulle und uns fehlt der vierte Mann. Was hältst du davon, wenn wir uns die Zeit mit einem gepflegten Kartenspiel vertreiben? Kannst du Doppelkopf?«

»Na logisch kann ich Doppelkopf. Hab's selber mal erfunden«, flunkerte er. »Lass jucken, Kumpel. Wer gibt?«

Anschließend saßen die vier beieinander und wetteiferten um den internationalen Titel des pusemuckelschen Postbürodoppelkopfmeisters. Bock, Fuchs, Schweine, mit oder ohne Luschen, Karlchen, Stille Hochzeit, Trumpf solo oder Fleischlos, Contra, Re, keine neunzig. Pikus der Waldspecht, was liegt, liegt und raus mit Muttchen in die Frühlingsluft. So droschen sie sich die nächsten Stunden das Blatt um die Ohren, dass die Schwarte krachte. Katers Karten waren gar nicht so schlecht. Er gewann Spiel um Spiel, denn er wusste immerhin, dass vier fünfmal vervierfacht mehr macht, als fünf viermal verfünffacht. Die Umstehenden wurden neugierig und begannen Wetten auf den Sieger abzuschließen. Der Buchmacher erhöhte Katers Auszahlungsquote, die seiner Mitspieler rangierten unter ferner liefen. Sie zockten solange, bis erneut die kaum noch für möglich gehaltenen Worte im Raum erschollen:

»Der Nächste, bitte!« Endlich! Das war Katers langersehnte Chance. Er ließ die Karten Karten sein und eilte zum Schalter. »Ach, Sie schon wieder. Was wollen Sie von mir?«, fragte der mürrische Nörgler, »GesichtsTuch? Was für ein GesichtsTuch? Papperlapapp! Verulken Sie mir mal nicht. Das heißt GesichtsBuch. Oder neuerdings auch Fratzenbuch. Aber GesichtsTuch ... ne ne. da hamse wohl falsch hingehört, sowas gibt's hier nicht. Halten Sie bitte nicht den Verkehr auf. Der Nächste, bitte!«

»Aber ...«

Ein mit reichlich Stempelfarbe verschmierter Ärmelschoner wischte jeden Einwand knurrig beiseite.

»Sprech ich chinesisch? Der Nächste bitte, hab ich gesagt!«

Zu den vielen Wartenden kam nun noch ein störrischer Esel hinzu. Allerdings auf der andere Seite des sogenannten Kundendienstschalters. Ganz tolle Wurst. So ein Stinkstiefel. Katers ach so einfache Lösung auf die Fragen des Lebens zerstob im Nichts. Entmutigt gab er den Schalter frei. Nach dem kläglichen Intermezzo behördlicher Willkür drehte er auf dem Hacken um und ging hinaus. Es zermürbte. Nää, wat simmer all widder jeck he!

»Was mach ich denn jetzt«, dachte er, »was soll denn nun bloß werden? Ich kann doch nach all der Plackerei nicht ohne Ergebnis nach Hause kommen? Ihm war ganz beklommen zumute. »Hunger habe ich auch noch. Mit leerem Bauch kann man keine Forschung betreiben und nachdenken erst recht nicht.« Betrübt investierte er sogleich das beim Kartenspiel redlich gewonnene Geld am nächsten Snackautomaten, drückte C22 und es plumpste eine kleine Tüte knuspriger Mausletten-Chips in den Ausgabeschacht. Mit künstlichem Mäusearoma auf gehaltvoller Fettbasis. Dazu eine Flasche Fanta Morgana. Er aß lustlos.

»Hey du, Katze, komm mal her!«, flüsterte es geheimnisvoll aus dem Busch.

»Wer ich?«

»Ja, du.«

»Wieso soll ich kommen?«

»Nu komm schon!«

»Was willst du?«

»Ich will dir helfen.«

»Wieso willst du mir helfen?«

»Frag doch nicht so viel!«

»Ich bin aber Forscher, die müssen viel fragen.«

126

»Ja, ich weiß, deswegen will ich dir ja helfen.«

»Wer, du?«

»Aaahh, ich bring' ihn um, is' gut jetzt, pass auf, ich habe mitbekommen, dass du das Ende des Himmels suchst. Vielleicht kann ich dir dabei helfen.«

»Wie willst ausgerechnet du Lügenmaulnashorn mir dabei helfen können?«

»Wir Lügenmaulnashörner sind eben bekannt für unsere Ehrlichkeit. Schließlich müssen wir seit ewigen Zeiten gegen diese vermaledeite Namensgebung ankämpfen. Aber wenn du nicht willst ...«

»Doch, ich will ja, nu sag schon, was ist am Ende des Himmels?«

»Ja, so genau weiß ich das natürlich auch nicht, aber ich kann dir einen Tipp geben. Vergiss dieses GesichtsTuch oder -Buch oder wie auch immer. Geh zum Meer. Geh an den Rand des großen Ozeans. Da, wo die Schiffe als Spielball der Wogen, getrieben von den brausenden Winden, bei Tag und in der mondlosen Finsternis hinaus fahren und an der Kante des Horizonts unserer Scheibenkugel hinab in die unendlichen Tiefen stürzen. Dort hinter dem Horizont, dort ist das Ende des Himmels, dort findest du die Antwort auf deine Frage.«

Schwappend plätscherte das Wasser gegen die Planken des Schiffes am Kai. Das Gegurre der Tauben und Gekrächze der Möwen verschmolz zu einem harmonischen Singsang im Schatten der Pier. Seit Stunden saß Kater nun an den Dalben der Mole und sah zu, wie schön und bunt und gemächlich ein Teppich aus zerpflückten Plastiktüten einer fernen Zeit auf den kleinen Wellen des Hafenbeckens dahin dümpelte. Dazwischen konnte man im schillernden Glitzern des zarten Öl-

films eine Reihe von Fischen erkennen, die sogar das bewegungslose Rückenschwimmen geschickt beherrschten. Toll! Dem Horizont indes, konnte der Blick inzwischen nichts Neues mehr abgewinnen. Eine Antwort auf seine drängendste Frage blieb er schuldig. Nach einem langen anstrengenden Tag trübten Katers Gedanken allmählich ein. Er lag in einer dunklen Ecke gemütlich auf einem vergessenen Altkleidersack, dachte nach und beobachtete das wuselige Treiben im Hafen. Eine sanfte Brise wehte den salzigen Geruch des Meeres in seine Nase. Die Sonne machte Feierabend. Ihr rot glühender Feuerball färbte den wolkenleeren Himmel in eine diffuse, bunte Dämmerung und ließ auf dem leicht gekräuseltem Wasser Myriaden kleiner Blitze flirren, die wie Edelsteine an silbrigen Fäden in einem wundersamen Spiel aus Licht und Farben funkelten und rastlose Sehnsüchte von Fernweh und Seefahrerromantik weckten. Auf diese Weise pflanzte sich still und leise ein neuer riskanter Plan in den Kopf unseres unerschrockenen Forschers.

Die klirrende Kälte des nächsten Morgens nahm Kater auf seinem warmen Kleiderlager nur beiläufig zur Kenntnis. Denn nun hieß es, die müden Glieder zu strecken und Teil eins des verwegenen Plans in die Tat umzusetzen. Er musste versuchen, mit List und Tücke als blinder Passagier ungesehen auf das Schiff zu gelangen. Der Name stand in großen Buchstaben am Bug. Die Säcke des Proviants hatten zerlumpte Tagelöhner mühsam auf krummen Rücken und baren Füßen verladen und in den Containern des Schiffes verstaut. Alles klar zum Auslaufen. Das war seine Chance. Der entscheidende Moment stand unmittelbar bevor. Entschlossen trat er aus dem Schatten heraus. Los ging's! Blitzschnell, wie man es von Kater bisher selten sah, flitzte er geradewegs zum Schiff, lief behände über den wackligen Ponton auf die lange, schmale Holzplanke der Gangway, noch wenige schnelle Schritte, das Ziel zum Greifen nah, ein letzter, beherzter Sprung, und schon war er auf dem Schiff. Oder vielmehr 'wäre gewesen'. Wäre auf dem Schiff gewesen, wenn nicht am Ende der Gangway ein bildungsferner, höchst rotziger Lump gestanden hätte, der ihn rüde, mit schief grinsender Visage und einem schmerzenden Tritt aus dem Fußgelenk, sofort wieder von Bord beförderte. Der todsichere Plan scheiterte grandios.

»Beim heiligen Klabautermann, verzieh dich, du olle Zeckenpension, sonst zeig ich dir, wo der Frosch die Locken hat!«, spöttelte de fiese Möpp und popelte weiter genüsslich tief in seiner Nase. Kurz darauf überprüfte er intensivst von allen Seiten das Produkt seiner leidenschaftlichen Bohrungen und entsorgte sodann das schleimige Sekret mit großer Zufriedenheit am Ärmel seines löchrigen Hemdes. Der verbliebene Schnött wurde dann noch geräuschvoll hochgezogen und schließlich zielsicher im hohen Bogen durch die Klüse gesprotzt. Dabei sah der verluderte Knilch sowohl mit schimpflicher Genugtuung als auch mit gehässiger Schadenfreude, wie Kater rücklings ins Hafenbecken fiel und in seiner Panik eine ungesunde Menge modriges Salzwasser schluckte. Es würgte ihn. Teil eins des Plans fiel im wahrsten Sinne des Wortes ins Wasser und musste wohl nochmal gründlich überdacht werden. Doch zunächst versuchte er, die brandaktuelle Situation möglichst zeitnah neu zu beurteilen. Denn der Meister aller Planungen konnte nicht im Geringsten schwimmen. Er ging unter, strampelte wild umher, schluckte noch mehr Meerwasser, reckte den Hals nach oben, schaffte es gerade so eben, einen köstlichen Hauch Luft zu atmen, während die Fische ihn von unten anglotzten und verständnislos den Kopf schüttelten. Sie sahen, wie das nasse Fell schwer und schwerer wurde, ihn wieder nach unten zog. Alles Strampeln half nichts. Die schöne, wundervolle, herrliche, lebenspendende Luft blieb unerreichbar. Er sank nach unten, in die gurgelnde Tiefe, gab auf, fragte sich, ob dies nun das Ende des Himmels sei. Ja, das musste es sein. So war es also. So schwerelos, so schön – einfach himmlisch! Endlich hatte er es gefunden. Er dachte an seinen Freund Rolf, an seine Freundin Schnatterzahn, sah, wie sie in ein fernes Licht am Ende eines Tunnels fielen. Sein ganzes Leben zog innerhalb eines Augenblicks in einem schwebenden Nebel vor seinem inneren Auge an ihm vorbei. Er fühlte sich leicht und frei, wollte nur noch schlafen, ewig schlafen. Wer braucht schon diese doofe Luft. Es wurde schwarz, tiefschwarz, rabenschwarz, dunkelste Nacht. Er sank weiter widerstandslos dahin und spürte nichts mehr. Gar nichts mehr. Nicht das Geringste. Er lächelte, schloss die Augen, schlief ein. Auf Wiedersehen. Gute Nacht. Ende. Das war's.

Wenn ihn nicht jemand mit einem kräftigen Ruck am Schwanz aus dem Wasser gezogen und im hohen Bogen an Bord geworfen hätte. Unsanft schlug er auf.

»Schwimmt die Kuh im Meer, fällt das Melken schwer«, sprach ein fein gekleideter Herr. »So'n Katzenvieh ist gut, hält uns die Mäuse vom Leib. Smutje, peppel den Leichtmatrosen mal'n bisschen auf!«

Dem feuchten Verhängnis noch einmal im letzten Bruchteil der Sekunde entronnen, lag unser Held zurück im Diesseits wie ein nasser Sack auf dem Oberdeck. Er träumte nun erst einmal den gütigen und erholsamen Traum der Besinnungslosen und verpennte das vom Volke mit großem Jubel und viel Tam Tam gefeierte historische Auslaufen der Santa Marianne des Käpt'n Colombo.

Der Smutje Smørre war ein herzensguter Geselle. Wohlwollend gegenüber jedermann, leutselig und mitteilsam.

»Da biste aber um Haaresbreite dem Deibel nochmal vonna Schippe gesprungen. Der hätte dir fast den Garaus gemacht«, sprach er zu seinem Schützling, als dieser am Abend
in der Kombüse wieder erwachte. Doch Kater konnte nach
der Berührung mit der eigenen Endlichkeit noch keinen klaren Gedanken fassen. Wie damals, als er Schnatterzahn und
Rolf nach ihrem unsäglichen Raumschiffabenteuer fand, hus-
tete er pausenlos, spuckte Galle und salziges Wasser. Ihm
war speiübel und unsagbar elend zumute. Nicht nur wegen
des unfreiwilligen Besuchs in der maritimen Unterwasser-
landschaft, auch wegen der schonungslosen Schaukelei des
schlingernden Schiffes. Armer schwarzer Kater.

»Das Leben ist ein Nehmen und Geben«, sagte Smørre.
Doch ihn trieb der Schalk im Nacken. »Manchmal über-
nimmt man sich und manchmal übergibt man sich.« Er
schmunzelte. Aber Kater hatte das leise Gefühl, dass der
Smutje ihn veräppelt. Nun wurde er auch noch verhohnepie-
pelt. Er hätte nie gedacht, dass Forschen im Dienste der as-
tronomischen Wissenschaft, so anstrengend und gefährlich
sein kann. Ein durch und durch gebrauchter Tag. Doch das
gute Wetter und die ruhige See trugen in den folgenden Tagen schneller als von der medizinischen Abteilung befohlen,
zu seiner Genesung bei. Die Santa Marianne stand ganz ordentlich im Wind und segelte mit voller Kraft voran.

Am Abend des vierten Tages bekam Kater wieder etwas
Oberwasser. Er saß am Katzentisch in der Kombüse und genoss mit Heißhunger seine tägliche Fischration. Smørre erzählte:

»Ich, Sohn eines aufrechten Bürstenbindergesellen, komme aus Dånskien, bin ein frommer Mann aus dem kleinen Landkloster des Klerus 'El Religioso' in Zrmzlhus bei Opphldsvær. Der Domvikar zu Kabenhoven erteilte mir im Amtssitz des bischöflichen Palais von höchster Instanz ein geweihtes kirchliches Mandat. Wir sind nämlich in der Tat auf dem Kurs nach Indistan und meine Aufgabe ist es, Gottes Herrlichkeit in der Welt zu verkünden und einen Jeden zum Christentum zu bekehren, damit in den Köpfen der Leute die Dämonen religiöser Höllenangst vertrieben werden. Dazu habe ich kleine Heftchen vorbereitet, in denen an die Ungläubigen appelliert wird, zu erwachen und abzukehren von Sünde und Frevel. Der Heilige Geist wird in seiner grenzenlosen Güte die Missetaten der Gläubigen nicht nur verzeihen, Er wird sie sogar belohnen und vertrauensvoll den Weg in sein Reich weisen, auf die Insel der Seligen, sodass ihnen ewiges Glück beschieden sein wird. Denn niemand kann tiefer fallen als in Seine Hände. Es ist ein weiter Weg, aber ich bin zuversichtlich, dass wir es schaffen. Ich bete jeden Tag zum Herrn und weiß, Er wird uns, die wir alle nur ein kurzer Gast auf Seinen Erden sein dürfen, führen und beschützen. Da bin ich ganz sicher. Denn Er ist das Licht, so weise, gütig und allmächtig - echt 'ne coole Socke. Halleluja! Möchtest du noch Fisch?«

Kater dachte über die Worte dieses schrägen, aber netten Vogels nach. Er schien sehr überzeugt von seinem Glauben zu sein. Gut so. Ein fester Glaube gibt Halt im Leben, Trost in leidvollen Zeiten, Zuversicht im Zweifel des Seins. Doch könnte das nicht auch gefährlich werden? Sollte man vielleicht aufpassen, dass die starren Überzeugungen dieser ganzen verschiedenen Religionen nicht den Blick auf die Realitäten verschließen und das gegenseitige Verständnis von Andersdenkenden auf der Strecke bleibt? Oder sogar zum fanatischen Streit führt, weil jeder meint, seine Religion sei die einzig Wahre? Wie war das nochmal mit der Toleranz?

Fisch mochte Kater nach dieser Lektion nicht mehr. Er wollte lieber in seine Koje. Morgen stand ein schwerer Tag bevor. Er musste offiziell seinen ersten Dienst als vereidigter Mäusejäger an Bord der Santa Marianne antreten. Kein leichter Job. Seine Heuer eher übersichtlich, das Betriebsklima so lala, keine Feiertagszuschläge, keine Lohnfortzahlung im Krankheitsfall und nach einer Katzenbeauftragten konnte man lange suchen. Aber er hatte keine andere Wahl.

»Das Leben als Seemann ist hart«, dachte Kater und schaukelte in seiner Hängematte im Takt der Wellen. Noch vor Sonnenaufgang sprang er mit dem ersten Glockenschlag der Wachablösung auf. Die Frühschicht trat in Reih und Glied vor dem Käpt'n an.

»AAAACHTUNG! Stillgestanden!« Die Mannschaft reckte die Hälse nach oben, nahm Haltung an und machte Meldung:

»Käpt'n, melde gehorsamst, Kompanie vollzählig angetreten. Klar zum Schichtwechsel. Nur der Kevin-Hendrik ist krank und möchte heut' lieber nicht aufstehen. Ihn plagt das Heimweh.«

»Plagt das Heimweh?«, donnerte Käpt'n Colombo wütend. Er schrie Zeter und Mordio. »Heimweh? Was erkühnt er sich? Ich hör wohl nicht richtig. Ich geb dem gleich Heimweh. Solche Zipperlein lass ich nicht gelten. Ich dulde keine Fisimatenten«, tobte er weiter. »Ist die Napfsülze vom Planeten Jammerlappen oder aus Mimosien oder was? Der soll seinen Hintern verdammt nochmal an Deck bewegen, aber avanti spumanti, sonst wird er mich kennen lernen. Ich bin nicht umsonst in ganz Spanolien berüchtigt für meine fürchterlichen Strafen.«

Jetzt würde der Kapitän kurzen Prozess mit dem Bedauernswerten machen. Welch schreckliche Höllenqualen würden nun folgen? Der Schandpranger? Ins Eisen legen? Kielholen? Oder gar der Tanz am Hanfstrick? Nein, leider nichts von alldem, denn es kam sogar noch viel schlimmer. Die Furcht vor der grausamen Folter stand allen ins Gesicht geschrieben. Seine ungezügelte Raserei schnellte Richtung Smørre. Der unschuldige Schiffskoch wurde wutschnaubend angebrüllt.

»SMUTJE!«

»Käpt'n?«

»Dieser Kevin-Hastenichgesehn ist einer sehr schweren Verfehlung schuldig. Da kenn ich keine Gnade. Ich werde die Höchststrafe verhängen: Ihm wird heute der Nachtisch gestrichen. Ist das klar?«

»Kevin-Hendrik.«

»OB DAS KLAR IST?«

»Aber Käpt'n, das ist so gemein, das können Sie nicht machen. Gerade heute gibt es Götterspeise. Die grüne. Das ist doch sein Lieblingsnach...«

»NEIN!«

»Aber ...«

»N E E E E I N!«

Der Schrei des nahenden Tobsuchtanfalls ließ die Segel kurz aufblähen. Jede weitere Gegenwehr war zwecklos.

»Aye aye, Käpt'n«

Oh, wie brutal. Erschütternd! Entsetzlich! Teufel, Tod und Pest, wieder einmal hatte Kapitän Colombo seinem grausamen Ruf alle Ehre gemacht. Alter Schwede! Die Besatzung probte den Zwergenaufstand. Man war einer Meuterei nahe, doch am Ende hatte die volle Wucht der Autorität des *ca-*

pitáno gewirkt. Nach diesem Donnerwetter trottete jeder betrübt wieder auf seinen Posten. Auch der gescholtene Kevin-Hendrik schlappte kummervoll nach oben, um einer noch schlimmeren Strafe zu entgehen. Der Stachel der erlittenen Schmach saß noch tief. Zähneknirschend schwor er diesem ollen Meckerpott süße Rache, denn sobald er wieder zu Hause wäre, würde er der Matrosen-Innung einen bitterbösen Beschwerdebrief wegen der boshaften Schikanen, drakonischen Knechtschaft und gnadenlosen Tyrannei schicken. Aber sowas von! Na wartet, dann wird es niemand mehr wagen, ihm seine Götterspeise zu verweigern. Hornochsen!

Doch die Gemüter beruhigten sich auch allmählich wieder, denn ansonsten war der Alltag an Bord recht beschaulich und abwechslungsreich. Er bestand nicht nur aus Deck schrubben und Glocke polieren. Es wurden Seminare zur gefälligen Teilnahme anheimgestellt. Zum Beispiel Knotenkunde, nautische Satellitennavigation und doppelklöppiges Häkeln. Die Klügsten unter ihnen konnten den Segelschein machen oder sogar Lesen lernen. Freizeitbeschäftigungen wie Shuffleboard, Paragliding, Banana Boat oder Rum trinken bis zum Umfallen rundeten das Angebot harmonisch ab. Auf diese gefällige Art und Weise gingen die Tage urlaubsgleich dahin und Kater schaute nach Schichtende oft über die Backbordreling und hielt ein wenig ängstlich Ausschau nach der Wasserkante am Ende des Himmels, an der das Schiff unweigerlich in die Tiefe stürzen würde. Aber warum fuhren alle so unbekümmert in den sicheren Tod? Das kam ihm spanisch vor. Doch darüber würde er morgen intensiver nachdenken. Jetzt hatte er keine Zeit. Die Koje rief.

Hola España, compañeros. Über den Feierabend ihres Häschers atmeten die Mäuse erleichtert auf. Das Klappern der

Kastagnetten hallte durch den Bauch des Schiffes. Hossa, flamenco y vino, fiesta grande. Besonders Señor Rapido, eine Maus, die sich sofort auf die emsige Suche nach Essbarem begab. Buenos dias, caballero. 'Der frühe Vogel fängt den Wurm' lautete ihre Devise. Olé olé. Dieser vorbildliche, strebsame Ehrgeiz wurde wieder einmal belohnt. Gratulación. Im Maschinenraum des Segelschiffs fand sie ein prächtiges Stück feinsten, wunderbar duftenden Käse. Oh, felicita. Die Mausefalle und der laute Knall eines soeben noch straff gespannten kleinen Metallbügels überforderten jedoch Señor Rapidos Halswirbel auf eine zweifellos unsanfte Weise, die mit dem Leben schwer vereinbar war. So wurde sie schnurstracks in den seligen Mäusehimmel verabschiedet. Diablo, que terrible. Es machte ihre achtundzwanzig Nachkommen mit einem Schlag zu betrübten Halbwaisen. Muy triste.

Die Maus 'El Torero Matadore Patrón' indes, von allen respektvoll 'Muchacho Gringo' genannt, lehnte lässig an der Wand, nahm noch genüsslich einen Zug aus der Zigarette und schnippte die Fluppe gekonnt mit zwei Krallen durchs Bullauge. El caramba. Sie hatte den mörderischen Todesakt durch die verspiegelte Sonnenbrille aus der Entfernung ganz locker beobachtet und schlappte nun wurschtig, mit den Händen in der Tasche, zum Ort der Tragödie. Vamos, por favor. El Patrón machte einen großen Schritt über den gewesenen Kontrahenten, pfiff dabei in aller Gelassenheit ein 'la cucaracha' daher, und nahm sich mit einem müden Lächeln den vorzüglichen Leckerbissen.

»Hasta la vista, hombre. Der frühe Vogel fängt den Wurm, aber die *zweite* Maus bekommt den Käse! Comprende? Muchas gracias y adios, mi Amigo.«

Abend für Abend, den Smørres Gott werden ließ, schaute

Kater versonnen über die Reling des Schiffes, in das unendliche Auf und Nieder der schaumgekrönten Wellen. Die Wasserkante kam selbst nach über zwei Monaten kein Stück näher. Vielmehr schienen sie bald am Ziel zu sein. Kater sah es als Erster. Da hinten, ganz deutlich: Land in Sicht. Die Gestade der Küstenlinie, das Ende des Horizonts, das Ende des Himmels. Das müsste dieses absonderliche Indistan sein, wovon Smørre erzählt hatte.

Mit den ersten Lichtstrahlen des nächsten Morgens sah dann auch der schielende Matrose oben im Ausguck des Mastes, im Krähennest, das kleine Fleckchen Erde. Unverzüglich setzte er die behördlich vorgeschriebenen Meldewege in Gang und brüllte aus vollem Halse:

»Land in Sicht, Land in Siiiicht!« Der Kapitän sprang sofort aus seinem Wasserbett, zog die recht kleidsame Galauniform einfach über den geblümten Frottee-Schlafanzug und versammelte seine Offiziere im Besprechungsraum.

»Männer«, sprach er bedeutungsvoll, »nach der letzten Peilung können wir eigentlich noch gar nicht am Ziel sein, aber ich denke, wir haben keine Zeit für langes Lamentieren und sollten uns das karge Inselchen einmal ansehen. Lasst uns auf die Kommandobrücke gehen.«

»Alle Mann auf ihre Posten«, erscholl der dröhnende Befehl übers Deck. »Fertigmachen zum Ankern. Los los, Ihr weichgespülten Taugenichtse, raus aus den Kojen und ran an die Arbeit! Wird's bald?!« Verpennt schlurften nach und nach die Männer der Nachtschicht mühselig aus ihrer Kajüte. Der ein oder andere verzichtete in der Eile aufs Zähneputzen und roch noch ein wenig spirituös, aber ein jeder war professionell genug und tat, wie ihm geheißen. Es wurde die Gaffel auf der Luvseite gereept, die Trosse an achtern geölt, die Takelage gespleißt, die Klüven geschruppt, die Trimmung geschlenzt, der Draggen geteuft, die Pütte gespilzt und die Bilge geschnurzt. Lediglich die Spieren an der Brasse vergaß man zu sprüsen. Doch schließlich hing das Rahsegel straff verklötert am Fockmast, als der kraftstrotzende Oberbootsgefreite Arnoldio, der Stärkste jener Belegschaft, im hohen Bogen den Anker über Bord warf. Käpt'n Colombo beobachtete vom Bug aus das Treiben mit seinem ersten Steuermann und sah gedankenverloren zu dem unbekannten Land hinüber.

»Was denken Sie Käpt'n?«, fragte Steuermann Nummer Eins. Das Herz des Kapitäns wurde schwer, als er antwortete.

»Was ich denke? Ach, Nummer Eins, was soll ich schon denken?! Solch schöne Momente möchte ich immer gerne teilen. Am liebsten mit einem Menschen, der mir besonders wichtig ist. Leider ist dieser Mensch nicht hier, er musste zu Hause bleiben. Deswegen werde ich ihm dieses Landstück widmen. Es ist meine Frau. Ich denke an meine Frau, Steuermann.«

»An Ihre Frau? Nur an Ihre Frau? Käpt'n, bedenken Sie, es ist möglicherweise neues unbekanntes Land, das wir entdecken. Sind Sie nicht beseelt von der Hoffnung auf einen festen Platz in den spanolischen Geschichtsbüchern, auf ewigen Ruhm und Ehre, auf Denkmäler in der ganzen Welt und auf lebenslang kostenlose Rubbelbilder, Sir?«

»Nein, keineswegs, gewiss nicht, diese Privilegien sind für mich wenig erstrebenswert. Ich denke nur an meine liebe Frau. An Erika!«

Steuermann Nummer Zwo hatte derweil Schwierigkeiten mit der Navigation und konnte die Insel auf keiner Karte entdecken.

»Wo sind wir hier?«, schrie Steuermann Nummer Zwo quer übers Deck.

»Er denkt an seine Frau. An Erika«, schrie Nummer Eins gegen die steife Brise des Windes zurück.

»WAS? WO?«

»AN ERIKA!«

So trug es Zwo auf dem wackligen Schiff in die Karte ein.

Kater gehörte, wie erhofft, zu den Auserwählten, die mit dem Beiboot an Land übersetzen durften. Ein spezieller Lump, um den er lieber einen großen Bogen machte, musste an Bord bleiben. Wache schieben und klar Schiff machen. Aber picobello. Schallender Spott und bissige Häme der lieben Kollegen ertrug er grimmig.

»Endlich wieder einmal festen Boden unter den Füßen, nach der verdammten Schaukelei«, dachte Kater. Deswegen sprang er auch mit einem mächtigen Satz vom Boot und betrat als Erster die neue Welt. Das restliche Personal, angeführt vom ruhmreichen Kapitän, folgte prompt. Smørre bekreuzigte sich und nuschelte ein kleines Gebet. Die Ruderer durften verschnaufen. Sie fühlten sich nach der körperlichen Ertüchtigung ein wenig schnorkelig. Der Rest reservierte zunächst hastig und eifersüchtig mit ihren Leibchen die besten Plätze am unberührten Strand im kühlen Schatten unter den lustigen Bäumen mit den langen Blättern und großen, braunen Holzkugeln. Anschließend zogen sie besitzergreifend und krakeelend durch die nähere Umgebung. Smørre plante bereits die Zusammenstellung eines schmackhaften, abendlichen Menüs. Er ging angeln. An einer türkisblauen, seichten Lagune. Kater unterstützte ihn, indem er dösend und versonnen auf einem Grashalm kauend, den Fang im Auge behielt.

»Es ist ein wahrlich schönes Fleckchen Erde«, sagte Smørre, »all die herrliche Gegend, unberührte Natur, das saubere

Wasser, die reine Luft - lobet und preiset den Herrn, ein regelrechtes Paradies.« Doch Kater hörte gar nicht zu. Er überlegte stattdessen, ob dies denn nun das geheimnisvolle Ende des Himmels sei.

Als es am Abend dunkelte, saßen die Seemänner um das große Lagerfeuer und schoben mächtig Kohldampf. Endlich wurde das Buffet eröffnet. Smørre versuchte vorher noch mit Engelszungen und der Heiligen Schrift unter dem Arm, die gottlose, hungrige Lumpenbande zu einem Tischgebet zu ermuntern. Vergeblich. Sie ließen den lieben Gott einen guten Mann sein und der gut gemeinte Versuch verpuffte wie ein Furz im Wasserglas.

»Herrgottsakra, in drei Teufels Namen«, schimpfte Smørre. »Sodom und Gomorra in Reinkultur. Morgen sind sie dran. Morgen nehme ich denen erstmal zur Reinigung ihres Gewissens die Beichte ab und danach werde ich den Ungläubigen in einem heiligen Sakrament die Wirklichkeit Gottes vergegenwärtigen. Wär doch gelacht, wenn denen dann nicht endlich die Erleuchtung kommt!« Armer Smørre; wenn er sich da man nicht täuschte.

Niemand achtete auf die Verstimmung des geistlichen Begleiters. Jeder wollte nur noch zum Buffet, um es zu plündern. Ein zügelloses Geschlemme entbrannte. Gierig schlugen sie sich die Bäuche mit den gegrillten Fischen voll, aßen das Fruchtfleisch und tranken die Milch aus den Holzkugeln, erhielten ein Ei des Colombo und schmatzten und rülpsten und lachten um die Wette bis zum Gehtnichtmehr. Sie fraßen wie die Scheunendrescher. Ein kleines Tröpfchen Rum durfte bei der herrlich unbeschwerten Völlerei unter raubeinigen Hochseestrategen bis tief in die laue Sommernacht natürlich nicht fehlen. Hoch die Tassen. Gott erbarm.

Die glühende Glut des Lagerfeuers warf letzte Rauchfähnchen gen Himmel bevor sie endgültig erlosch, als die Kerle nach ihrem nächtlichen Gelage am späten Morgen mit einem Kater erwachten. Die Essensreste des Vortags, aus den strubbeligen Bärten der Männer gepult, ergaben noch ein ganz ordentliches, schnelles Frühstück. Der Käpt'n ließ sie anschließend nach flüchtiger Morgentoilette in Reihe antreten und für den Tagesbefehl strammstehen.

»Leute«, sprach er, »Ihr wisst, wir sind hier auf neues unentdecktes Land gestoßen. Das ist ein historischer Moment, den die Welt noch nicht gesehen hat. Es wird vermutlich niemals jemand nach uns einen Fuß hierauf setzen, geschweige denn, jemals bevölkern oder auch nur annähernd so etwas wie eine zivilisierte Gesellschaft gründen. Deswegen ist es unsere Pflicht, heute und in den nächsten Tagen, die Insel zu erkunden, um sie dem König in der Heimat und den nachfolgenden Generationen beschreiben zu können. Dafür schwärmt Ihr in kleinen Trupps aus und tragt alles Wissenswerte zusammen. Und wenn die Schiffsglocke über die Insel bimmelt, werdet Ihr euch hier wieder einfinden und mir von den Forschungsergebnissen berichten. Verstanden?«

»Jawoll, Kapitän«, hallte es einstimmig aus den strammen Kehlen.

»Na dann ..., Marsch Marsch und ab dafür, ihr Saufköppe!«

Auf Befehl des Mannschaftsführers wurde daraufhin die Zusammenstellung der Trupps abgetentert. Smørre hatte offenbar einen guten Draht nach oben und so kam es, dass er mit seinem tierischen Schützling gemeinsam auf Entdeckertour gehen durfte. Sie schnürten ihre kärgliche Marschverpflegung und machten vor den Offizieren eine zackige Meldung. Sogar Kater versuchte, soweit es ihm möglich erschien, Haltung anzunehmen.

»Melde gehorsamst, Trupp Smutje und Kompagnon - fertig zum Abmarsch.«

»Gut gut«, sagte der Kapitän, »hier habt Ihr Euren Marschbefehl. Wir haben ihn bis ins Detail ausgeklügelt. Kann gar nichts schiefgehen. Trotzdem, passt auf Euch auf. Viel Erfolg!«

»Danke, Käpt'n. Der Herr wird's schon richten. Komm Kater, los geht's!«

Mit soldatischem Gehorsam zogen sie in die dichte Vegetation hinaus. Ganz geheuer war ihnen dabei nicht zumute. Könnte manches Unvorhergesehene passieren. Die Gefahren des unbekannten Terrains sind schwer einzuschätzen. Die Erinnerungen an die absonderliche Weltraumkapselgeschichte, an die Meinungsverschiedenheit mit dem trotteligen schwarzen Weißbär oder an den rotzigen Lumpen am Ende der Gangway waren in Kater wahrlich nicht verblasst. Ich möchte niemanden das Fürchten lehren, aber die wenigen folgenden Tage, werden sein ganzes restliches Leben nicht unverändert lassen.

Im Gelände des beginnenden Hinterlandes kamen Smørre und Kater gut voran. Der Marschbefehl mit Kartenausschnitt war nach kurzer Zeit allerdings kaum noch hilfreich, weil keineswegs so ausgeklügelt wie versprochen. Eine seriöse Orientierung entwickelte sich eher zur Glückssache. Dennoch sogen sie die Eindrücke der neuen Welt voller Neugier wie ein verschrumpelter Schrubbelschwamm auf. Jegliche Sinne voll auf Empfang - Gerüche, Geräusche, Geschmäcke, Gefühle und Gesähe. Die neue Welt bot Ungewöhnliches. Farbenfrohe Vögel pfiffen ein fröhliches Gejaller, quirlige Flusspferde tanzten Samba nach den neuesten Hits und selbst die gefräßigsten Krokodile halfen den ängstlichen oder verletzten Tieren durch die gefahrvollen Stromschnellen des Rio Rivière. Das alles überreich umsäumt und geschmückt von einem bunten Reigen duftender, zarter Blumen, an der Seite urwüchsiger, starker Bäume.

»Heiliger Bimbam, das ist ja unglaublich, wie schön es hier ist«, sagte Smørre, »Harmonie und Eintracht wohin man schaut. Da hat der Herr aber einen besonders guten Tag gehabt. So etwas wird bestimmt bis in fernste Zukunft erhalten bleiben. Da wird niemals jemand eindringen und es beschädigen. Das ist so sicher, wie das Amen in der Kirche.« Smørre bekreuzigte sich mal wieder und war unerschütterlich in seinem zuversichtlichen Glauben und trat mit dem nächsten Schritt unbemerkt einen keimenden Sämling platt.

»Wir müssen uns bald ein geeignetes Nachtlager suchen. Ich bin müde. Komm, Kater, dort unter dem Baum sind wir geschützt, da lass uns ausruhen.« Sie saßen nach einem anstrengenden Tag auf einem dicken Teppich aus weichem Laub und deckten den Abendbrottisch mit den am Wegesrand gesammelten Beeren und Früchten. Kater schürte ein kleines Feuerchen. Smørre sprach das Abendgebet.

»Oh Herr, sag, kannst du sehen bei des Tages Licht, was so stolz wir nun bejubeln in der Dämmerung letztem Schimmer? So segne dieses Land auf Ewiglich.
In nomine Patris et Filii et Spiritus Sancti. Mahlzeit!«

Gesittet nahmen die beiden Entdecker das bescheidene Nachtmahl ein. Dabei sponn man das übliche Seemannsgarn. Und nachdem dann ihre Enzyme die Hauptaufgabe in der Verdauung sahen, fielen wie von selbst die Augen zu. Ein Schnarchen begann, als ob es kein Morgen gäbe. So entschleuchten die beiden, um die vielen neuen Eindrücke zu beschließen und Kraft zu sammeln für den nächsten Tag. Bis es anfing zu tröpfeln. Nicht allzu stark, aber es reichte, um

Katers Rücken zu benässen. Smørre interessierte das nicht die Bohne. Er schlief den Schlaf des Gerechten und träumte mit dem Kruzifix im Arm selig vom Herrgott und seinem Himmelreich. Kater fror.

Dann geschah es!

Es passierte völlig unverhofft. Niemand konnte es vorhersehen. Man kann sich nicht im Geringsten davor schützen. Ist ganz und gar machtlos. Jedem kann das Unerklärliche passieren. Jederzeit. Überall!

»Psst«, machte es, »'ey du!« Kater reagierte verwirrt.

»Was? Wo? Wer? Ich?«

»Oui, du, komm, komm 'äär. Du friörst. Biist nass. Komm mit, isch 'elfö dir.« Kater schaute auf. Dann sah er sie. Der Liebreiz dieses Geschöpfs verblendete Blick und Verstand. Ein Stromschlag elektrisierte seinen ungeerdeten Körper. Er vergaß für einen Moment zu atmen. Ein Zucken schüttelte ihn. Die Kälte wich schlagartig einer fiebrigen Hitze. Seine Augen waren nachts besonders gut. Er nahm deutlich eine glamouröse Göttin wahr. Ein bezauberndes, engelsgleiche Wesen einer fremden Welt. Sanfte, mandelförmige Augen, umflort von langen, klimpernden Wimpern, aus denen ein pikant lasziver Blick ihn streifte; glänzendes, tiefschwarzes Fell, das duftete nach diesem ... diesem, was der Bauer da immer macht ..., Kater kam nicht drauf, er konnte nicht mehr denken, ... für die Kühe ..., im Stall ... Stroh, ne Heu, genau Heu, ihr Fell duftete nach frisch gemähtem Heu am ersten Frühlingsmorgen; dazu geschmeidige Bewegungen, graziös, leger; eine gehauchte Stimme, die wie ein samtweichwarmer Luftzug in den Ohren kitzelte; und wenn sie sprach oder auch wenn sie schwieg oder beides gleichzeitig tat, boten ihre Lippen ein erhabenes Schauspiel, vollendet in Form und Ausdruck. So war es innerhalb von wenigen Sekunden vorbei mit Kater. Aus und vorbei. Für immer. Zumindest mit seiner Kernkompetenz, dem analytischen Denken und planvollen Handeln. Die über sein ganzes Leben angestauten Hormone schossen ihm mit einer unvorstellbaren Wucht unter die Schädeldecke, sodass sie dort nun dauerhaft ihre neue Heimat fanden. Völlig chancenlos dagegen anzukämpfen. Sein Innerstes wurde auf links gekrempelt. Kater bestand von einem Moment auf den anderen nicht mehr aus Vernunft und Verstand, sondern nur noch aus Gefühl. Aus Sanftmut und Feuereifer. Aus Hingebung und Zuwendung. Aus Schwäche und Kraft. Aus Traum und Wirklichkeit. Aus Ruhe und Wahnsinn. Doch erstmal galt es, keine Unsicherheit zu zeigen und wie ein ganzer Kerl zu wirken. Unser Schürzenjäger besann sich nach einer gefühlten Ewigkeit des letzten Restes seines Sprachzentrums und artikulierte übertrieben locker aus der Hüfte die umfassendste Antwort, zu der er in seiner Wirrnis in der Lage war.

»Hä?«

Was für eine Meisterleistung an Schlagfertigkeit. Impossibile! Respektabolo! Knallaballa! Doch mit diesem geschwätzigen Wortschwall gab sich der scheue Jüngling noch längst nicht zufrieden. Das Sprachzentrum focht in seinem Inneren einen weiteren heroischen Kampf, der die letzten Energiereserven verbrauchte und aus einem überquellenden Füllhorn der Rhetorik, galante Sätze hervorbrachte, die eine abgeklärte Lebenserfahrung, ungeahnte Weltkenntnis und die völlige Kontrolle der Situation offenbarten. Oder auch nicht.

»K...komme ja ich m...m...mit.«

Nun ja, in diesem magischen Moment trug er sein Herz nicht gerade auf der Zunge und mit den Flügeln seiner Worte machte er eine harsche Bruchlandung. Trotzdem fühlte er sich auf wundersame Weise beschwingt, und so folgte das

Konversationsgenie unbeholfen mit tapsenden Schritten und weichen Knien aus Wackelpudding diesem Inbegriff von verführerischer Sinnlichkeit und spürte gar nicht mehr, wie seine Füße den Boden berührten. Er glaubte zu schweben, folgsam in eine Richtung, seinem göttlichen Wesen hinterher, das ihn unbezähmbar in den Bann zog, ihn verzauberte und fimmelig machte. Verabschiedet vom immer weiter entfernten und leiser werdenden Schnarchen Smørres. Doch für Kater gab es keinen Smørre mehr. Es gab gar nichts mehr. Die Welt um ihn herum hörte auf zu existieren. Er lebte nur noch im Hier und Jetzt. Sein einziger Lebenssinn bestand in diesem Moment darin, dieser gliederzarten Mieze, die mit einem einzigen Blick, Versuchung, Verführung und Verlockung fest ineinander verschmolz, zu folgen. Egal wohin. Er wollte die Zeit anhalten oder bis ins unendliche Jenseits so weitergehen. Hauptsache er dürfte den Rest seines Lebens in Suzettes Nähe sein.

»Entrée et bonjour, monsieur. Isch bin Suzette Bardot aus Froonkreisch«, stellte sie sich vor, nachdem sie angekommen waren. Angekommen in einer heimeligen Höhle. Trocken, warm, lauschig.

»Oje, du biste ja gaanz nass«, plinkerte sie ihm zu, »komm, isch rübbel disch ein bisschen trocköön.« Aufkommenden Regungen nicht unzugänglich, war Kater trotzdem zu keiner Reaktion fähig. Wie hypnotisiert ließ er wonnevoll alles geschehen.

»Wie 'eisste du?«, fragte sie.

Sein Herz wummerte wie eine Dampframme. Er atmete tief durch. Jezt musste er sprechen. Volle Konzentration. Sprechen. Jetzt. Tschaka!

»Wer isch, ääh, ich?«, stotterte er.

»Oui, natürlemon, du.«

»Kater.«

»Katöör?«

»Ja.«

»Einfach nur Katöör? 'i'i, das ischte abör luschtig.«

»Lustig? Das ist gar nicht lustig«, antwortete er brüsk, in einem nicht mehr für möglich gehaltenen Anfall von Beredsamkeit. »Das ist ein stolzer Name aus dem schnatterzahnschen Adelsgeschlecht. Kater von Mittagland ist mein voller Name, und ich werde zu Hause gefürchtet und geachtet von der ganzen Nachbarschaft.«

»O là là, isch bin zutiefste übörwältiigt«, sagte sie kokett und hörte auf zu rubbeln. Doch der Verwöhnte bekam nicht genug. Er dürstete nach weiteren Streicheleinheiten und zeigte auf seine rechte Pfote.

»Hier ist's noch ein bisschen nass. Könntest du da vielleicht noch ein wenig ...«

»Comme ci comme ça, mais bien sûr, avec plaisir, n'est-ce pas.« Sie lächelte. Sie lächelte dieses honigsüße, verführerische, männermordende Lächeln, das Kater den Atem verschlug und ganz wuschig machte, und rubbelte zartsinnig noch ein wenig weiter. Zu ihren Füßen schmolz er schmachtend im Rausch des Wohlbehagens dahin.

»Ich bin dir sehr dankbar für deine Hilfe, Suzette. Das ist nett von dir. Wie komme ich zu der Ehre?«

»Oh, äs war ä'er ein Zufaal. Isch war auf dör Jagd und 'örte ein komischöös unbekanntöös Geröusch. 'örtö sisch nach einööm bösöön Knurröön aan.«

»Nein, das war kein Knurren, das war mein Freund Smørre, der schnarchte.«

»Oui oui, das 'abe isch dann auch bemörkt. Und dann sah ische disch. Sah disch frieröön, warst so süßä, très chic!« Warme Worte, die in den Ohren kitzelten. Das Blut schoss

148

Kater in den Kopf. Er lief knallrot an und schaute verlegen nach unten. Doch wie man ihn so kennt, besann er sich blitzschnell und wurde seinem Ruf als internationaler Experte in allen Fragen der Balzkunst gerecht.

»Ich finde dich ja auch nicht ganz so schlecht, bist recht gut gelungen, ich meine, also, wie soll ich sagen, du bist auch, ähem, süß, ziemlich süß, sehr ziemlich süß sogar. Find dich bombe. Aber holla, die Waldfee.«

»Merci beaucoup. Du bischte ja eine richtigöör Charmeur.« Jetzt lag es an ihr, zu erröten.

Nachdem es in der Höhle nun nach und nach von Komplimenten, Schmeicheleien, Verlegenheit und roten Köpfen nur so wimmelte, entstand plötzlich eine wortlose Stille, die keineswegs peinlich war. Die Herzen schrien lauter, als eine Stimme es je gekonnt hätte. Ein glimmender Funke erflammte gerade zu einem lodernden Feuer. Beiden schwoll das Herz. Hilflos, vom Augenblick verzaubert, schaute man einander tief in die Augen. Zu einem schüchternen, sanften Kuss bereit, der zunächst nach zaghaftem Zögern, doch ziemlich stürmisch ausfiel und süßer, als die süßesten Trauben schmeckte. Es fühlte sich richtig an. Beide glaubten angekommen zu sein. In einem gemeinsamen Sicherheitskokon der Gefühle, unverwundbar, still abgeschirmt vor dem da draußen. Das Band war besiegelt und ein Teil des eigenen Ichs wanderte hinüber zu dem jeweils anderen, um dort einen festen Platz einzunehmen. Für alle Zeit. Ihr Räderwerk des Lebens hatte sich innerhalb von Sekunden untrennbar ineinander verhakt und nachdem die Schranken der jugendlichen Scham überwunden waren, entfachte der reißende Strom des Empfindens in dieser denkwürdigen Nacht eine sinnliche Trunkenheit, die sie gierig hinabstürzen ließ, in ein köstliches Meer berauschender Genüsse, die ihresgleichen suchten.

Aus Gründen der Diskretion schauen wir auf den nächsten Morgen. Suzette räumte längst die Höhle auf, während der Herr des Hauses noch träumend dahin schlummerte.

»Ma chérie, du musste peu à peu öffnön die Augöön, dör Tag ischt so schön, lass uns 'inaus ge'ön und ihn genießöön.«

»Guten Morgen, Suzettchen. Ach, ich schlief so gut wie lange nicht mehr. Du tust mir wohl. Wie schön es ist, dich morgens gleich als Erstes zu sehen. Daran könnte ich mich gewöhnen. Du bist schon fleißig? Was machst du da? Was riecht denn hier so gut?«

»Isch machö uns eine petit déjeuner, eine Mittagessän pour mon Gourmet.«

»Oh, toll, was gibt es denn?«

»Es gibte einö raffinement Spezialitätö aus meinör 'eimat Fronkreisch, einö Köstlischkeit – une bouillabaisse et un bœuf de cuisine avec crème brûlée à la française. Et une baguette.«

»Bullabäs und Böff Küsin mit Krämbrülä?«

»Oui, mes compliments au patron, très bien, so ähnlisch. Bon appétit.«

»Danke. Wiwa la Fronz!«

Suzette strahlte und zeigte dabei ihre makellosen spitzen Zähne und nach dem feurigen Frühstück und einer ausgiebigen, gegenseitigen Fellpflege gingen sie federnden Schrittes hinaus in den Sommertag. Berauscht wie Vögel im Wind streiften zwei Kichererbsen durch die Gegend oder saßen traumvergessen unter einem schattigen Baum, warfen sich ständig innige Blicke zu, neckten, giggelten und gaggelten, raspelten Süßholz noch und nöcher, und wollten die Nähe des anderen keine Sekunde mehr missen. Heiteitei tiralala.

Kater tat dicke. Ein starkes Gefühl schwemmte ihn und der Himmelsstürmer prahlte vollmundig von seinem Forscherdasein als Weltenbummler und den Beschwernissen im Leben eines angesehenen Wissenschaftlers. Oder davon, dass er auf dem Schiff der oberste Chef der Mäusefängerbrigade wäre und die ganze verlauste Mäusebande voller Todesangst vor ihm zittert, wenn er nur in deren Nähe kam. Selbstverständlich war er auch auf den unendlichen Weltmeeren zu Hause und kannte sämtliche Tricks und Kniffe der christlichen Seefahrt. Na gut, schwimmen war jetzt gerade nicht so seine allergrößte Stärke, aber sonst wäre er ein ganz Ausgebuffter, allererste Kajüte, mit allen Wassern gewaschen.

»Ist eben nur etwas für die furchtlosesten Männer«, prahlte der Schwerenöter kess mit stolzgeschwellter Brust. Suzette hörte bewundernd zu. Oh, wie schneidig, furchtlos, tollkühn und gescheit er ist. Formidable! Fantastique! Phénoménal! À la bonne heure!

»Genau, alla bonnör!«

Sie selbst sprach von der schönen Insel und dass sie recht häufig allein sei. Aber jetzt wäre ja Kater da, könnte sie beschützen und ihr 'mon ami' sein. Allerdings verstand er das nicht genau und dachte: «Wieso Ami? Ich bin doch kein Ami, ich bin Mittagländer.«

Als später der Schmalztopf des Glücks vor lauter Schwelgerei fast überlief, trafen sie auf den guten alten Smørre, der gerade Milch und Honig aus einer Quelle im Felsen schöpfte.

»Hallo Kater, da bist du ja. Machte mir schon Sorgen. Oh, aber wie ich sehe, du bist in guten Händen.«

»Enchanté et salut, mon cardinal.«

»Ich hoffe, ich störe nicht, Verehrteste.«

»Non, naturellement au contraire, mon frère.«

»Heiliges Kanonenrohr, was hast du denn da für eine nette Bekanntschaft gemacht?« Kater, unser Schöngeist der besonderen Art, unser Kavalier von altem Schrot und Korn, notre Grandseigneur du monde, hätte am liebsten ganz generös geantwortet: »Bonsoir monsieur de Smœré, s'il vous plait et voilà, c'est ma belle ... Freundin«, doch sah er in der Ferne eine edle Blume, die der Frauenheld sofort seinem Suzettchen pflücken musste. Smørre blieb nichts anderes übrig, als allein seine Erkundungen fortzusetzen. Mit Kater konnte man offensichtlich im Moment nichts anfangen. Im gewissen Sinne stimmte das auch, denn er hatte nur noch Augen für Suzette. Suzettchen hier, Suzettchen da, Suzettchen tralala. So ging es die ganzen nächsten Tage. Von morgens bis abends und nachts erst recht. Mit allem Schnick und Schnuck. Doch auch Smørre hatte auf diesem paradiesischen Fleckchen Erde sein Glück gefunden. Zwar gab es kaum jemanden, den er mit seinem Glauben bekehren konnte, doch fühlte er sich auf unerklärliche Weise seinem Weltenschöpfer hier ganz besonders nah. Näher als im gesegneten Andachtsraum seines Heimatklosters. Sogar näher als irgendwo sonst auf der Welt. Fühlte sich beschützt und gut aufgehoben in den Armen der Kirche und seines Herrn. Das machte ihn glücklich. Ließ ihn ähnlich dahin träumen wie Kater. Beide verschenkten gerne ihr ganzes Vertrauen, denn sie hatten den Hafen ihres Herzens gefunden. Das Glück keimte auf fruchtbaren Boden, spross üppig über die Köpfe hinweg und hüllte sie ein, in einen Umhang der bedingungslosen Zufriedenheit. Die Ewigkeit wäre in dieser Phase ihres Lebens ein willkommener Gast gewesen. Doch das Leben ist kein Ponyhof und so kam es, wie es kommen musste.

»Ahoi Käpt'n!«

»Ahoi Bootsmann! Was gibt's?«

»Käpt'n, ich habe den Lagerbestand des Proviants kontrolliert und muss leider sagen: Er geht zur Neige, Sir.«

»Wie? Wo geht er hin?«

»Zur Neige, ich meine es ist nicht mehr viel da, er ist bald alle.«

»Sag das doch gleich. Wieviel haben wir denn noch?«

»Nun, von den Holzkugeln sind noch reichlich da und der Fisch springt uns von selbst an die Angel, aber der Rum, Käpt'n, der Rum reicht nicht mehr lange. Nur noch zehn Fässer. Das ist kaum genug für die Rückfahrt. Da muss dringend etwas geschehen, Sir.«

»Rum? Ach hör mir doch auf damit. Wenn ich mich rumhöre, höre ich immer Rum. Nur Rum, Rum, Rum. Schändliches Teufelszeug. Die Schnapsnasen sollen sich mal angewöhnen, dieses neue alkoholfreie Wasser zu trinken. Sehr bekömmlich. Die linksdrehenden Spurenelemente steigern das allgemeine Wohlbefinden und sind viel verträglicher für den Verdauungstrakt.«

»Mag sein Kapitän, fürwahr, Sie haben sicher recht, so ein Trakt bedarf bestimmt einmal einer genaueren Betrachtung, aber eine derart gravierende Ernährungsumstellung wäre fatal für den Organismus eines Seemanns. Wasser ist Gift für die Mannschaft. Es würde ihnen ein Loch in den Magen ätzen und sie geradewegs umbringen, Sir.«

»Ach, tatsächlich? Meinst du? Vielleicht hast du recht. Na gut, ich danke dir. Ich werde umgehend eine Krisensitzung einberufen und wir wollen überlegen, was zu tun ist.«

Die Offiziere saßen zum festgesetzten Sitzungstermin im Kreis am Strand und beratschlagten die aktuelle Lage. Es galt, Wichtigkeiten höchsten Ranges zu bekakeln. Die Besprechung dauerte bis tief in die Nacht. Denn wie es unter Offizieren üblich ist, hörte sich ein jeder selbst gerne reden, ohne zu merken, dass er dabei nur schnödes Geschwafel produzierte. Das konnte ja heiter werden.

Zunächst wurde der Protokollführer gewählt und eine Anhörung zur Tagesordnung anberaumt, mit dem Ziel, die Mandatsträger des Plenums nach konstruktiver Debatte eine Beschlussempfehlung in einer außerordentlichen Fachkonferenz noch innerhalb dieser Legislaturperiode erarbeiten zu lassen. Die konstituierende Sitzung begann. Doch sofort stellte das Kontrollgremium einen Missbilligungsantrag wegen der unklaren Überhangmandate. Die ehrenamtlichen Prüfungskommissionsfunktionäre lehnten den Antrag aus formaljuristischen Gründen mit Zweidrittelmehrheit ab. Des Weiteren sei die fristgerechte Antragstellung der achtseitigen Datenschutzerklärung verstrichen und laut Geschäftsordnung hätte es auch dem Föderalismusprinzip der Bezirksverwaltungen in Teilbereichen nicht entsprochen. Die vorgeschriebene Rechtsbehelfbelehrung werde auf dem Dienstweg zugestellt. Anschließend wurde eine eingebrachte Petition zum Verzicht auf jeglichen Getränkeausschank mit den Stimmen der oppositionellen Mehrheit an den medizinischen Ausschuss verwiesen, mit dem Auftrag um Fertigung eines anerkannten staatlichen externen Expertengutachtens. Nicht ganz billig, aber unerlässlich. Der Ältestenrat erhob parlamentarische Bedenken. Daraufhin erging ein Ersuchen zur Einrichtung einer parteiübergreifenden Arbeitsgruppe. Sie wurde zur Abstimmung zugelassen und am Ende doch wieder verworfen. Daraufhin herrschten im Blutrausch der unvereinbaren Positionen tumultartige Zustände unter den Delegierten aller Fraktionen. Nur ein energischer Ordnungsruf des kommissarischen Vizepräsidenten konnte die Abgeordneten wieder etwas beruhigen. Der Branchenbevollmächtigte des mächtigen Lobbyistenverbands »Rum« rümpfte auf der Besucherbank die Nase. Seine finanziellen Entscheidungshilfen an die Verantwortungsträger verliefen im Sande. Immerhin konnte er sie wenigstens mit einem kleinen Kniff als Spende von der Steuer absetzen. Auf der Regierungsbank sah man ratlose Gesichter. Die Redezeiten waren abgelaufen. Die geistige Windstille versuchte man durch operative Hektik zu kaschieren. In aller Eile wurde anhand des vorläufigen Protokolls ein Abschlusskommuniqué verfasst, ein Memorandum des guten Willens. Leider ist dabei dem Mann an der Feder das Wichtigste im Text den Gedanken entschlüpft: Das Gendern! Es bedurfte neuer Ideen. Ein frischer Wind musste her. Mit unverbrauchten Gesichtern. Und was war eigentlich mit der Frauenquote? Die Koalition drohte zu zerbrechen. Neuwahlen? Oder Augen zu und durch? Die Zeit drängte. Die Ratifizierung eines tragbaren Entwurfs zur Beschlussempfehlung des »Rexits« stand in weiter Ferne. Die Repräsentanten des Volkes hatten auf ganzer Linie versagt. Was nun?

Käpt'n Colombo sah sich den kleinkarierten Kokolores des Hühnerhaufens lange kommentarlos an. Bis es ihm zu bunt wurde. Ihm schwoll die Zornesader nach diesem Affentanz. Er erinnerte an seine Richtlinienkompetenz und sprach ein krachendes Machtwort.

»Es reicht, ihr Eierpflaumen! Schluss jetzt mit dem Pupsi-Politik-Klamauk. Ich hab' mir den Unfug lange genug angehört. Es kann nur *eine* Entscheidung geben: Wir fahren morgen nach Hause. Basta!« Den Offizieren blieb die Luft im Halse stecken. Die Stimmung stand auf der Kippe zwischen lautstarkem Protest und kapitulierender Zustimmung. Doch nachdem die Freizeitparlamentarier ihren ersten Schock überwunden hatten, keimte sogar leiser Applaus für diese Demonstration von Führungsqualitäten auf. Nur die Basisdemokraten, die gewohnheitsmäßigen Nörgler, sinnentleerte Phrasendrescher und andere chronische Querulanten diskutierten noch bis zum frühen Morgen über diese Bastapolitik. Aber am Ende hielten sie jedes weitere Aufbegehren für müßig. So fügten selbst *sie* sich der Not gehorchend der Autorität. Der Tingeltangel fand ein Ende. Der Entschluss stand unumkehrbar fest. Die Diktatur hatte diesmal noch gesiegt. Die gefährliche Rückfahrt nahte. Et jonn zoröck noh Hus.

Smørre war ein gern gesehener Gast in Suzettes Höhle. Nach einem langen Morgengebet, in dem er seinen Weltenlenker pries und für das täglich Brot dankte, seinen Namen heiligte und um Vergebung der Schuld bat, tranken sie gemeinsam sprudelndes Sabbelwasser und er erzählte in blumigen Worten von seinen wilden Jugendzeiten als Ministrant im Ordinariat des Bistums mit den aufregenden Pilgerfahrten, bei denen sie die gnadenbringenden Weihegötter verehrten, ihre kirchlichen Glaubenssätze ausgiebig studierten und das heilige Gelübde des Zölibats in wahren Räuschen hemmungslos auslebten. Manchmal ging es wirklich hoch her. Besonders wenn man zufällig den Schlüssel des Tabernakels in der Soutane des altersschwachen Priesters fand und so ganz aus Versehen, Hostien und Messwein ihren Beitrag zur guten Stimmung leisteten. »Mögen unsere sündigen Seelen Vergebung finden.« Aber am besten war, als sie mit den keuschen Zisterzienserinnen oder den neun neuen Nonnenlaiinnen des Priesterseminars in den dunklen Ecken der Krypta oder heimlich in der Sakristei immer so tierisch abgefahr'n beteten. Bis der bucklige Vikar sie erwischte und des Weges scheuchte. Kyrie eleison.

»Oh oui, monsieur le pasteur, j'ai compris«, lächelte Suzette.

Der größte Schaumschläger vorm Herrn hielt dagegen und schwadronierte indes wieder weltgewandt von Rudeln gigantischer Monsterbären auf seiner Reise, die er im Vorbeigehen niederrang, indem er sie einfach am Schlafittchen packte und in seiner Großmut mitleidig am Leben ließ. »Ällich, ich schwör'.« Diese bärigen Gernegroße hätten es lieber tunlichst vermeiden sollen, eine dicke Lippe zu riskieren. Und wenn die es nur noch ein einziges Mal wagen sollten, ihn schräg anzusehen, würden sie ihr blaues Wunder erleben. Aber hundertpro. Smørre wusste, dass er es mit der Wahrheit nicht ganz so genau nahm. Suzette aber war schwerst beeindruckt über so viel taffe Kühnheit und himmelte ihren ritterlichen Ami mit verträumtem Blick an.

»Oh, là, là« und »Chapeau, mon général«, sagte sie immer nur. Überglücklich, endlich nicht mehr allein zu sein und diesen starken Mann an ihrer Seite zu haben und gleichzeitig berauscht vom Leben und der Schönheit der unbefleckten Insel. Man gesellte sich zu einem weiteren Stelldichein, um gemeinsam in der nahen Blumenwiese auf dem Rücken zu liegen und den Duft des verschwenderischen Blütenzaubers sowie die Wärme der Sonne zu genießen. Mit einem leichten Hauch des Windes auf der Haut beobachteten sie das sanfte Treiben der davonschwebenden Puderzuckerwölkchen am tiefblauen Himmel und lauschten dem schwirrenden Konzert der Insekten im hohen Gras, während der lockende Ruf einer Lerche die Stille durchbrach. Oder war's die Nachtigall? Suzette und Kater fanden erneut Gefallen an einer gegenseitigen, intensiven Fellpflege. Beide glucksten vor Vergnügen. Es behagte ihnen sehr. *Sie* war der Grund, warum Fellpflege überhaupt erfunden wurde. Sie scharwenzelten umeinander, turtelten und kosten in ihrem glückssatten Zustand, als ob es kein Morgen gäbe. Märchenhafte Zukunftsträume wurden aus feinsten Fäden gesponnen. Sie tranken die unbeschwerte Zeit in großen Schlucken und umhüllt von der Leichtigkeit des Seins, glänzten ihre Augen golden im unschuldigen Licht der Sonne.

»Katör«, flüsterte sie zaghaft.

»Suzette«, rieselte es kaum hörbar mit einer gut geölten Glätte in der Stimme über seine Lippen.

»Oh, Katöör.«

»Oh, Suzettelchen.«

Smørre pflückte derweil einen knallroten Apfel vom Baume und biss gerade herzhaft hinein, als zwischen dem gequirlten Dutschi-Dutschi zweier Schmachtlappen von Ferne leise das aufgeregte Bimmeln einer Glocke erklang.

»Oh, hörst du das, Cowboy? Die Schiffsglocke«, sagte Smørre und überließ den angebissenen Appelgriebs der Schlange im Baume. »Wir müssen zurück. Die Generalität verlangt sicherlich einen kurzen Zwischenbericht unserer Entdeckungen. Komm Kater, die Pflicht ruft.«

»Pflicht? Was für eine Pflicht? Nu lass mal die Kirche im Dorf. Das Wort 'Pflicht' ist mit meinem gegenwärtigen Kalkül schwerlich in Einklang zu bringen. Meine Pflicht ist es, die Wünsche meines betörenden Suzettchens, meiner Kräm della Kräm, von ihren Lippchen abzulesen. Denn wiche ich auch nur ein Millimeterchen von ihrer Seite, schmölze mein Herz zu einem zähen Brei aus ...« Dies war der Zeitpunkt, an dem Smørre unvermittelt auf eine Art reagierte, die man ihm nicht unbedingt zugetraut hätte. Seine Geduldsschüssel lief über. Ohne viel Federlesen trat er dem schäkernden Galan treffsicher in seine rückseitige Popolation.

»Himmeldonnerwetter und zugenäht, ich glaub mein

Schwein pfeift«, entrüstete sich der Gottesfürchtige und ze-
terte wie ein Kesselflicker. »Wer nicht hören will, den bestraft das Leben und wer zu spät kommt, muss eben fühlen.
Schluss jetzt mit dem Schmölze-Geschmalze und dem ganzen Schmusibusi! Sagt Adieu! Ihr könnt später euer Tête-à-
Tête fortsetzen und weiter poussieren. Wenn der Kapitän
ruft, ruft der Kapitän. Befehl ist Befehl. Da gibt's kein Ver-
tun. Sattel die Hühner und komm!«

Eben noch schwebte Kater, getragen vom weichen Kissen
der Glückseligkeit, in unbekannten Regionen von Raum und
Zeit über den Wolken. Nun schlug er unsanft auf dem Boden
der Tatsachen auf. Aber es half. Er kam. Der leicht verstörte
Schmalspurcasanova vom Dienst bewegte sich widerwillig.
Allerdings nicht, ohne noch ein Wort an seine Sahneschnitte
zu richten.

»Suzettchen, mein schönster Augenstern, ich bitte um Pa-
dong, wichtige Dienstgeschäfte stehen an, man braucht mich,
aber verzage nicht, es kann nicht lange dauern, ich bin geschwind zurück.«

»Oh mon dieu, quelle grande malheur! Mais, c'est la vie.
Geö nur, isch wartö auf disch, ma douce. 'eutö und immär-
dar, solangö äs auch dauört. Mein Läböön laang, chéri. L'état
c'est toi!«

»Zack zack, in Linie angetreten!«, befahl Käpt'n Colombo.
»Alle da? Durchzählen!« Die Angetretenen zählten der Reihe nach durch:

»Eins, zwei, drei, ich kann nicht zählen, vier, fünf, wo waren wir?, sieben, sechs, miau, zehn amen, du bist dran, ne du,
wieso ich? ...«

»STOPP, Ihr Knallköppe! Dieses Kauderwelsch ist ja uner-
träglich. Könnt ihr denn gar nichts? Ihr werdet bald genug

160

Gelegenheit haben, das Zählen zu lernen. Die Zeit ist nämlich rum, weil wir keinen Rum mehr haben. Deswegen befehle ich nach intensiver Beratung die Rückreise. Und zwar sofort! AAAACHTUNG! Alle Mann in die Boote, Rudergänger an die Paddel, Paddelgänger an die Ruder, Geistliche an den Segen, Smutje an die Töpfe, Katzen an die Mäuse, Offiziere in die Hängematten. Kurs Richtung Osten zur Santa Marianne und dann ab nach Hause. Los geht's!«

Jubel brandete auf. Alle waren aufs Äußerste darauf erpicht, nach Hause zu ihrer Familie zu kommen. Die Ungeduld auf die Heimat ließ sie in wilder Hast Richtung Boote stürmen. Unentdeckte Eingeborene mit langen Speeren und bunten Federn am Kopf schauten ihnen aus einem Versteck noch hinterher und hofften, dass diese ungebetenen Fremdlinge nie mehr wieder kämen.

Jeder wollte der Erste sein. Fast jeder. Nur zwei fassungslose Gestalten schauten trübsinnig und ungläubig daher. Zwei, denen die Welt einzustürzen drohte, die es nicht wahrhaben wollten, so plötzlich aus ihrem Paradies gerissen zu werden. Fluchtgedanken schossen in ihre Köpfe. Der eine betete gen Himmel um Erleuchtung für eine geeignete Ausrede, der andere versuchte unsichtbar zu werden und sich still und leise rückwärts aus dem Staub zu machen. Doch sie wurden von der entfesselten Meute rücksichtslos mitgerissen. Halb zog man, halb stieß man. Keine Chance zu entkommen. Schneller als man gucken konnte, saßen sie in einem der Boote. Der Kapitän brauchte den Befehl zum Absetzen gar nicht erst zu geben. Die Paddel zischten schon durch die Luft und peitschten durchs Wasser. Der Strand entfernte sich zusehends. Doch Kater wollte nur eins. Zurück! Zurück zu Suzette. Aus ganz genau drei Gründen. Erstens, er vermisste sie. Zweitens, er vermisste sie. Drittens, er vermisste

161

sie. Der Vermissende wurde hektisch und wagte einen letzten verzweifelten Versuch. Ungeachtet seiner schwimmerischen Defizite sprang er todesmutig über Bord ins Wasser. Smørre hatte zwar Verständnis für sein leichtsinniges Handeln, rettete ihm aber geistesgegenwärtig trotzdem das Leben. Mit einem beherzten Griff an den Schwanz und einem schon bekannten Wurf im hohen Bogen in das Boot. Es hatte keinen Sinn mehr. Der Mut schwand komplett dahin. Die Ruderboote machten an der Santa Marianne fest. Die Besatzung wechselte auf das vor Anker liegende Schiff über. 'Leid' war nun Katers zweiter Vorname. Und als die Segel gesetzt wurden und man sogleich volle Fahrt aufnahm, war 'Gleichgültigkeit' sein dritter. Der herzzerreißende Katzenjammer rang ihn nieder. Katerstimmung! Maach dir doch keen Kopp, ming Jong, wat fott es, es fott.

Mit dem an der Wasserkante untergehenden dunkelroten Feuerball vor Augen, stand er mit Smørre an der Reling. Beide blickten hinüber auf den schwindenden Ort ihrer Träume, der kleiner und kleiner wurde und schließlich dem Blick komplett entschwand. Eine Sternschnuppe leuchtete in einem langen Streifen über ihnen und sandte einen letzten Gruß auf die Insel - an Smørres heiligen Geist und an Katers heilige Suzette.

»Was sie wohl gerade macht?«, fragte er, »ob sie mich vermisst? Wer soll denn jetzt ihr Fell pflegen? Wer liegt mit ihr einfach nur im Gras? Wer holt ihr die schönsten Sterne vom Himmel? Sie ist so süß, der feinste Zucker schmeckt salzig, wenn man sie sieht, die schönste Blume ist welkes Zeugs neben ihr, sie bedeutete die Erfüllung meiner Gebete, das glühende Feuer am Tag und das flüsternde Lied in der Nacht, sie war das Licht meines Lebens. Nun ist alles dunkel. Ich konnte mich noch nicht einmal verabschieden.« Sein Leib reiste fort, sein Herz blieb zurück. Ein Sturm tobte in seinem Bauch, der ihm die Magenwände schmerzhaft krampfen ließ. Er hatte das Wichtigste im Leben verloren. Nur noch vereint durch das spröde Band der Erinnerung. Eine Träne rann hinab. Sie ging unter in den unermesslichen Tiefen des dunklen Ozeans und obwohl die Welt an diesem Ort nur aus Wasser bestand, verdurstete Kater in seiner Wüste der Sehnsucht.

»Suzette, bitte verzeih mir - orewoa!«, flüsterte er tränenblind in das klagende Heulen des Windes, der seine Worte ungehört verwehte. Darauf verfiel er aufs Geratewohl dahinlebend in eine sprachlose Stille, die um Hilfe schrie.

Das Gespür für die vertrauliche Natur der Geschichte offenbarte eine zarte Parabel über die dunkle Seite der Zuneigung zerbrochener Herzen, denn das Schicksal hatte sie schwer gebeutelt. Smørre fand Trost im Gebet, doch gegen Katers Seelenleid half nichts. Niemand konnte sein Elend lindern. Selbst der bordeigene Lump und die Mäuse hatten Mitleid und versuchten vergeblich zu trösten. Er aß nicht mehr, er schlief nicht mehr, hatte Schmerzen in Brust und Bauch und war gefangen in dem immerwährenden Gedanken an eine bestimmte Person. Kater dachte an die vielen Momente, in denen sie weinten vor Glück, an Zeiten voller Traurigkeit und Wunder. Der düstere Mantel aus Schwermut lullte ihn ein und tonnenschwere Steine lastete in seinem Innern. Ihm wurde alles egal. Selbst als nach wochenlanger Reise das Schiff kurz vor dem Ziel in einen schweren Orkan geriet. Es kenterte und zerbrach in tausend Teile. Kater sprang einfach in ein leeres Fass Rum und starrte geistesabwesend mit einer Leichenbittermiene in den Himmel. Träge trieb er im eintönigen Singsang des triefenden Sumpfs der

Depressionen dahin und wurde von Wellen und Strömung teilnahmslos Richtung Land getrieben. Nach vielen Monaten aufregender, gemeinsam durchstandener Abenteuer und diesem turbulenten Ende verlor sich so die Mannschaft. Dank der Trinkfestigkeit einiger Havaristen, jeder in einem eigenen leeren Rumfass treibend, weit verstreut in alle Richtungen. Immerhin konnte sich die gesamte Truppe retten. Vermutlich nicht zuletzt dank Smørres heiligen Pakt und seiner guten Kontakte zum Herrgott. Katers Fass, in schäumender Gischt vom Kamm der Wellen in die Höhe gespült, ging entzwei, als es an den Klippen der Küste Schietegaliens zerschellte. Unwichtig! Schroffscharfe Felsen schnitten in seine Pfoten. Belanglos! Er kroch mit letzter Kraft an den Strand, fiel dabei unter glühender Sonne in Ohnmacht. Na wenn schon! Eine Großfamilie Sandflöhe aus siebenundzwanzig Generationen fand ein schnuckliges Plätzchen in seinem Fell. Drauf gepfiffen. Schwärme blutdürstiger Moskitos nahmen ihn ins Visier. Wen juckt's? Säbelzahnkrabben mit Scheren groß wie ein Braunkohletagebaubagger zwackten in seine Nase. Na und? Hungrige Geier kreisten sabbernd über ihm. Schnurzpiepegal! Sonnenbrandige Touristen in kurzen Hosen mit dicken Bäuchen und Plastikspielzeug unterm Arm bevölkerten den Strand. Oh mein Gott, nix wie weg.

Eigentlich des Lebens überdrüssig, besann er sich endlich eines letzten Restes Lebenswillen und ging selbstvergessen, wie betäubt los. Lief rum wie Falschgeld. Setzte teilnahmslos einen Fuß vor den anderen. Nahm nichts mehr um ihn herum wahr. Stierte mit hängenden Schultern stumpf nach unten. Schlich achtlos an allem vorbei. An den Spanoliern, die Kapitän Colombo jubelnd in die Luft warfen und hochleben ließen. Die ersten Denkmäler wurden schon in Auftrag gegeben. An einem rotzigen Lumpen, der als Strafe für die böswillige Gesinnung, den Kehricht in den verdreckten Gossen des Hafens, bis zur Abkehr von seinem rauborstigen Wesen fegen musste. Spät würde ihm Gnade widerfahren. An einem Postbüro, in dem ein ehrliches Lügenmaulnashorn vor einer strahlend grauen Gardine stand und als nächstes wohl bald dran kam. Oder auch nicht. An einem inzwischen vegetarischen, besonders schwarzen Weißbär, der grollend durch die Wälder trollte. Einzig ein kleiner Lemming fürchtete sich noch vor ihm. Kater ging weiter apathisch über verschlungene Wege durch das Gestrüpp des Dickichts, vorbei an Katzen speisenden Hyänen, dem herrschenden Muffelwild, bekletterte Hemmnisse, übersprang klaffende Schluchten, überwand zerklüftete Felslandschaften, umging Strauchwerk, querte reißende Bäche im urwüchsigen Naturreich und stand in tiefer Nacht auf einmal vor einem Haus, das ihn zum ersten Mal seit langer Zeit den Blick heben ließ. Es kam ihm bekannt vor. Er öffnete leise eine entquietschte Tür, trat ein und die Erinnerung an eine liebgewonnene Gewohnheit kehrte aus den Tiefen seines Unterbewusstseins zurück. Er suchte und fand die Wärme des weichen Fells seines anschmiegsamen Freundes. Ein hexenmäßiges Röcheln, das eine warme, beruhigende Wirkung hatte, ließ ihn Frieden finden mit den Unwägbarkeiten des Lebens und dem Schmerz der Gefühle. Behutsam glitt er in den Schlaf hinüber.

Doch bevor er bis in den späten Morgen entschlummerte, zischte ein strahlender Blitz der Erleuchtung durch seinen Geist. Er hatte das Rätsel gelöst. Ob Traum oder Wirklichkeit, er wusste nun, was am Ende des Himmels ist. Sein Freund Smørre und eine gewisse Suzette hatten es ihn gelehrt. Es war so einfach und doch verblüffend.

Am Ende des Himmels ist die erlösende Kraft Gottes! Gott, der allgütige Herr und Schöpfer, Ursprung und Ziel aller Wege. Hirte der Lämmer, in seiner Obhut geborgen. Ihm sei Ehre. Er weist uns die Richtung, gibt uns Halt in schweren Zeiten und Trost in traurigen Stunden, ist das Licht in dunklem Leid, übt uns in Demut und Ergebenheit. Er, der immerzu barmherzig über uns wacht, uns über die verschlungenen Pfade des Daseins führt und in aller Stille unbemerkt lenkt und leitet. Er, der allgegenwärtig seine schützende Hand über uns hält; der die Kraft hat, Wunder zu tun; der uns errettet und am Ende in sein Reich aufnimmt und unsterbliche Heimat gibt. Er ist Leben und Auferstehung zugleich. Von Ewigkeit bis Ewigkeit. So wollen wir ihn lobpreisen und unseren Körper und unseren Geist bedingungslos seiner gütigen Obhut anvertrauen.

Aber an seiner Seite ist noch etwas. Etwas ganz und gar Außergewöhnliches, etwas Mächtiges, Gewaltiges, das ein jeder in sich trägt.

An seiner Seite ist die Liebe. Die aufrichtige, reine Poesie der Liebe, die selbstlos aus tiefstem Herzen wächst, als Zeichen der unvergänglichen Verbundenheit. Sie kann Elend und Herrlichkeit zugleich sein. Sie zergeht sanft wie warmer Honigkuchen auf der Zunge. Doch Vorsicht, sie schmeckt bitter und hinterlässt Bauchgrimmen, wenn man zu hastig isst. Sie ist wie eine Blume, die ihre Pracht entfaltet und ihre Blüte der Sonne entgegen streckt, sie will gehegt und gepflegt sein, man muss sie nähren, ihr regelmäßig Wasser geben. Nicht zu viel, sonst erstickt sie. Nicht zu wenig, sonst verdorrt sie und kann nicht mehr erweckt werden.

Das Leben ist voller Hoffnungen und Erwartungen. Die meisten von ihnen sind zum Scheitern verurteilt. Doch dann gibt es Momente, die von einer gewaltigen Kraft beherrscht werden und sich unserer Kontrolle entziehen und hinterher nichts mehr so ist, wie es war. Unser ganzes Leben suchen wir diesen Moment, suchen den Einen, den man liebt, der das Glück vollkommen macht und uns Teil eines Ganzen werden lässt.

Die Liebe erlaubt uns dankbar zu nehmen und großzügig zu geben, sie ist der Motor unseres inneren Antriebs, lässt uns in den buntesten Farben der Hingabe schwelgen, die Leidenschaft entflammen und die Seele hell erblühen, macht uns reich und gibt uns die Kraft - denn in ihr liegt der Sinn des Lebens.

Hutzelhaus, stockfinster, nicht das kleinste Licht drang hinein. Doch für Kater bedeutete Licht nicht Helligkeit, sondern Wissen. Drum schloss er mit der Fülle seiner neuen Erkenntnisse, erschöpft, aber zufrieden, die Augen. Und so merkte er gar nicht mehr, wie sich in der Stille der Nacht eine vertraute Wolfspfote schützend über ihn legte. Schützend über den weisen Forscher am Ende des Himmels.

Kapitel 6

Ende, wem Ende gebührt

Es fing ganz harmlos an. Ein Blatt fiel zu Boden. Denn es wurde Herbst. Es löste große Begeisterung bei einigen zufällig des Weges daher kommenden Bakterien aus. Eigentlich waren sie gerade auf dem Weg zur Zersetzung eines nach langer Krankheit verstorbenen Spokelkäfers.

»Boah, voll krass«, riefen sie, »ey, kommt her, da ist ein Blatt!« Sie nahmen es zum Anlass, sich daran gütlich zu tun und begannen, es genussvoll zu verrotten. Gott, Liebe, Selbstverwirklichung waren den Glücklichen völlig wurscht. Unfassbar, aber sogar über die neuesten Computerkonsolen zuckten sie nur geringschätzig mit den Schultern. Ihnen reichte ein verschrumpeltes Herbstblatt, um himmelhoch jauchzend das größte Entzücken zu empfinden. Fressen, ausscheiden, fressen, ausscheiden. Eine Selbstverwirklichung, mit der sie das äußerste Ende ihrer Bedürfnispyramide erreichten. Welch beneidenswertes Dasein. Mutter Natur hatte diesen Bakterien keine größere Aufgabe zuerkannt. Und das war gut so. Denn nach wenigen Stunden hatten sie ihre Lebensaufgabe erfüllt und starben gesättigt einen freudvollen Tod.

Ähnlich erging es den Pinselohrameisen. Diese besondere Unterart der amrosischen Ameisenpopulation hatte sich auf die Schmatzgeräusche der Bakterien spezialisiert. Sie schulterten das Bündel mit dem Essbesteck. Ihr Leibgericht bestand aus halbverdauten Blättern, gewürzt mit dem verführerischen Aroma der Fäulnis vom verwesenden Baktotum.

Hmm, lecker, was für ein Festschmaus. Ihr Pech war allerdings, dass eine ameisenfressende Feuerkakerlake sie ohne Gnade schneller schluckte, als es ihrem Leben gut tat. Es ist eben der Lauf der Dinge. Am Ende der Nahrungskette steht die Kakerlake, als unangefochtener König der Tiere, als meisterliche Glanzleistung der Schöpfung allen Lebens, als blendend erstrahlendes Licht der Vollkommenheit. Dachte sie zumindest. Bis von irgendwoher eine wilde Fuchsteufelsschnecke blitzschnell die vermeintliche Glanzleistung mit ihrem Schleim überzog und den kulinarischen Leckerbissen vertilgte. Ein ewiger Kampf ums Fressen und gefressen Werden. Hier galt erbarmungslos das Recht des Stärkeren. Oder Schlaueren? Wer wüsste das besser als die Bakterien?!

»Boah, voll krass«, riefen sie, »ey, kommt her, da ist eine schmierige Schleimspur!« Na, dann mal ran an den Speck.

Dieser Mikrokosmos hatte sich zwischenzeitlich auf die Unterseite eines Johanniskrautblattes verlagert, welches ebenfalls das Zeitliche segnete, da ein scharfes Schneidwerk, in Form einer Sichel, die Verbindung zu den Wurzeln kappte – schnapp, zack, rein in Beutel.

»Das wird zu Katers Genesung beitragen. Damit wird er den Trübsinn seiner Seele überwinden und wieder zu Kräften kommen«, sagte Hexe Schnatterzahn zu Rolf. »Er wirkt so geknickt, schläft kaum noch, seitdem er von seiner Kreuzfahrt auf dieser Hansekogge zurück ist. Überhaupt liegt Unruhe in der Luft, eine nervös schwelende Spannung. Ich spüre das. Die Gemüter sind erhitzt, unstet, fahrig, es droht Ungemach. Das macht mir Sorgen.«

Ihr ungutes Gefühl trog sie nicht. In der Tat gab es am Rande des Mittaglandes bestimmte Vorkommnisse, die zu einer nicht unbedeutenden Besorgnis berechtigten.

Denn am Rande der Nation, im Nachmittagland, brodelte ein Klima von Zank, Ärger und Zerwürfnis. Die Nachmittagländer fühlten sich nämlich bedroht. Sie glaubten, ihre Kultur, ihr Wohlstand, ihre Identität, ihr Gartenzwerg, ihr Frühstücksei und überhaupt alles sei bedroht, was man bedrohen konnte. Schuld daran waren, wer sonst, die Vormittagländer. Dabei sind die Vormittagländer von alters her eine sehr friedfertige Nation. Nichts lag ihnen ferner, als den Nachmittagländern etwas streitig zu machen. Im Gegenteil. Zogen sie doch alles andere als freiwillig aus ihrer Heimat fort in die Fremde.

»Mama, zogen wir eigentlich freiwillig aus unserer Heimat fort in die Fremde?«, fragte die kleine Trulla Trullersen ihre Mutter.

»Nein, ganz und gar nicht, mein Kind. Niemand von uns war erpicht darauf, hier ein neues Leben zu beginnen. Doch was blieb uns übrig?! Wir hatten keine andere Wahl. Wir mussten in ein neues Land ziehen. Du hast doch die Verwüstungen nach diesem Sturm in unserem geliebten Vormittagland gesehen. Er wehte unsere Häuser fort, die Bäume lagen kreuz und quer, die Wege unpassierbar, niemand hatte mehr eine schützende Bleibe.«

»Hätte man nicht die Häuser neu aufbauen können?«

»Wollten wir ja, aber es kam der Tag, der noch größeres Unheil gebar. Denn spätestens als die Wassermassen der verheerenden Flutwelle die Lava des Vulkanausbruchs in die Erdspalten nach dem großen Erdbeben spülte, dachten wir, dass es Zeit wäre zu gehen und den langen mühevollen Marsch mit unseren wenigen Habseligkeiten zu wagen.«

»Aber die Leute mögen uns hier nicht.«

»Das stimmt leider. Dabei stören wir in den unendlichen Weiten des Nachmittaglands niemand. Aber wir sind eben fremd, und allem Fremden schlägt erst einmal Argwohn entgegen. Wir müssen uns anpassen, freundlich sein und Geduld haben, dann wird es schon klappen.« Trulla glaubte verstanden zu haben. Sie schöpfte ein wenig mehr Zuversicht und widmete sich wieder ihrer Regenwurmsammlung.

Die Männer der vormittagländischen Einwanderer waren besonders fleißig. Es lag an ihnen, ob der Neuanfang klappen würde. Oft schufteten sie wie die Berserker und bauten ihren Familien einfache Hütten aus Lehm, züchteten Schafe, Ziegen und Schildkröten, schlugen Holz für den Winter, pflanzten auf krumigen Äckern Essbares, knüpften Netze und flochten Reusen zum Fischfang, schnitzten Gebrauchsgüter für den Handel und befriedeten herrenloses Terrain. Ein gutmütiges Völkchen. Das Leben hatte ihnen schwere Bürden auferlegt. Nach dem Durcheinander der Naturkatastrophen in der alten Heimat glaubten sie, ein neues Zuhause gefunden zu haben. Mit Arbeitseifer, mit Schaffensdrang, mit Emsigkeit und Ehrgeiz schauten sie wieder zuversichtlich und optimistisch in die Zukunft. Eine wiedererlangte friedvolle Zufriedenheit lag zum Greifen nah in der Luft. Man hatte sich mit den widrigen Umständen arrangiert, man hatte die Grundlagen für einen Neuanfang geschaffen, man hatte sich wieder beruhigt.

Weniger beruhigt reagierten die Anwesenden der nachmittagländischen Ortsbürgerratsversammlung. Die fuchtig aufgebrachten Gemüter kochten. Man ereiferte und erboste sich, ob der Frechheit dieser Eindringlinge, die das eigene Land bevölkerten und beschmutzten. Und wie unmöglich die aussahen, diese Einohrigen.

Man muss nämlich wissen, dass die Vormittagländer als Folge einer evolutionsbedingten Laune der Entwicklungsgeschichte nur ein Ohr hatten. So ginge das schließlich nicht. Der angesehene Ortsbürgerratsversammlungsvorsitzende gebot als Herrscher aller Reußen der aufgebrachten Menge Einhalt und bat die wutschnaubenden Bürger in seinem eigenwilligen Jargon um ein wenig Ruhe. Hatte er doch einen Entschluss im Namen des Volkes zu verkünden.

»Klappe haltn und herhörn jetzte, ihr ollen Blubbaköppe! Im Namen von dem ihr Volk verkündije icke foljen Entschluss: Diesa vormittachländische Eenohrhaufen muss wech! Un zwar, uff der Stelle, wa. Ende im Jelände!«

Diesen kleinen Satz von historischer Tragweite sagte, oder vielmehr lallte, ausgerechnet der respektable Herr Vorsitzende, den seine Kneipenfreunde nur 'Krampfader-Paule' nannten, wegen der knallroten Nase infolge seines ausgeprägten allabendlichen praktischen Interesses für die einschlägigen Produkte der alkoholischen Gärung. Seiner körperlichen Energiebilanz gereichte dies nicht gerade zum Besten. Dennoch erwies er sich als geschickter Redner, der in der Lage war, die Meinung der gutgläubigen, in ihrer Persönlichkeit recht anspruchslos ausgestatteten Nachmittagländer, in eine bestimmte Richtung zu beeinflussen. Eine grölende Menge schrie lauthals ihre Zustimmung heraus und skandierte verblendete Parolen unter dem Motto 'kenne mer nit, bruche mer net, fott domet', die bis weit auf die Straße zu hören waren und so manchen ängstlich zusammenzucken ließen. Nicht zuletzt bezichtigten sie Andersdenkende einfach kaltschnäuzig der Lüge, hielten ihre eigenen Ansichten für die einzig richtigen und waren absolut unerreichbar für sachliche Argumente. Dumme Gedanken hat jeder einmal, aber der Weise verschweigt sie. So gab es zum Glück noch den ein oder anderen seriösen Beobachter mit der Fähigkeit zur unverwässerten Meinungsbildung für Recht und Unrecht. Denen war die Vorstellung höchst unangenehm. Unter ihre Verachtung mischte sich tiefe Beschämung für das Verhalten des peinlichen Vorsitzenden und der pöbelnden Menge. Doch gegen eine von krachenden Stammtischparolen vernagelte Mehrheit unbelehrbarer Universaldilettanten ist schwer anzukommen. Da hilft keine Rede und Gegenrede mit nachvollziehbaren Argumenten, da bleibt nur die Hoffnung auf den Sieg der nüchternen Vernunft. Die Erfahrung zeigt leider: Die Dummheit stirbt wohl nie aus. Das wäre eigentlich auch nicht weiter schlimm, wenn zu viel Dummheit, nicht auch Gefahr bedeuten könnte.

Es war schon spät, als der Mob in der Dunkelheit mit den Fackeln die Wege zu den Einohren einschlug. Die tanzenden Flammen warfen unheimliche Schatten auf ihre Gesichter. Trulla erwachte. Sie spürte die Gefahr und in ihrer Angst versteckte sie sich ganz tief im Stroh des Bettes. Ihr Vater und einige andere Männer sahen die Meute schon von weitem. Sie traten ihnen entgegen. Es wehte ein lausiger Wind von rechts.

»Was wollt ihr?«, fragte Trullas Vater.

Der Meutenführer, Hans Wurst, zeigte ein zahnloses Grinsen, spuckte schmieriges, braunes Zeugs aus. Ekelhaft! Fett auf Krawall gebürstet, brüllte er los.

»Was wir wollen? Du fragst, was wir wollen? Ich sag dir, was wir wollen. Wir wollen … ääh, was wollten wir nochmal? Ach ja, missversteh mich nicht falsch, Einohr, aber wenn ich mich nicht richtig täusche, wollen wir, dass ihr verschwindet, das ist unser Land, ihr habt hier nichts verloren, weil nämlich das ist unser Land! Kapiert?!«

»Du hast recht, Bruder, wir haben hier nichts verloren. Allerdings haben wir hier trotzdem etwas gefunden, und zwar

174

eine neue Heimat. Unser Land ist verwüstet. Wir können nicht zurück. Hier ist genug Platz für alle. Wir haben das kleine Fleckchen Erde urbar gemacht, uns kleine, bescheidene Hütten gebaut. Wir wollen gute Nachbarn sein und mit euch in Frieden leben. Was könnt ihr dagegen haben?«

»Was wir dagegen haben? Hört ihr das, Leute? Er fragt, was wir dagegen haben.«

»Sag's ihm«, rief eine ganz schlaue Blitzbirne von hinten.

»Ja, genau, ich sag's ihm. Wir wollen, dass ihr verschwindet, weil nämlich das ist unser Land, ihr habt hier ...«

»Ja, das sagtest du schon. Aber wieso?«

Diese ganze elende Hin-Und-Her-Diskutiererei war dem schwerfälligen Geist Herrn Wursts nur bedingt verständlich. Doch dann besann er sich und bündelte nochmal in einem gewaltigen Kraftakt seinen kompletten zur Verfügung stehenden Wortschatz für eine passende Antwort, die die Tatsachen endgültig klarstellten und keine Rückfragen mehr zuließen.

»Wieso? Na, weil ..., weil ..., das ist unser ..., ich meine ..., wir wollen hier keine einohrigen Einohren. Hier hat man verdammt nochmal zwei Ohren zu haben. So war es immer und so soll es bleiben!«

Damit glaubte der große Anstifter etwas ganz Schlaues gesagt zu haben, denn seine Bande verfiel in grölendes Gejohle:

»Einohr'n raus, Mittagland den Nachmittagländern, Einohr'n raus!«

»Ich rate euch: Zieht Leine! Sonst kommen wir wieder. Klaro?!« Endlich hatten die Volksaufrührer genug. Diese Horde kleiner Strohköpfe fühlte sich in der Menge sehr stark, erregte sich an ihrer kläglichen Macht und ging zu ihrem Vorsitzenden, Krampfader-Paule, um zu berichten und wieder intensiv die Wissenschaft bestimmter Gärungsprozesse zu praktizieren. Andere behaupteten, sie soffen wie die Strandhaubitzen. Blödiane, blöde.

Wegen einer Handvoll törichter Einfaltspinsel verbrachte Trulla eine ängstliche Nacht lieber im Stroh ihrer Eltern.

Am nächsten Tag berieten die Bedrohten, was zu tun sei. Man müsste so etwas wie eine moralische Ordnungsmacht gründen, die die Gebote des friedlichen Zusammenlebens bestimmt. Eine höhere Autorität, die Regeln festlegt sowie eine Obrigkeit, die alles überwacht. Am besten noch eine Instanz, die Leute bestraft, wenn sie die Regeln nicht einhalten. So etwas gab es aber leider nicht. Sie müssten gut ausgebildet und mit entsprechenden Vollmachten ausgestattet sein. Sehr schwierig. Bisher hielt man es einfach nicht für erforderlich. Es würde lange dauern, bis solche umfangreichen Verhältnisse auf gerechte Weise gebildet werden könnten. Darauf konnten sie nicht warten. Es müssten schnellere Lösungen her. Dabei entwickelte sich eine Idee. Ein Vorschlag machte die Runde, mit dem die Mehrheit einverstanden war. Ein Verhandlungsführer wurde ausgewählt, der das vernünftige Gespräch suchen sollte, um mit den Einheimischen friedliche Regelungen und Kompromisse zum Wohle der Gemeinschaft auszuhandeln. Natürlich fiel die Wahl auf Trullas Vater, Herrn Trullersen. Der Beschluss wurde einstimmig bestätigt.

Ein Anflug von Fracksausen ließ sich nicht leugnen, als er den Weg hinter dem Wald ins Hauptquartier der anderen Mitbürger einschlug. Ganz ungefährlich war es schließlich nicht. Den Hinterwäldlern konnte man einiges zutrauen.

Laut erscholl betriebsames Kneipengetöse aus den erleuchteten Fenstern der örtlichen Kaschemme mit dem sinnhaften Namen 'Zum durstigen Mundschenk'. Es genoss nicht überall den besten Ruf. Diente es doch mitunter windigen Vögeln als anrüchiger Schlupfwinkel. Ein Rumpelschuppen der morbiden Gesellschaft. Trullas Vater klopfte an. Er trat ein und stand in einem einfachen rustikalen Raum. Die Anwesenden verstummten abrupt. Die Schnaken zappelten weiter hektisch an Wand und Decke. Alle rissen die Augen auf und starrten den Ankömmling ungläubig an. Man hätte eine Stecknadel fallen hören können. Es herrschte dicke Luft. Niemand sagte zunächst ein Wort. Bis der nachmittagländische Führer, Eiterbeulen-Horst (es gab viele Variationen seines Namens), das Wort ergriff. Er begrüßte den Besucher auf seine spezielle, wenig gastfreundliche Art.

»Willst du?«

»Wie bitte?«

»Wat du Torfnase willst, will ick wissn.«

»Ach so. Ich bitte um Entschuldigung, falls ich Ihre gesellige Runde so unangemeldet störe, aber ich bin Mitglied der neuen Einwohner und möchte mit Ihnen reden.«

»Reden? Wat willstn du reden? Wat könnte son dösiges Eenohr mit uns zu redn ham?«

»Nun, vielleicht dürfte ich mich erst einmal setzen und um eine lauwarme Wasserschorle nach dem staubigen Weg bitten?«

»Ne, darfste nich, du Stoffel!«, harschte man ihn an.

»Ja, dann … dann möchte ich sagen, dass ich als Vermittler zu Ihnen gekommen bin. Ich bitte Sie im Namen aller Vormittagländer um eine Lösung des Problems, um Nachsicht mit unserem schweren Schicksal, um ein wenig Milde, um Versöhnung, um Rücksichtnahme auf unsere verlorene Heimat, um Anerkennung für das bisher Geleistete, vielleicht um die Schaffung gesellschaftlicher Regeln, damit ein gemeinsames Miteinander in diesem großen Land, in dem doch für jedermann mehr als genug Platz ist, möglich wird. Nicht nur für uns, auch für Sie und besonders für die Zukunft unserer Kinder. Meinen Sie nicht, dass das vielleicht mit ein klein wenig gutem Willen zu schaffen sein könnte? Wir möchten niemandem etwas wegnehmen. Wir sind ein klagloses Volk, rechtschaffende Leute, die nur ein kleines Plätzchen suchen, wo wir in Frieden leben können.«

Der Vorsitzende hatte bis dahin ruhig zugehört. Seiner Haltung nach zu urteilen, war er aber ausgerechnet heute wohl gerade nicht so ganz in der Stimmung, irgendwelche Zugeständnisse zu machen, um den berechtigten Bitten wenigstens in kleinen Teilaspekten zu entsprechen.

»Soso, Friedn wollta. Is ja drollig. Habta dette jehört, Leute? Friedn? Hamse dir ins Jehirn jehustet? Wasn det fürn Unsinn? Quatsch mit Soße is det. Rejeln? Rejeln wollta ooch noch? Rejeln kannste haben. Erzähl deina Eenohrsippe: Rejel eens: Det janze Mittachland jehört uns. Rejel zwee: Ihr vaschwindet von hier wech. Ojenblicklich! Is det klar?! Ende det Rejelwerks. Und jetzt mach die Biege Jungchen, wa!«

»Ja, aber ...«

»Nix ja aba! Ja aba Fahrradkette. Jeht det nich rin in deene Rumsmurmel? Biste schwer von Kapee, oder wat? Noch een Wort und ma rolln de Fußnägel hoch. Und dette kann ick jar nich verknusen. Nimm de Beene inne Hand und schieb ab, Piefke. Vadufte!«

Das war jetzt aber mal ziemlich unwirsch abgewatscht. Eine klare Ansage. Da konnte man immerhin nichts missverstehen. Weitere Kompromissversuche glaubte Herr Trullersen getrost auf später verschieben zu können. Er ging. Verließ grußlos den ehrverletzenden dunklen Moloch. Alle lachten den ungebetenen Gast aus, verhöhnten und demütigten ihn. Doch die Unruhestifter hatten damit immer noch nicht genug. Erst einmal nahmen die trinklustigen Gesellen seelenruhig noch einen großen Schluck aus der Pulle, um ihn anschließend auf sehr bedrohliche Weise zu verfolgen. Herr Trullersen hörte in seinem Rücken das Klappern der Stiefel. Er wunderte sich über nichts mehr. Auch nicht über den unheimlichen, dunklen Reiter, der wortlos vom Waldrand auf ihn hinunter sah. Er hätte ihn gern angesprochen, doch ein unbestimmtes Gefühl und ein Blick aus dem Augenwinkel sagten ihm, lieber die Beine in die Hand zu nehmen und unverzüglich mit Laufen zu beginnen. Gerne auch etwas schneller. Die anderen torkelten schreiend hinterher. Zum Glück wurde der Abstand immer größer. Doch plötzlich knallte es! Unfassbar! Schießapparate! Das waren tatsächlich Schießapparate. Die ersten Schießapparate knallten skrupellos durch die Dunkelheit. In ihrer trunkenen Bösartigkeit verfehlten sie gottlob ihr Ziel. Ein kleiner Lemming und Trullas Vater rannten um ihr Leben.

Hexe Schnatterzahn rasierte gerade ihre Beine, als Rolf zu ihren Füßen leise winselte.

»Hast du den Knall gehört? Donnert es? Da kommt wohl ein Gewitter auf uns zu.« Kater rollte auf dem Sofa vom Rücken auf den Bauch und spitzte mit geschlossenen Augen ein Ohr. Sollte dies dumpfe Grollen in der Ferne, der erste Vorbote eines nahenden Unheils sein? Schnatz stellte ihr Beauty-Case beiseite, ging zum Fenster, schaute hinaus und sprach nachdenklich leise.

»Spürt ihr das auch? Die Zugvögel treibt es eiliger als sonst in die Ferne. Und die wenigen, die blieben, hören sogar auf zu singen. Schwaden von Nervosität und Ruhelosigkeit schweben übers Land, unheimlich wie morgendlicher Bodennebel, zäh wie Kleister im taufrischen Schilf. Es ist seit einiger Zeit etwas nicht im Lot. Es liegen unheilvolle Spannungen in der Luft, die sich entladen wollen. Ärgstes droht.«

»Quak«, machte es im Hintergrund.

»Ja, ich weiß, natürlich, sorg' dich nicht.«

»Quak, quak.«

»Meinst du wirklich? So schnell?«

Rolf hatte recht. Das Drama begann schon in dieser Nacht. Zuerst als unschuldiger Tropfen, der den Staub des Fensters benetzte und einen schlierigen Streifen hinterließ. Es fieselte. Eine erste Bö aus Südsüdwest bis Südsüdsüd wehte heran. Es stipperte. Dabei blieb es aber leider nicht. Es pladderte. Binnen kurzem folgte ein Regen, der sich gewaschen hatte. Es gallerte, plästerte, wie aus Kübeln. Unkontrolliert öffnete der Himmel sämtliche Schleusentore. Ein grottiges Unwetter allererster Güte prasselte sintflutartig hernieder und prügelte wie verrückt auf all jene ein, die nicht rechtzeitig Zuflucht oder Unterschlupf fanden. Der lange Zeit dürstende Boden konnte die Wassermassen gar nicht so schnell aufsaugen. Der Bach schwoll an, trat über die Ufer, brodelte immer gefährlicher, riss bald alles gnadenlos mit, was seinem Lauf im Wege stand. Schwarze Wolkenwände, zerfetzt von Blitz und Donner, malten düstere Stimmungen über den Köpfen und drohten Schlimmstes an. Der schneidende Wind ließ das Hutzelhaus erzittern. Es knetterte und knartschte im Grundgebälk. Der Himmel verfinsterte zusehends.

Wat e Wedder widder, wat!

»Schnell, stellt die Eimer unter die Löcher im Dach! Los Kater, du auch, beweg dich!«

Wenn er wollte, konnte Kater, wie er sollte. Und jetzt sollte er lieber wollen können. Das tat er auch. Denn die Situation war höchst brenzlig. Sie patschten durch die ersten Pfützen im Haus. Es gab gar nicht so viele Eimer wie klaffende Löcher, durch die der Regen drang. Es wurde immer mehr und es kam sogar noch schlimmer. Ein Blitz, der für Sekunden die Augen verblendete, ging unmittelbar dem krachenden Donnerschlag voraus. KRAWUMMS! Der Boden unter den Füßen bebte. Er schlug in die mächtige Krone der alten Eiche direkt vor dem Haus und ließ die Erde erzittern. Ein heilloses Durcheinander brach aus. Man hörte nur noch Sterne und hatte ein Klingeln in den Augen. Noch doch steckte man den Sand nicht in den Kopf. Obwohl der Feuerschein des brennenden Baums die Nacht gespenstisch erhellte. Sein kraftvoller Stamm kämpfte mit stumpfen Waffen verbissen gegen den übermächtigen Gegner der brandzehrenden Flammen. Holz gegen Feuer. Ein ungleicher Kampf. Des Baumes bester Freund, der Regen, half, so gut er konnte, geeint, Hand in Hand, aber leider wirkungslos. Es dauerte nicht lange und die einst so stolze, mächtige, scheinbar unbesiegbare Eiche gab auf. Sie hatte verloren und kippte sterbend zur Seite. Mitten auf das Haus. Es zerbarst ächzend unter der Wucht des Einschlags. Von einem Moment auf den anderen lag es in Trümmern. Lodernde Feuernester stillten in diesem flammenden Verhängnis gierig ihren gefräßigen Hunger und bedienten sich großzügig, einem schwärenden Geschwür gleich, am morschen Holz. Gleichzeitig spülte der Regen ungehindert seine zerstörerischen Fluten aus zähem Schlamm und schmierigem Dreck hinein, während der fauchende Wind mit einer urtümlichen Heftigkeit toste und auch noch die letzten Balken niederriss. Chancenlos wurde die Ruine ein Opfer der Gewalten. Dem völligen Verfall schutzlos preisgegeben. Das treue Hutzelhaus tat still leidend seine letzten Atemzüge. Es starb innerhalb kürzester Zeit. Es starb qualvoll.

Und seine Bewohner? Es drohte mehr als Fürchterliches. Es ging um ihre blanke Existenz. Denn es schien, als risse die Erde ihren geifernden Schlund der Hölle auf, um alles sprotzend und grollend und brüllend und dröhnend und schmatzend in die Tiefe zu reißen und zu verschlingen. Na dann ... guten Appetit!

»Rolf«, schrie Schnatterzahn gegen den Lärm des Geschehens, »wo bist du? Rolf? Rooolf?«

Kater schlug Alarm. Er hatte ihn gefunden. Begraben unter einem eingestürzten Schutthaufen aus Dachbalken und Ziegeln. Vorsichtig gruben sie den Verschütteten Stück für Stück aus.

„Rolf! Alles ok? Geht's dir gut? Rolf, antworte doch! ROOOLF!«

Rolf antwortete nicht. Atmete er noch? Lebte er noch?

»Komm Kater, es hat keinen Sinn, wir haben keine Zeit mehr, schnell raus hier, gleich stürzt alles über uns ein.«

Schnatterzahn warf sich den schlappen Wolf über die Schulter und gemeinsam liefen sie, kurz bevor auch die letzten Balken nachgaben, durch eine einsam in den Angeln hängende, entquietschte Tür aus dem Haus, das so viele Jahre ihr Heim war, das ihnen zuverlässig Schutz bot vor den Gefahren des Alltags, ihr Hafen der Ruhe, Wärme und Geborgenheit. So standen sie vom peitschenden Sturm gedemütigt, klitschnass bis auf die Knochen, mit rußgeschwärztem Gesicht, traurig und schutzlos vor den rauchenden Überresten aus Schutt und Asche, vor einem katastrophalen Desaster. Das Schicksal war an diesem Abend ein mieser Verräter. Sie hatten ihr Zuhause verloren. Sie hatten so vieles verloren. Sie hatten nichts mehr, und doch alles. Sie hatten einander.

Nachdem in der Nacht zwischenzeitlich eine gespenstische

Stille im inneren Auge des Infernos herrschte und eine kurze Atempause bot, tobte der Kampf noch bis in die frühen Morgenstunden. Nun war das Schlimmste überstanden. Die Wunden wurden geleckt. Der Himmel hatte sich komplett entleert, ausgequetscht bis auf den letzten Tropfen. Harmlose Wölkchen trieben nach getaner Arbeit unbeirrt ihrem neuen Ziel entgegen. Auch der trügerische Wind wehte nur noch unscheinbar, wie ein laues Lüftchen um die Beine. Bei beiden, Himmel und Wind, suchte man ein schlechtes Gewissen vergebens. Die verantwortungslose Bande tat natürlich ganz unschuldig, als ob sie mit dem Terror der Nacht nicht das Mindeste zu tun gehabt hätte. Scheinheilige Heuchler. Verzieht euch!

»Himmel, Ar...m und Wolkenbruch - mannomann, so ein verrotztes Dreckswetter!«, fluchte Schnatterzahn. Verständlich, verzeihlich, musste wohl ein wenig Druck vom Kessel. Doch es dauerte nicht lange und sie tat es dem Wetter gleich und beruhigte sich. Die vergangene Nacht verbrachten die Obdachlosen nur durch den Hexenhut geschützt im Freien. Erschöpfung, Müdigkeit und Kälte lasteten bleischwer auf ihnen. Rolf kam nach der filmreifen Rettungsaktion langsam wieder zu Bewusstsein. Er hatte sich den Kopf gedötscht und ein Ohr angesengt und gehörte jetzt auch zur ehrbaren Gemeinde der Einohrigen. Schlimmer schmerzte die dicke Beule am Kopf, die ihn in der Nacht außer Gefecht gesetzt hatte, und ein verknackstes Knie. Es musste geschient werden. Ungläubig standen die drei nebeneinander und starrten auf die Rudimente der Verwüstungen. Die Naturgewalten hatten ganze Arbeit geleistet. Tabula rasa wie es im Buche steht.

»Ich denke, da ist nicht mehr viel zu retten«, sagte Schnatz, »unsere Hütte is' über'n Deister. Es hilft nichts Freunde, wir müssen nach vorne schauen, einen Neuanfang wagen und weiter ziehen. Wir müssen uns eine neue Bleibe suchen. Lasst uns im Nachmittagland um Hilfe fragen. Ihr werdet sehen, dort wird man uns ganz bestimmt freundlich aufnehmen, bis wir selbst wieder etwas Neues aufbauen können. Worauf wartet ihr noch, seid ihr angewachsen?! Auch der weiteste Weg beginnt mit dem ersten Schritt. Keine Müdigkeit vorschützen. Los jetzt, kommt!«

Ein letzter Blick zurück, ein schwerer Seufzer, dann drehten sie unverschuldet und tief bedrückt ihrem alten Leben mit den vielen schönen Erinnerungen an eine friedvolle Heimat für immer den Rücken zu und gingen, mit der Hoffnung im Rucksack auf ein wenig Beistand, wieder einmal einer neuen, ungewissen Zeit entgegen. Hexe Schnatterzahn vorweg, der einohrige Rolf mit trüben Augen und hängenden Lefzen humpelnd dahinter und Kater müde am Ende.

Trullas Vater konnte den Abstand zu seinen Verfolgern schnell vergrößern. Er wähnte sich schon in Sicherheit, als er auf einer, wie sollte es auch anders sein, Bananenschale ausrutschte und schmerzhaft auf den Steiß fiel. Seine Verfolger holten schnell auf. Sie kamen immer näher.

»Nun komm endlich ins Bett, es ist schon spät.«

»Ja, Liebste.«

»Und putz dir mal wieder die Zähne.«

»Mach ich morgen.«

»Uuuh, deine Unterhosen sehen wieder aus ...«

»Wieso? Die gehen doch noch.«

»Und deine Fußnägel?! Wann hast du die zuletzt geschnitten?«

»Was für Fußnägel?«

»Wie lange brauchst du denn noch?«

»Ich komme.«

»Und schnarch bitte nicht wieder so.«

»Ich schnarche nie.«

»Gute Nacht, Alfred.«

»Gute Nacht, Schnuckelfee.«

Die Ehe der Regentin im Elfenwunderland erlag mittlerweile den üblichen Gepflogenheiten. So blieb denn auch die Nacht ereignislos. Bis zum nächsten Morgen, als auf leisen Sohlen die Kammerzofe mit dem Leuchter in der einen und einer frischen Wärmpfanne in der anderen Hand ins Halbdunkel des königlichen Schlafgemachs schlich.

»Majestät«, flüsterte sie, »Majestät, so höret, der Hahn kräht zuoberst des geschütteten Dungs zur Stund. Die Zeit rückt. Ich bitte flugs zu erwachen. Verzeihet, jedoch mich deucht, es wär wohl mählich geboten.« Prinzessin Schnuckelfee öffnete die Augen. Ihr besorgter Blick galt zunächst den Fenstern. Die Scheiben vibrierten im Rahmen und drohten zu bersten, denn Alfred schnarchte aus vollem Hals. Ziemlich kernig, mit offenem Mund und einem glückseligen Lächeln auf den Lippen.

»Aber ja«, antwortete die Königin, »dein Ansinnen, liebe Zofe, ist rechtens. Es wird baldigst Zeit, der Bettstatt zu entrücken und einem neuen Tage seine Aufmerksamkeit zu schenken. Zumal das nächtliche Gebaren des Gemahls unliebsam störend wirkt. Ohngeachtet dessen er sichtlich doch recht wohl zu befinden scheint. Zunächst, ich muss geschwind Toilette machen, mich für die anstehenden Obliegenheiten herrichten und in einen ordentlichen Zustand überführen. Dringendst gilt es, von Neuem die Haare mit den feinen Quasten aus dem Galanteriewarenladen zu pudern. Magst du mir behilflich sein?«

»Stets zu Diensten, Majestät.«

»Ich bitt', so lass uns eilen.«

»Gewisslich gern. Der güldene Waschzuber wurde vom Bader bereits bereitet. Sie können sogleich hinein steigen. Erlauben Sie mir, zuvor noch Ihre holdseligen Flügel zu salben? Es würde mir doch sehr zur Freude gereichen. Der Seifensieder bietet explizit ein Spezifikum hierfür dar, denn er ließ nichts unversucht und ersann eine neuerliche Tinktur, mit einem Talg aus balsamisierenden Extrakten und einem erfrischenden, so ward es genannt, Eau Lotion la romance d'amour.«

»Habt dank, ja, ich gedenke, deine fürsorgliche Offerte zu präferieren. Es wäre sicher überaus erquicklich und würde mich hernach der Mühe entheben. Doch vordem drängt mich ein unbestimmtes Empfinden der Sorge, drum sage mir, ist denn die Kronprinzessin Rosemarie, mein liebst Töchterchen, auch schon der Nachtruhe entrückt? Mich ließ ein unruhig flaues Gefühl im Bauche, den Schlaf nicht recht genießen zu können. Sind die Regierungsgeschäfte auch allesamt in rechter Ordnung?«

»Mitnichten, Majestät, mitnichten. Es betrübt mich zutiefst, Sie Ihres Unbehagens nicht entheben zu können.«

»Nein? Oh bitte, was hast du vorzubringen? Was weißt du zu berichten? So gebet mir die Ursache hierfür preis. Nur frischheraus damit. Sprechet! Sprechet rasch!«

»Nun, ein mannigfaltig Gewirr vielerlei Stimmen ruft Verwirrung hervor, sodoch vermag ich glauben zu wissen, dass Ihre königliche Hoheit, die Kronprinzessin, sich binnen Stundenfrist jüngsthin erst zur Ruhe in ihre herrschaftliche Kemenate begab. Sie grübelte in gestriger Nacht vor Tau und Tag im Kreise der einberufenen Ministerialitäten des Kabinetts. Eine Dringlichkeitssitzung angesichts der drohlichen Krise. Man beratschlagte in eiligster Zusammenkunft und erwog, was zu tun sei. Es hieß, ein tapferer Ritter, ehrbar und geschwind, im edelsten Wams, hoch zu Ross mit Schwert und Lanze gerüstet, brachte unlängst beunruhigende Kunde und vermochte obendrein nicht trefflicher über ein absonderliches Irrsal aus Ihrem Reiche zu berichten, die in den höchsten Gremien und auch im einfachen Volke nicht nur die gebührende Akzeptanz vermissen lassen, sondern allenthalben sowohl große Besorgnis als auch tiefe Trübsal bewirken. Ein zuhöchst skandalisierendes Gehabe, welches als Schrecknis jedweden Bravgesinnten ängstigt. Sodann, man sprach zudem, es wäre nicht ganz in Abrede zu stellen, dass droben, im fernen Gemarke Nachmittagland, bar jeglichen gesunden Geistes, just scheinbar umtriebige Ränken von unlauterem Gepräge geschmiedet werden, die leidvoll zu einem despektierlichen Miteinander führten. Eine liederliche Posse, die wenig ritterlich dünkt und infolge der ungehörigen Begleitumstände ein geradezu aufschreckendes Aufsehen wachzurufen geeignet gewesen wäre. Darob wütet es mannigfach, vielerorts, wider die Regeln, weit über die Grenzen des Schicklichen hinaus. Uferlose Eskapaden, maliziös gesinnt, Entsetzen erregend, Unglimpf verursachend, die geradezu in Tollheit münden.«

»Nun spannt mich doch nicht auf die Folter«, ging die Königin dazwischen. »Ich durchleide eine Ungeduld, die ich zu beherrschen nicht mehr sehr viel länger imstande sein werde. Eure blumige Beschreibung und schonenden Andeutungen in Ehren, aber bitte berichtet baldigst ohne Umschweife vom anlassgebenden Kern des Geschehens.«

»Gewiss, gewiss, ich bitte um Vergebung. Es fällt mir schlichtweg nicht leicht, die unglücklichen Umstände mit angemessenen Worten zum Ausdruck zu bringen. Bedenket bloß, man vernahm dortselbst ein schändliches Aufbegehren des Bürgertums, eine Fehde, ein Aufruhr, eine Revolte, eine Rebellion gar. Der Quell der Querelen ist noch nicht in Gänze offenbart. Gleichwohl werden gemeinhin brandschatzende Wegelagerer, zechende Falschmünzer nebst Beutelschneider gleichen Mutes gerüchtet, die in zweifelhafter Gesinnung hinderücks widerborstige Zwietracht säen. Gewissensfremde Habelose erfrechen sich jählings allerorten. Namentlich die Göttin Unholda soll dem bitteren Elend mithin Vorschub leisten. Obzwar gäbe es, so wurde berichtet, eine kleine Gemeinschaft, bedacht und von taktvollem Wesen, die mit kühnem Schneid und aufrechtem Gewissen unablässig um Konzilianz bemüht, dem Einhalt zu bieten bestrebt gewesen wäre. Indes, sie lohnten es ihr, indem unmanierliche Schandbuben, in tumber Torheit gefangen, schlechtwegs infame Schmähungen spien, überdies gar Raufhändel trieben. Mit glorioser Gleichmut sind die Düpierten um Herstellung ihrer Würdigkeit bemüht. Es lässt vermuten, die Schwelle zur Impertinenz ist großzügigst überschritten. Oh, wie verdammenswert, schauderös, dégoûtant, es befällt Übelsein! Mögen Vogtei, Femgericht und Pestilenz es aufs drakonischste rügen, sodass die Ursacher es höchstbaldigst bitter reuen. Hinfort mit ihnen, hinfort. Auf Geheiß des Inquisitors richten leidliche Hübschlerinnen insonderheit den Schandturm für das Gesindel her. Eigens das niedere Gefolge der Marktschreier, hierneben die untersten Stallknechte und Mägde der Güllerei, sowohl die Bruderschaft der Leibeigenen als auch die Vasallen im Lehnswesen sowie die Vogelfreien in der Verbannung, mehr noch die gichtigen Almosenempfänger in den Armenhäusern und nicht zuletzt die einbeinigen Latrinenschrubberinnen der öffentlichen Bedürfnisstätten; ein jeder, fürwahr ein jeder, erbittet deutlich hörbar in unser aller Not, hochherzige Hilfe vom Scharfrichter Monsieur Guillotin. Gottverdammt, er wetzt bereits die Klingen, um den finsteren Schurken in den Nacken zu beißen und mit kunstvollendeter Schneidführung butterweich zu guillotinieren. Aber nein, bitte nicht, bitte wisset es zu verhindern. Denn stürben jene ...«

»Genug! Punktum! Liebe Zofe, nicht doch, haltet inne. Ihr verlasst den Boden des auch nur im geringstenfalls Denkbaren. Ich bitte, mäßigt euch und mindert den von Empörung belegten Zungenschlag. Seid besonnen. Ich gestehe, das geschilderte Gebaren, wohlfeil und prätentiös, erweckt höchst unbeschauliche Verstimmungen und gibt berechtigten Anlass zu allerlei Wehklage. Obgleich verharrt nicht leichthin im Zustand der schimpflichen Raserei, weil euer Kopf vor Wut überhitzt. Weder geziemt es sich noch gereicht es euch zur Ehre. Zeichnet es sodoch im etwas milderen Lichte. Es wäre angesichts der delikaten Umstände jener misslichen Kalamitäten fraglos dienlicher. Contenance!«

»Verzeihet Majestät, verzeihet vielmals meinen Groll. Oh weh mir, wo nehm ich nur die Befugnis her, so liederlich zu urteilen. Wie recht Ihr habt. Meine Gedanken sind derangiert. Mir kommt die Beherrschung meiner selbst abhanden. Es steht mir nicht frei, zu richten. Ich bitte untertänigst, seid mir nicht gram gestimmt.« Eine tiefe Verbeugung der Zofe folgte, nur, um sogleich wieder geraden Rückgrats aufrecht zu stehen. »Jedoch, erlaubt mir, Eure Aufmerksamkeit auf jenen Umstand zu richten, der das soeben Gesagte beschwichtigen möge. Denn lasset nicht außer Acht, dass Zorn und Beklemmung darüber gleichsam in uns allen wallt. Obschon auch in Teilen des Hofes Gefolgschaft fürderhin sowohl ein genügsames Gemüt als auch kühles Blut bewahrt wird. Trotz und allem, die Elfen haben Seelennot vor dem Kommenden, sie hadern ihrer selbst, ruhen währenddem aber auch im tiefen Vertrauen in das wohlerwogen friedensstiftende Geschick der Kronprinzessin, damit das altehrwürdige Recht wieder zur gewohnten Anwendung finde. Wohlan, mit Gottes Hilfe, es wird gewisslich alles gut. Oder?«

Das Badewasser war längst kalt. Und Alfred, mittlerweile von der unverborgenen Erregung des frühen Morgens aus seinen Träumen gerissen, schritt erstmal eiligst Richtung Nachttopf. Er musste dringend Strullen. Dabei strich er die Bommel seiner Schlafmütze aus dem Gesicht, kratzte sich gähnend am haarigen Hintern und leistete ganz nebenbei einen beachtlichen Beitrag zur Beruhigung der Situation:

»Lecko mio, hab ich 'n Schmacht! Ist das Frühstück schon fertig?«

Rosemarie war in den vergangenen Jahren zu einem angesehenen und respektierten Mitglied der Königsfamilie gereift. Sie wurde zur Regierungschefin des Elfenwunderlandes ernannt, nachdem die Eltern ihr in einem elfischen Krönungsakt die Verantwortung übertrugen und aus Altersgründen lieber das behagliche Rentnerleben vorzogen. So waren bisher die Entscheidungen der jungen Monarchin von eher untergeordneter Tragweite. Es mussten beispielsweise Diskussionen über die richtige Bepflanzung der Auen und Wiesen geführt werden oder über die Zusammensetzung des Hühnerfutters. Doch nun galt es, die Herausforderung anzunehmen und Probleme von größerer Bedeutung zu lösen, um ihrem eigenen Anspruch auf stets zufriedene Untertanen gerecht zu werden.

Laternenanzünder und Stundenausrufer begannen gerade mit ihrer Spätschicht. Die ersten Lichter glommen zur vollen Stunde, als Rosemarie am Abend die zweite Dringlichkeitssitzung einberief. Bei zäher Debatte entstand im illustren

Kreis der Verantwortungsträger ein Schnullifax interessanter Lösungsansätze. Die Ministerin für Elfenflügelpflege, Hautcremeprodukte und Gedöns riet angesichts der Missstände am Rande des Reiches zu Seminaren mit Schminktipps für die Aufständischen, um sie von den vergifteten Gedanken der Disharmonie abzulenken. Die Anregung wurde mit knapper Mehrheit abgelehnt. Der Generalsekretär des musischen Wohlklangs schlug eine nachmittagländische Selbsthilfegruppe zur Tanztherapie vor. Auch abgelehnt! Die Blumenbeauftragte wollte vierblättrige Kleeblätter in einer Sonderdepesche verschicken. Abgelehnt! Der apostolische Präfekt der christlichen Glaubenskongregation wollte gar das Orakel der Finsternis befragen, um der teuflischen Häresie Herr zu werden. Ja ne is' klar. Die Ausschussmitglieder und -mitgliederinnen übertrafen und verhedderten sich gegenseitig in ihren kruden Ideen und trutschigen Vorschlägen. Im Tagungsraum ging es hoch her. Töpferkurs, Häkelstube, Lymphdrainagen, Aderlass, Stubenarrest, Ein-Amro-Jobs, ein paar ordentliche Maulschellen - nein, nein, nein, alles nicht das Wahre. Man müsste strengere Maßnahmen ergreifen. Nach knallharten kontroversen Verhandlungen, die in einem unüberschaubaren Kuddelmuddel unterzugehen drohten, gebot das Elfenoberhaupt Einhalt und traf eine klare Entscheidung.

»Ich bitte um Ruhe. Hört mich an.« Das vielstimmige Gemurmel ließ kaum nach. »Hey, Leute, so hört mich doch bitte einmal an.« Sie schlug mit dem Holzhammer auf den Klopfer. Jetzt ging's. »Danke! Ich danke euch.« Besinnungspause. »Danke auch für die zahlreichen wohlgemeinten Anregungen und die lebhafte Erörterung. Es waren sicher viele gute und kreative Lösungsansätze dabei. Ich will sie mir bedenken. Doch ich glaube, die Lage ist ernst, es gibt nur einen Weg, um unser Ziel zu erreichen. Ihr wisst, die Gefahr geht nicht nur vom Bösen aus, sondern auch von denen, die es zulassen. Deswegen gibt es keine Alternative zu einer gefährlichen Reise, mitten hinein in das Krisengebiet.« Alle im Raum nickten zustimmend. Gleichzeitig rutschten sie in ihrem Stuhl immer tiefer, in der Hoffnung, nicht gesehen zu werden. Niemand legte freiwillig größeren Wert auf die riskante Operation. So schützten die meisten der edlen Ratsherren und vornehmen Freifrauen geflissentlich unaufschiebbare Amtsgeschäfte vor oder klagten weinerlich über plötzliche Gebrechen und verschwanden nach flüchtiger Verabschiedung ganz schnell in ihren Bureaus.

Rosemarie kannte ihre Pappenheimer, beschloss aber trotz der mutlosen Vorstellung eine Abordnung zu entsenden. Es müsste doch möglich sein, die Radaubrüder mit Zuckerbrot und Peitsche zur Raison zu bringen und ihnen einmal ordentlich den Kopf zu waschen. Ordnung und Bürgerfrieden sollten wieder zu ihrem angestammten Recht kommen, damit die Vernunft obsiegt. Ein hehres Ziel. In diesem Sinne schrieb man die Losung auf die Fahnen der Staatsmission. Sie selbst würde die Delegation anführen. Présidente de corps diplomatique: La honoré majesté royale d'elfé Rosé de Marie Göbel-Meierhoff. Dazu käme nur die oberste Führungsspitze des Reiches - die Landesmutter mit ihrer erfahrenen Weisheit und ihr Vater Alfred wegen seiner leicht verdaulichen Anschauungen.

In der zweiten Stund nach dem Morgengeläut hieß es: Klar zur Abfahrt! Man wappnete sich für die Reise mit dem ungewissen Ausgang. Aufbruchstimmung kam auf. Natürlich hätten die Elfen auch fliegen können, aber aus Rücksicht auf Alfred im Allgemeinen und sein Holzbein im Besonderen, entschied man, die prunkvolle königliche Kutsche mit den vier erhabenen Einhörnern einzuspannen. Drei weiße und ein grünes. Grün, weil es einst als Fohlen in einen großen Ballen mit Zauberstroh fiel.

Die Kutsche erstrahlte in ihrer ganzen Pracht. Mit feinstem Zierrat vom Schlossschneider geschmückt und mit sichersten Schlüsselschlössern vom Schlossschlosser schließlich verschlossen. Der Concierge vertäute die letzte Bagage im Gepäckabteil. Es roch nach Pferd und frischen Äpfeln. Hufe scharrten, Wagenräder knartschten. Dann war es soweit. Rosemarie gab Anweisung zur Abreise.

»Kutscher Ottokar, so lasset die Reise beginnen.« Alfred ergänzte die königlichen Instruktionen.

»Los Otto, gib Gummi!«

»Ganz wie es beliebt, die Herrschaften«, antwortete Ottokar. Ottokar Fischschnabel, der sich in fünfter Generation als Fachkraft für Pferdefuhrwerke am Gesindehof verdingte, schnalzte er einfach mit der Zunge. Gewohnt regungslos, vornehm, mit kapriziöser Gelassenheit, die Nase hoch erhoben, so wie es seit jeher in der Familie Fischschnabels Tradition war. Dienstbare Knappen gaben die Zügel frei. Reisefiebrig und freudig erregt, zappelten und schnaubten die Fabelwesen in ihrem Geschirr, als sich der Tross, unter den aufmunternden Hymnen der Minnesänger, begleitet von den besten Wünschen des jubelnden Volkes, endlich in Bewegung setzte. Zwei Fahnenträger ritten vorweg. Die einhörnigen Rosse trabten im federnden Schritt hinterher. Jahrmarktstimmung hing in der Luft. Überall Musik. Eine Fiedel spielte elfische Volkslieder. Schellen klirrten im Takt dazu. Ein pilgernder Wandergesell zupfte wie wild die Saiten seiner Klampfe und schmetterte schmissige Schnulzen von Fernweh, Herzschmerz und Salzgebäck. Gassenjungen machten Quatsch auf der Quetschkommode. Tschingderassabumm und Humba Täterä schallte es von den Mauern zurück. Gerissene Gaukler und geschwätzige Geschichtenerzähler vergnügten die Leute. Dabei hüpften alberne Narren und gesellige Spielleute fröhlich um die Kutsche, während geschäftstüchtige Strategen gesüßten Wein für die gute Laune reichten. Die Leute zappelten in einem freudetrunkenen Tanzgewühl umher und feierten ausgelassen in bunten Kostümen auf der Straße. Helau, Alaaf, Kamelle, lecker Mädche un jot is. »De Zoch kütt«, riefen sie immer wieder begeistert, »Opaach, us däm Wäch, de Zoch kütt«. Parole: »Auf auf, ins elfische Nachmittagland. Für Frieden, Freiheit und Brüderlichkeit - Caritas, Libertas, Ischias!«

Trullas Vater konnte sie schon hören.

»Da ist das verdammte Einohr, gleich haben wir ihn!« Er versuchte noch aufzustehen, aber die Schmerzen des Sturzes verhinderten eine weitere Flucht. Unversehens stand er einer aggressiven Hetze gegenüber. Feindseligkeit wohin er schaute. Sie standen vor ihm, pöbelten, lachten spöttisch, schubsten, berauschten sich an der billigen Macht, fühlten sich sehr stark in der Menge, waren in Wirklichkeit erbärmlich feige. Leider wussten sie es in ihrer einfältigen, kleingeistigen Persönlichkeit nicht besser. In diesem Augenblick wurde aus Dummheit Gefahr.

Vorfreudige Ausgelassenheit herrschte dagegen in ferneren Gefilden.

»Gib mir bitte mal den Nippelspanner. Ich muss die Fittinge verlöten und die festgeknülzten Radmutterventile eindengeln, dann sollte der Schnirks eigentlich wieder schnackeln. Nein, das ist doch der Dreiecksbohrer.«

Vater-Wolf lag mitten im Mondstaub und streckte beide Arme tief in den Triebwerksraum der Rakete. Der Sauer-

stofftransformator arbeitete zuverlässig.

»Beeil dich, Werner«, sagte Mutter-Wolf, »es wird gleich dunkel, die Erde geht schon auf.«

»Ja Erna, ich muss jetzt nur noch den digitalanalogen Lichtgeschwindigkeitsmesser ein bisschen justieren ... so, fertig!« Vater-Wolf trat einen Schritt zurück und schaute sein Werk mit stolz geschwellter Brust zufrieden an. Anschließend schnallte er den Asteroidengürtel wieder um den Bauch, ging zur kostenpflichtigen Mondwasserentnahmestation und wusch seine öligen Pfoten.

Damals, anno Tuck, hatten Werner und Erna mit einem zweiten Platz im Preisausschreiben diese Reise zum Erdtrabanten gewonnen. Doch nun wurde ihnen die Zeit hier allmählich zu lang. Der als kurzer Wochenendausflug geplante Besuch wurde nach einer heiklen Havarie zu einem langfristigen Dilemma. Dabei war der Fehler in der Maschine so einfach. Jedes Kleinkind hätte es merken müssen. Die banale Ursache lag im vieldimensionalen Prinzip von atmosphärischen Teilchen der Quantenmaterie. Jedes dieser kleinen Teilchen produzierte homogenresistente Spaltprodukte auf einer Basis der submolekularen Ebene, die den peripheren Differenzialkräften retroproportional entgegen wirkten. Das konnte natürlich nicht gut gehen. Logisch! Hätte man auch gleich drauf kommen können. Leider lag das Problem in der Beschaffung des vergriesgnaddelten Bauteils. So mussten sie viele Jahre auf die Raketenersatzteile warten. Der Kurier hatte geringfügige Schwierigkeiten mit der Lieferadresse gehabt. Kein Wunder, denn der Trollo lebte wirklich hinterm Mond. Doch Vater-Wolf hatte es endlich geschafft. Das elektrisch angetriebene Raketenraumschiff erstrahlte wieder im feinsten Glanz. Nur eine Probefahrt stand noch auf dem Programm. Schließlich wollten sie nicht so eine vermurkste

Bruchlandung auf der Erde hinlegen, wie damals ihr Vorgänger, der sein Raumschiff tief in einen Waldboden rammte. Doch die Probefahrt verlief unspektakulär und zur vollsten Zufriedenheit. Die Systeme flitschten wieder wie geschmiert. Der staatlich vereidigte Space-Engineer klebte nach intensiver Prüfung aller sicherheitsrelevanten Systeme wohlwollend seine Plakette drauf. Die Telsa-Rakete war wieder tippitoppi. Die Planungen für die Rückreise konnten beginnen. Der Countdown zum Start sollte am nächsten Tag erfolgen. Werner parkte die Rakete ordnungsgemäß ein und schloss ab.

»Komm Erna, lass uns nach Hause gehen in die Milchstraße, wir müssen noch Koffer packen.«

Am Morgen des langersehnten Tags der Heimreise lag im kleinen Mondstädtchen Luna ein zäher Andromedanebel in der Luftlosigkeit. Trotzdem sah man am schwarzen Himmel in weiter Ferne die Zukunftsreisenden auf ihrem langen Ritt in die Ungewissheit düsen. Die meisten Lunasianer, Lunasianerinnen und Lunasianten träumten derweil noch in ihren Himmelbetten. Nicht so, einige Kinder der 7B, die aus Anlass einer Klassenfahrt zum siebenunddreißigsten Jupitermond vor Ungeduld nicht mehr schlafen konnten. Ähnlich erging es zwei Wolfseltern, denen eine Fahrt nach Hause bevorstand. Sie trafen letzte Vorbereitungen.

»Hast du der Raumfahrtzentrale Bescheid gesagt? Sind die Rechnungen alle bezahlt? Liegt der Schlüssel für die Nachbarn unter der Matte? Sie wollten doch die Blumen gießen. Hast du die Tickets? Die Pässe? Ist der Herd aus? Müll draußen? Morgen ist Altluftabfuhr. Warte, ich muss nochmal schnell aufs Klo.«

»Du warst doch gerade erst auf'm Klosett.«

»Ja, ich weiß, ich muss aber schon wieder.«

»Ach Erna, beeil dich, leg einen Zahn zu, die Raumfahrt-zentrale hat den Countdown schon eingeschaltet. Wir müssen los, das Space-Taxi wartet.«

»Bin fertig, ich komme.«

Nur dreißig Minuten später war dann auch Erna soweit. Nachdem sie eben nochmal schnell die Pfoten eingecremt, das Fell im Spiegel gerichtet und die Krallen neu lackiert hatte. Und ohne einen letzten, ordentlichen Schuss Haarspray würde sie natürlich keinen Millimeter vor die Tür gehen. Zum Glück. Denn dort wartete die nächste Überraschung. Werners Stammtischfreunde erschienen vollzählig, um sich herzlich zu verabschieden. Galileo, Johannes, Nikolaus, Stephen und sogar Isaac standen Spalier. Sie machten die Welle und wünschten alles astronomisch Gute. Nur der kleine Albert war wieder relativ frech und streckte ihnen die Zunge raus. Lausebengel! Aus *dem* verzogenen Rotzlöffel würde später wohl leider nichts werden. Schade.

Nun ging es aber los. Wenn nicht noch Ernas Handy geklingelt hätte.

»Erna Wolfersen … ja … hallo … nein … wie war Ihr Name? … wie bitte? … Smart-was? … oh, entschuldigen Sie, guter Mann, nicht jetzt, wir sind in Eile, ich spreche gerne ein andermal mit Ihnen über die neuesten Roamingtarife, es kommt gerade sehr ungelegen, nein, doch, es tut mir leid, bestimmt nicht, danke, ja ich bin sicher, nein, ja, gerne, natürlich, auf Wiederhören.«

Dann war es endlich wirklich soweit. Werner und Erna betraten das Raumschiff. Sie schlossen die Tür, nahmen Platz, zogen die Gurte straff, schalteten den Radarfibrillator ein und forderten über Funk die Navigationskoordinaten in der Zentrale auf der Sonne an. Wettercheck: Sonnig, trocken, windstill, 82°C. Passt! Die Starterlaubnis wurde erteilt. Der

Countdown zählte runter. Volle Konzentration. Nur noch wenige Sekunden - three, two, one, zero, aaand Lift-off. Zündung, Feuerschweif, Schubmaximator, Schwerkraftneutralisation, Fahrtrichtungsanzeiger, Schulterblick, und schon fädelte Werner routiniert in den fließenden Raketenverkehr der Mondscheinallee ein. Lift-off completed, die Reise begann.

»Ach, ist das herrlich wieder einmal unterwegs zu sein«, jubelte Erna. »Was meinst du, Werner, ob wir wohl unseren Sohn wiederfinden? Ich würde zu gerne wissen, was aus ihm geworden ist. Hoffentlich fand er ein schönes Rudel. Er wurde bestimmt ein stattlicher Alpha-Führer. Vielleicht haben wir ja auch schon süße Enkelchen. So ein kleiner Wolfram oder Wolfgang oder Wolfdieter - das wäre schön. Pass auf, da vorne, fahr vorsichtig, ich kann gar nicht hinsehen, müssen wir hier nicht rechts abbiegen?, fahr doch nicht so schnell.«

Erna hatte gar nicht so unrecht. Die extraterrestrischen Straßen außerhalb der Gravitationszone wurden im Universum immer voller und gefährlicher. Nicht nur wegen des lästigen Weltraumschrotts, der einem regelmäßig um die Ohren schoss, besonders um das alles verschlingende Schwarze Loch der letzten Supernova musste man einen großen Bogen machen. Das Entsorgungsteam der vierten Dimension hatte noch alle Hände voll zu tun und arbeitete fieberhaft in Doppelschichten. Es wurde zwar weiträumig mit den entsprechenden Warnhinweisen abgesichert, doch flöge man nur winzige Trillionen Lichtjahre zu nah an den Ereignishorizont im raumzeitgekrümmten Schwarzlochphänomen, drohte unweigerlich eine öde Existenz in einem langweiligen Paralleluniversum ohne vernünftige Sonnen oder sogar die vollständige Entmaterialisierung des Individuums. Und das käme jetzt gerade ziemlich ungelegen. Werner hielt sich deswegen strikt an die Vorschriften und fuhr gemächlich dahin, mit der auf Umlaufbahnen höchstzulässigen Orbitalgeschwindigkeit von verkehrsberuhigten fünfzigtausend km/h, während manche Angeber mit ihrem aufgemotzten Ionenantrieb in einem wenig ausgewogenen Verhältnis zwischen Geist und Materie unverantwortlich an ihnen vorbei rasten.

»Oje, Himmel nochmal«, stöhnte Werner, »ich hab's geahnt - ein Stau.«

»Ach herrje! Ist doch halb so schlimm«, versuchte Erna zu beruhigen.

»Halb so schlimm? Schau, da vorn! Auch das noch! Das gibt's doch gar nicht. Siehst du das? Ist es denn die Möglichkeit? Man glaubt es nicht, wenn man's nicht mit eigenen Augen gesehen hätte. Wo sind wir denn hier? In Doofinesien? Oder Hirnitanien? Diese geistigen Tiefflieger denken schon wieder nicht an die Rettungsgasse. Verdammte Sonntagsfahrer!«

Auf halbem Wege zwischen Anschlussstelle Großer Wagen und Orion, etwa bei Kilometer neunhundertneunundneunzigtausendneunhundertneunundneunzigkommazehn, hatte eine Gefahrgutrakete, beladen mit kennzeichnungspflichtiger kosmischer Strahlung im nuklearen Spektrum der Gammawellen, einen Meteoriten gerammt. Der ohrenbetäubende Urknall hielt noch lange an. Das übliche Problem des modernen universalen Universumverkehrs. Die uniformierte Wopo (Weltraumordnungspolizei) schwebte mit Blaulicht von hinten heran und kämpfte sich mühsam durch die kreuz und quer stehenden Flugobjekte zum Kollisionspunkt. Werner drosselte die Geschwindigkeit und flog langsam, wie beim Ochsen die Milch, mit schlappen zehntausend km/h dahin. Gefühlt flogen sie rückwärts. Der Verkehrsfunk der Bodenkontrolle empfahl die Umleitungsstrecke über Venus, Merkur und BER. Doch der erfahrene Raketenkraftfahrzeugführer wusste, dass der Termin zur Fertigstellung erst kürzlich nochmals um ein weiteres Zeitalter verschoben wurde. So nutzte er lieber eine gute Gelegenheit und bog nach oben ab, zur außergalaktischen Interplanetartankstelle. Dort füllten sie innerhalb weniger Sekunden ihre elektrischen Treibstoffvorräte auf und tranken erstmal in aller Ruhe einen isotonischen Energydrink.

Nachdem Wolf und Maschine frisch gestärkt ihre Fahrt fortsetzten, verlief der restliche Weg durch die stellaren Galaxien störungsfrei. Eine schöner als die andere. In einer herrlichen Landschaft. Nur die lästigen Luftschlaglöcher ruppelten die Reisenden ordentlich durch. Die chronische Ebbe in den öffentlichen Kassen verhinderte leider eine dringend nötige, regelmäßige Instandsetzung der Luftleerstraßen. Die Steuereinnahmen wurden lieber zum Schutz der Außengrenzen beim Eintritt in die Erdatmosphäre genutzt. Man fürchtete neuerdings eine Überfremdung durch diese Eingeborenen, diese Marsianer mit der wunderlichen grünen Hautfarbe. Man hat natürlich keine Vorurteile, aber … na ja, ich mein … wer so aussieht, frisst bestimmt auch kleine Kinder, hieß es. Sicher ist sicher!

'Pop Stolizei! Passklorolle!' stand auf dem Schild, das alberne Rabauken beschmiert hatten.

Werner und Erna ertrugen die lästige Wartezeit an der Mautbaracke geduldig. Es ging nur langsam voran, bis sie endlich die ersten in der Schlange waren.

»Sind wir dran, Herr Wachtmeister?«

»Nu.«

»Wir kommen.«

»Morschn!«

»Guten Morgen.«

Werner übergab die Papiere. Der Beamte checkte die Visa, schaute misstrauisch, guckte, prüfte, glotzte, äugte, schaute nochmal, sprach.

»Gänsefleisch ma da Göfferraum uffmache?«

»Wie bitte?«

»Göfferraum!«

»Ach so, aber natürlich, gerne. Wenn es bitte nur nicht so lange dauert, wir sind ein wenig in Eile.«

»Moo mendemal. Immor midd dorr Ruhe, Guhdsdr. Geene Heggdigg un loggor bleim. Horsch änfoch offm Baba, hald de Glabbe und lass misch orbeidn. Sonst gönndsch misch offräschn.«

Nach diesem klärenden Anfratzer wurde alles genau kontrolliert. Raumschiffführerschein, Funklizenz, Black Box, Vakuumummantelung, auf jeden Fall alle Überschallknalle im All und Warndreieck.

»Hämse ooch ne Bäschänigung fürde Überschallentknallungen?»

»Nein, tut mir leid, aber die brauchen wir auch nicht, weil das Raumschiff ist ein älteres Modell und von den Überschallentknallungsdurchführungsverordnungen seit der Zeitenwende befreit.«

»Nu gugge ma da. Een Guddlmuddl hier.«

»Ja, wirklich. Paragraph 17a.«

»Machense ma geene Fissemaddenzchn!«

»Absatz 2.«

»Watn des fürn Grafdfahrzeusch? N lufdgegühler Zweydagder mid Mölödöv Abreiszindung und audömadischer Gubblung ?«

»Ja, so ähnlich.«

»San sä Inschenör vom Gombinad im Zendralgommidee?«

»Allerdings.«

203

»Ei forbibbsch! Nu ruddsch mir doch dään Buggl runnor. Nich nur die Bardei hat immer reschd, sä ooch. Frieor hädds so ä was nisch gegähm. Schulldchnsä. Nu, denn förblämbern se ma nich meene Zeit. Ferdsch wern. Machenses hibsch!«

Schließlich wurden unsere Reisenden an der Erdgrenze von einem muffeligen Wopo grantig durchgewinkt. Das wäre geschafft. Das Ziel rückte in greifbare Nähe.

»Hast du eine Ahnung, wo wir landen könnten?«, fragte der Chef-Pilot, »schau mal in die Karte.«

»Karte? Hm … wo ist denn hier oben? Bei drei Dimensionen gar nicht so einfach. Oh, da, da hinten ist ganz viel freie Fläche. Ein schöner Landeplatz. Wie findest du den?«

»Ja, du hast recht, da ist wahrhaftig besonders viel Platz. Den nehmen wir. Dann setze ich mal zur Landung an. Festhalten!«

Wie jedes Kind weiß, dreht der automatische Landemechanismus die elektrische Rakete kurz vor dem Erdboden mit dem Feuerschweif und einem ohrenbetäubenden Donnern bedächtig nach unten, sodass auf diese Weise ein sanftes rückwärtiges Einparken möglich ist. Nur noch wenige Meter.

Trullas Vater sah sich Aug' in Aug' seinen feisten Schergen gegenüber. Nach der Einschüchterung folgte die unmittelbare Bedrohung durch eine widerliche Rudelhetze. Eine ganz schlaue Schnullerbacke mit dem fleischigen Pfannkuchengesicht eines selbstgehäkelten Topflappens ergriff das Wort und artikulierte sein Anliegen auf sehr gewöhnungsbedürftige Art und Weise.

»Hömma doh, ich sach es jetzte zum letzten Mal, ne. Wir wissen zwa nich, was ihr da für Faxen am machen seid, ne, aber ich krich hier bald voll die Krätze und so, ey. Normal. Weil wegen Sie und wegen die andern Geisterkranken von

Sie, die da wo sind. Wir wolln euch Heiopeis hier nich ham, ne. Das is unsa Zweiohrland. Was hat das überhaupt gesollt, dass Ihr hierhin gekommen seid? Einohrn ham bei unsa zu Hause echt nix zu suchen. Was weiß ich, keine Ahnung oder so, aba nimmt eure Anziehsachen und tut gefälligst da vaschwin'n, wohin ihr gekomm seid! Haste verstan?«

Der einzige Strohkopf unter ihnen mit erweitertem Grundschulabschluss versuchte zu berichtigten: »Die sollen verschwinden ohne 'tut'.«

»Hä? Wie soll das denn gehn?«

»Außerdem heißt das 'woher'.«

»Wie 'woher'?«

»'*Woher* die gekommen sind', du Doof!«

»Woher? Na, zu die ihrm nach Hause. Das is unsa Land. Normal, Alta ey. Nich ihm seins oda von ihm seine Omma, ne. Oda sonst mach ich die, dasse vaschwin. Das gehört mich.«

»Ey, du Dulli, was issn das für ne Spreche?! Voll Dünnsinn. Samma ey, biste Legasdänie oder was?«

»Wat fürn Ding? Was soll das Rumgemache? Hömma auf hier so rumzuspacken. Ich habe erst letzten Monat in die Schule hin gemusst.«

»Die Lehrer müssen dir mal besser sprechen lernen. Hab ich dir schon öfters gesagt. Das gehört 'MIR'!«

»Ja, ok Alta, is dich auch. Aba produzier mich nich imma so mit deim geschwolln Tun. Das hab ich dir auch am öftesten gesagt schon. Biste Streba oder was?«

Und weiter schredderte unverständliches Zeugs durch die aufgeweichten Bregen. Durchhalten!

»Haste Problem?«

»Selba Problem! Pass bloß auf doh. Machst du Stress und so, weißt du. Du bist doch stroh wie Bohnendoof. Ich weiß das, wo dein Haus wohnt, ne, und dann sag ich noch wem anders das und dann biste voll krass die Opfah und so, ey Alta.«

»Ey du Assi doh, halt doch Fresse sonst klopp ich dir voll aufe Omme und dann tu ich deine -zensiert-

Uii, wie ordinär! Der Jugendschutz gibt uns Anlass und Verpflichtung, hier einmal kurz auszublenden und den Erzählfluss zu unterbrechen, denn die moralische Hemmschwelle der transportierten Meinungsbilder in Bezug auf Ausgrenzung und sozialer Gesinnung war zwar unterhalb der Grasnarbe, dafür weit über der Schamgrenze. Peinlich! Ein unwürdiges Gebalge gipfelte in einem klaren Fall von Fremdschämen, denn die defizitären Grundkenntnisse der Protagonisten in Ausdruck, Stil, Diktion und Sprache sind kaum zu ertragen. Die eigendynamische Entwicklung des bilateralen Wortgefechts lässt sogar auf dieser rudimentären Ebene noch Schlimmeres befürchten. Aber trotz eines dramatischen Mangels an intellektueller Kapazität und geistiger Unbeweglichkeit von desorientierten Sprösslingen eines strukturschwachen Familienmilieus mit einem Horizont von jetzt bis mittag, wurden wir in diesem kleinen Diskurs gerade Zeuge eines durchaus beachtlichen Dialogs von niederer Pöbelkultur, der nicht nur einen profunden Einblick in die ideologische Weltanschauung der Beteiligten offenbarte, sondern insbesondere durch seine Brillanz der spitzfindigen Wortklaubereien in der Interaktion bestach, indem man schlicht den allgemeinen sprachlichen Tücken geschickt aus dem Wege ging und eher das begrenzt facettenreiche Spektrum, und jetzt kommen wir langsam zum Ende des Satzes, einer volksnahen Grammatik bevorzugte. Eine verbale Meisterleistung der Extraklasse, sofern man mit schmerzverzerrter Miene die kränkenden Aspekte der Ausgrenzung ausblendet. Es beschleicht selbst dem unbefangensten Betrachter der leise Verdacht, dass der genetische Reifeprozess des limitierten Individuums bisweilen ungewöhnliche Richtungen beschreitet und im schlimmsten Fall sehr frühzeitig in eine geistige Sackgasse führt. Allein die theoretische Fähigkeit, Kenntnisse zu erlangen, steigert nicht zwangsläufig Scharfsinn und Verstand. Obwohl Dummheit auch eine besondere Begabung sein kann, denn diese Verbalakrobaten offenbaren sich mitten in der Diskriminisierung als echte Konifären der komplexiertesten Kommernikation. Allerdings blieb Trullas Vater das Lachen über so viel Dämlichkeit im Halse stecken. Denn in diesem Moment passierte etwas völlig Überraschendes. Es kam von oben. Erst leise, dann lauter. Man stutzte. Der hässliche Konflikt geriet vorerst in den Hintergrund. Was konnte das sein? Feuer? Ja, sah wie Feuer aus! Der Himmel brannte. Ein brennender Feuerball fiel von oben herab. Es kam immer näher. Sämtliche Hälse reckten in die Höhe. Ein brüllendes Ungeheuer, umgeben von einem infernalischen Flammenmeer, ließ die Knie der Streitsüchtigen weich werden. Sie selbst waren es nun, die plötzlich vor lauter Angst die Hosen gestrichen voll hatten. Sollte es die Strafe einer höheren Macht für all ihre Sünden sein? Ereilte sie hier und jetzt das unvermeidliche Ende? Kam das Taxi mit Freifahrtschein zur Hölle? Holte sie der Teufel nun sogar persönlich ab? Zitternd vor Grausen und bewegungsunfähig beteten sie vor ihrer sicheren Abberufung ein letztes Ave Maria und stierten entsetzt auf eine Weltraumrakete, die bedrohlich donnernd im Rückwärtsgang auf der Erde aufsetzte.

»Wir haben's geschafft, Erna. Wir sind da.«

»Ja, ich freu mich so. Das Schönste wird sein, endlich wieder echte Luft zu atmen. Die Erdenluft ist von allen noch die beste. Komm, lass uns aussteigen, ich kann's gar nicht mehr abwarten. Nix wie raus aus dieser Blechbüchse. Es ist nur ein kleiner Schritt für zwei Wölfe.«

Außerhalb des höllischen Himmelsdings bot sich den schockierten Zusehern ein unwirkliches Bild. Mit einem Zischen und Puffen öffnete der Ausstiegssynchronisator die Tür. Eine kleine Treppe fuhr automatisch hervor und aus einer Nebelwolke traten zwei eigentümliche Gestalten heraus, die einem Wolf verdammt ähnlich sahen. Allerdings mit sehr verzerrten Gesichtszügen, denn sie trugen noch ihren Astronautenhelm, der aussah wie eine Glaskugel in der Form eines Lötkolbens.

»Guten Tag, die Herrschaften. Entschuldigung, wir haben eine weite Reise hinter uns und sind sehr erschöpft, könnten Sie vielleicht eine kleine saubere Pension empfehlen, wenn Sie so freundlich wären? Gerne mit Sternblick.«

Das war zu viel. In ihrer Todesangst stoben die eben noch so vorlauten Rotznasen kopflos und schreiend davon, fielen wie tollpatschige Tölpel, in ungeschickter Hast über die eigenen Füße, rappelten sich, nässten ein und rannten weiter um ihr Leben. Die kleinen Hosenscheißer wollten nur noch heim. Heim ins Reich. Immer rechts rum. Zu ihrem Führer – Krätze-Adolf.

»Ach Werner, jetzt haben wir die Ärmsten verschreckt. Wir hätten vorher diesen dusseligen Helm abnehmen sollen.«

»Jau Erna, da kann man nix machen. Nu sind se halt wech. Gibt Schlimmeres. Diese Duckmäuser schienen mir sowieso nicht ganz koscher zu sein. Was für Memmen! Mach dir mal keine Sorgen, wir finden schon noch 'ne schnucklige Herberge. Guter Mann«, sprach Werner daraufhin den einzig zurück Gebliebenen an, »könnten Sie uns vielleicht weiterhelfen?«

»Ja, gerne«, sagte Herr Trullersen freundlich, »kommen

Sie.«

Hexe Schnatterzahns Kräfte neigten sich nach einem endlosen Marsch dem Ende. Das Wetter war schlecht. Die Trübnis verschluckte den Tag. Im sumpfigen Gelände des Moores wimmelte es nur so von gefräßigen Stechfliegen aus Tümpeln, Schlamm, Matsch und breiigen Kuhfladen, die abzuwehren man nach zahllosen juckenden Bissen, aufgegeben hatte. Lange würde sie nicht mehr durchhalten. Der Körper fuhr mit ihr Schlitten. Nur der eiserne Wille hielt sie noch auf den Beinen. Des Weges letzte Meilen trug sie Rolf auf ihren schmalen Schultern. Wegen der Knieverknacksung konnte er keinen einzigen Schritt mehr machen, und Kater, übermüdet, sein Fell nass, strubbelig und verfilzt. Drei abgehärmte Jammergestalten boten einen miserablen Anblick. Aus leeren Augenhöhlen hielt Schnatterzahn Ausschau nach einem Schlafplatz.

»Ich kann nicht mehr, Leute. Wir schaffen es nicht. Wir müssen uns hier ins Freie legen. Die Nacht wird bitterkalt. Es ist gefährlich, aber es bleibt uns nichts anderes übrig. Lasst uns gleich da vorn ausruhen. Wir rücken ganz dicht aneinander, das wärmt. Ich bin müde, hungrig, morgen sehen wir weiter.«

Mit diesen Worten fiel sie schutzlos, fiebrig und völlig entkräftet am Rande des Weges in die dornigen Büsche. Ein nasskaltes Tiefdruckgebiet polaren Ursprungs mit dem ersten feuchtflockigen Schneegraupel des Jahres und einem beißend schneidigen Wind zog über sie hinweg und bedeckte alles mit einem leicht gezuckerten weißen Flaum. Die Kälte kroch dumpf in sämtliche Glieder. Der Frost machte Hände und Füße taub, schmerzte kribbelnd unter der Haut. Die drei Frierenden rückten enger zusammen, litten gemeinsam noch eine kurze Weile, bis ein ohnmächtiger Schlaf sie vorerst vom Gröbsten erlöste. So bemerkten sie gar nicht, wie jemand mit einem einzelnen, aber dafür umso besser geschulten Gehör, auf die drei ausgemergelten Typen aufmerksam wurde. Ein Vormittagländer, der noch einmal mit dem Hund raus musste, entdeckte die halb Ohnmächtigen im Gebüsch, schaute genauer hin und lief fort.

»Beeil dich, wir müssen schnell weg hier«, sprach er zu seinem Hund, »Hilfe holen.«

Ohne groß zu überlegen, stand kurze Zeit später eine vormittagländische Rettungspatrouille neben den geflüchteten ehemaligen Hutzelhausbewohnern und lud sie auf einen einfachen Handkarren. Mit der ungewöhnlichen und ziemlich ramponierten Fracht schuckelten die Samariter durch das Schneegestöber vorsichtig ins Spital.

Erst viel später, mitten in der Nacht, erwachte die Hexe. Sie musste aufs Klo, schaute sich um.

»Was ist denn hier los? Wo bin ich? Rolf? Kater?« Der Raum bot einen behaglichen Anblick. Besonders die kleine Feuerstelle in der Ecke. Rotglühende Holzscheite kämpften erbittert um den letzten Rest ihres Lebens und spendeten dabei netterweise wohltuende Wärme. Ein weiches, trockenes Bretterbett mit duftendem Heu in der anderen Ecke. Darin, dicht an dicht, Wolf Rolf und Kater Kater. Nachdem Schnatz noch ziemlich groggy durch den harschen Schnee hinters Haus schlich und sich bei frostklirrender Kälte, unter einem Baum hockend, kurz den eisigen Wind um ihre entblößte Rückseite wehen ließ, ging sie wieder zurück ins unbekannte Bett, um der weiteren Erholung nicht im Wege zu stehen.

Um kurz vor fünf Viertel Uhr des nächsten Morgens weckte sie die Ankunft der ersten Mahlzeit des Tages. Im Spital zur Rettung verirrter Wandersleute gab es von der Oberin ein kräftiges Frühstück. Kater und Rolf schlabberten selig ihren Schokoladentee. Das Wolfsknie tat unter diesen Bedingungen schon gar nicht mehr weh. Schnatterzahn schilderte Erlebtes:

»Ja, wir mussten fliehen. Ein schweres Unwetter nahm uns die Heimat. Wir hoffen in der Fremde auf ein wenig Hilfe für einen Neuanfang. Schließlich sind wir doch alle Mittagländer.«

»Uns ging es ähnlich«, sprach die Oberin, »auch das Vormittagland ist völlig zerstört. Die Natur kann so schön sein, aber ihren Urgewalten ist man mitunter hilflos ausgesetzt. Allerdings gibt es hier gewisse Probleme mit den Einheimischen. Sie sind leider nicht so hilfsbereit und gastfreundlich, wie wir es erhofften.«

»Nein? Aber wieso? Es ist doch genug Platz für alle.«

»Ja, trotzdem. Sie haben Angst, wir würden ihnen etwas wegnehmen, greifen uns sogar an, dabei wollen wir doch nur mit eigener Arbeit unser Leben leben.«

»Keine Sorge, habt Vertrauen und Geduld, ich bin sicher, die Vernunft wird siegen.«

»Ich weiß nicht, es ist schwierig, Ihre Worte in Gottes Ohr, Fräulein Hexe. Aber nun essen Sie erst einmal, damit Sie wieder zu Kräften kommen. Es wird sonst kalt.«

Damit verschlang Hexe Schnatterzahn heißhungrig dieses neumodische, moderne Gericht – Spiegeleier mit Bratkartoffeln, Zwiebeln und einer ordentlichen Portion geräucherten Specks. Gar nicht so übel.

In unmittelbarer Nähe stand die Laune einer weiteren Reisegruppe unter dem Einfluss von unangenehmen Strapazen besonderer Art. Eine kräftezehrende Expedition über morastgefurchte Pfade führte zu kleineren missmütigen Ver-

211

stimmungen.

»Ach, Schnuckelfee, es ist doch wahrlich eine beschwerliche Kutschreise«, sprach Alfred und nahm gleich noch eine Keule vom gesottenen Hammelfleisch aus dem Vesperkorb. Mit Schmalzkartoffeln. Dazu ein wenig von diesem vorzüglichen Naschwerk. Und ein weiterer Krug Dünnbier konnte auch nicht schaden. »Diese Tortur is' nix für mich«, sprach er schmatzend, »mir ist langweilig und dieses ganze königliche Goldgebamsel kitzelt mich in der Nase. Ich fühl mich beengt, mein Holzbein wird morsch, die Sitzbank ist zu grob, die Straßen sind holprig, mein Hintern tut weh. Er ist bestimmt rot wie ein Fliegenpilz.«

»Ja, und genauso picklig.«

»Ach, du ...«

»Was ist?«

»Du sollst mich nicht immer schimpfen!«

»Jetzt sei doch nicht so quengelig, du bärtiges Sensibelchen. Es dauert nicht mehr lange, dann sind wir da. Schau, da vorne, das müsste es eigentlich schon sein – die neue Siedlung der Vormittagländer.«

»Na endlich!«

»Haltet ein, Kutscher.«

»Sehr wohl, Milady. Brrrr!«

Einhornhufe verklapperten und ein Empfangskomitee hieß die königliche Gesandtschaft mit höfischem Gebaren und nicht ungewandter Zunge willkommen.

»Eure Exzellenz«, begrüßte der Protokollchef mit einer tiefen Verbeugung formvollendet Kronprinzessin Rosemarie, »mein untertänigster Gruß. Erlauben Sie mir, Sie im Namen aller Vormittagländer herzlich willkommen zu heißen und der Hoffnung Ausdruck zu verleihen, dass der Tag Sie wohlauf finden möge und die gesamte Delegation eine recht angenehme Reise verleben durfte.« Alfred grummelte und rieb seinen Ar...m. »Der Attaché avisierte uns bereits Ihre Ankunft. Seitdem ist unsere Freude über die Ehre Ihres Besuchs nur mit Mühe unter Kontrolle zu bringen. Ich bitte um Entschuldigung, Sie sind gewiss ermüdet und trachten vielmehr nach einer kleinen Erfrischung. Wir versuchten für Ihre durchlauchtigste Gesandtschaft ein angemessenes Quartier herzurichten. Die äußeren Umstände waren diesem Bemühen nicht sonderlich günstig, gleichwohl, es sind des Weges nur wenige Schritte. Wenn Sie mir bitte folgen mögen.«

»Seid gegrüßt, guter Mann. Ich danke für Eure freundliche Bereitschaft, mir und meinem Gefolge Aufnahme zu gewähren. So vermag ich Euch gerne zu folgen, damit wir uns ein wenig erfrischen und laben können. Wollen wir doch Eure Gastfreundschaft nicht länger als unbedingt nötig beanspruchen und alsbald wieder die Heimreise antreten. Zuvorderst gilt es jedoch eine Aufgabe zu erfüllen und einen unangenehmen Zwist in die richtigen Bahnen zu lenken. Eine Beratung mit den Verantwortungsträgern Eures Volkes halte ich zu diesem Zwecke für ratsam und geboten. Ich bitte, seid so gut, rufet eine Versammlung kurz vor Sonnenuntergang zusammen, auf dass wir uns einvernehmlich über das weitere Vorgehen beraten können. Sodann, bitte gehet voraus.«

Das Empfangskomitee geleitete die Kolonne des elfischen Friedenscorps den kurzen Weg ins königliche Quartier. Am Ende stapfte Alfred missgelaunt wegen seines geschundenen Piratenpöters und die Gepäckburschen mit dem ganzen Geraffel hinterher.

Werner blickte in der neuen Pension mit Sternblick aus dem Fenster.

»Schau mal, was ist denn da los?«

Schnatz blickte in dem Spital gegenüber aus einem anderen Fenster.

»Schaut mal, Leute, was ist denn da los?«

»Komm mit, Erna, das sehen wir uns näher an.«

»Kommt mit, ihr beiden, das sehen wir uns näher an.«

Was dann vor der Tür, in und an der vorbeiziehenden Kolonne geschah, kann man nur mit der größten Familienzusammenführung seit Elfen-, Wolf-, Hexen- und Sonstwasgedenken bezeichnen.

»Mama?«

»Schnatz!«

»Papa!«

»Schnatterzähnchen!«

»Rosemarie, du auch?«

»Oh Schwesterherz!«

Als nächstes kam eine Wolfsfamilie an die Reihe. Zunächst beschnupperte man sich nur ungläubig. Doch dann:

»Quak.«

»Quak? Wieso quak? Das heißt: Grrrrr!«

»Qurrrrr?«

»Ja, so ähnlich: Grrrr! Du bist doch ein Wolf, du bist unser Sohn!«

»Mama? Papa? Ich denke ihr seid auf dem Mond?«

»Nicht mehr. Die Rakete ist repariert, wir sind zurück!«

Die Emotionen überschlugen sich, wurden unüberschaubar. Vor allem Freude über Freude, aber auch Unglaube, Tränen, Verblüffung, Staunen, Umarmungen, Begeisterung, Gejuchze und immer wieder nicht enden wollende Wiedersehensfreude. Es gab so viel zu fragen und zu erzählen. »Wie ist es euch ergangen?«

»Hexenschule, Brim Borium, Preisausschreiben, quakgrrrr, Hutzelhaus, Mond, Fliegenpilz, Kräuter, Unwetter,

Goldgebamsel, geflüchtet«, waren einige wenige, verständliche Wortfetzen der sich gegenseitig überschlagenden Berichte. Ein großes Gewirr lag einander in den Armen und wollte nie wieder loslassen. »Oh, wie schön« und »ich bin ja so froh« und »endlich sind wir wieder zusammen«, war immer wieder zu hören. Jubel, Trubel, Heiterkeit.

Der Einzige, der diesem ungehemmten Überschwang des Glücks nichts abgewinnen konnte, schlich unbemerkt auf leisen Pfoten wieder in die Spitalstube und schaute dem Treiben mit schwerem Herzen durch das Fenster zu. Kater richtete dabei den Blick und seine Gedanken ins Unendliche. Sie wanderten zum Ende des Himmels, an seine Zurückgebliebene, die leider nicht hier sein konnte. Der Schmerz würde nie vergehen. Einsam lag Kater eingerollt im Stroh. Diesmal verschmähte er den Schlaf. Ein leises Schniefen und Schluchzen kam aus seiner Kehle. Vor der Tür zog das Fest der Glückseligkeit und der Trubel des Taumels weiter. Es drang schon nicht mehr an sein Ohr, als eine dicke Träne aus seinem Augenwinkel kullerte und zwischen den Halmen des Strohs entschwand.

Am Abend hatten sich die größten Wogen der Wiedersehensfreude einigermaßen geglättet. Gestärkt und innerlich gefestigt durch die wiedergewonnene Einheit der Familien, konnte die anberaumte Versammlung voller Tatendrang beginnen. Die große Halle war rappelvoll, die Stimmung gespannt wie ein Flitzebogen. Die Kronprinzessin, flankiert von der königlich anmutigen Mutter, dem mit Schmerzen sitzenden Vater und der schrecklich stolzen Schwester, räusperte sich und trat an das Pult mit dem trichterförmigen Stimmenverstärker. Die Vormittagländer waren ganz Ohr.

»Liebe Freunde, ich begrüße euch zur ersten royalen Sitzung der mittagländischen Friedensversammlung und eröffne hiermit die Beratung und hoffe auf eine konstruktive Debatte. Doch zunächst einmal möchte ich mich im Namen der anwesenden Elfen ganz besonders ...«

»... und Piraten!«

»Psst, Papa, sei ruhig jetzt!« Schnuckelfee knuffte ihn in die Seite.

»Ja ja, schon gut, ich mein ja nur ...«

»Also ..., der anwesenden Elfen *und Piraten* ganz besonders für den herzlichen Empfang bedanken. Nachdem ich mich ausführlich von dem aktuellen Stand der Dinge informieren ließ, dient unser Besuch leider weniger der Pflege freundschaftlicher Beziehungen zu den Mitbewohnern unseres schönen Mittaglandes. Wir kommen heute vielmehr an diesem Ort zusammen, um Lösungswege für ein ernstes Problem zu finden. Ein Problem, welches die Grundfesten des gesellschaftlichen Zusammenlebens auf eine Weise erschüttert, die man nimmermals gutheißen kann. Wir wissen, welch schlimme Katastrophen euch zwangen, die Heimat zu verlassen. Gewiss gab niemand den Ort seiner Herkunft freiwillig auf. Es gab aber einfach keine andere Möglichkeit, um das nackte Überleben der Familien zu sichern. Meine eigene Schwester, die angesehene königliche Diplomhexe mit Auszeichnung Stufe Alpha X1«, Schnatterzahn streckte sich in einem Anflug von Stolz, »erlitt Gleiches erst vor wenigen Tagen am eigenen Leibe. Der Gang des Geschehens unterliegt nicht immer dem freien Willen, sondern mitunter dem Willen einer höheren Obrigkeit. Vertrauen wir ihrer Weisheit und lasst uns versuchen, das Positive darin zu sehen und uns nicht den Blick darauf versperren zu lassen, von einer Handvoll Narren, von einer lauten, nachmittagländischen Minderheit, die in einem Meer der Ignoranz mit ihrem schieren Irrsinn offensichtlich kaum das Talent zu einem angemessenen Verstand zu besitzen scheint.«

Spontaner Zwischenapplaus brandete auf. Rosemarie hob den Arm. Die Menge gehorchte ihr willig wie Butter und mit einem Schlag kehrte wieder Ruhe ein. Alle klebten gebannt an ihren Lippen.

»Danke. Ich danke euch, aber nicht mir gebührt der Applaus, nein, keineswegs. Vielmehr gebührt er denjenigen, die mit einem flammenden Pioniergeist unablässig Tag für Tag ihre Schaffenskraft dem Gemeinwohl zur Verfügung stellen, die aufopfernd schuften, damit es voran geht, damit eine neue Heimat geschaffen wird, damit unsere Nachkommen optimistisch in eine verheißungsvolle Zukunft sehen können.«

Erneut wollte Applaus anschwellen, doch Rosemarie hob nur den Arm. Stille!

»Es ist harte Arbeit, ein langer Weg, der aus unendlich vielen kleinen Schritten besteht. Nicht allein oder mit Gegenwehr können wir ihn gehen, nein, das funktioniert nicht. Herr Trullersen hat es am eigenen Leib ertragen müssen, als er direkt am Ort des Problems Gerechtigkeit erwirken wollte und ausschließlich auf eine verirrte Charakterbildung aus Missgunst, Ablehnung, Übellaunigkeit und Wutanfälle stieß und eine Mauer, arm im Geiste, aus Schimpf und Spott erdulden musste. Nur gemeinsam in Eintracht und Versöhnung sind die Ziele zu erreichen. Ganz gleich, ob ein Ohr, zwei Ohr'n oder fünf Ohr'n. Die Gelegenheit zu einer gelassenen Unterhaltung ist nicht gerade günstig. Trotzdem, lasst uns versuchen, die banale Engstirnigkeit einiger weniger, die diesem Wege Schranken setzen wollen, mit Verständnis, Güte und geschickter Diplomatie zu überwinden und sie von einem Besseren zu überzeugen.«

Applaus, Arm, Ruhe.

»Jetzt ist die Zeit, Gerechtigkeit für alle Kinder Gottes Wirklichkeit werden zu lassen. Lasst uns der Gewalt mit der Kraft der Seele entgegentreten und dabei nicht aus dem Kelch der Bitterkeit und des Hasses trinken, um unseren Durst nach Freiheit zu stillen. Heute sage ich euch, meine Freunde, trotz der Schwierigkeiten habe ich einen Traum. Ich habe einen Traum! Der tief verwurzelt ist im Mittagland. Ich habe einen Traum! Dass eines Tages auf den roten Hügeln die Söhne der Vormittagländer und die Söhne der Nachmittagländer miteinander am Tisch der Brüderlichkeit sitzen können. Ich habe einen Traum! Dass eines Tages die Herrlichkeit des Herrn offenbar werden wird. Das ist meine Hoffnung. Mit dieser Hoffnung werde ich fähig sein, aus dem Berg der Verzweiflung einen Stein des Glaubens zu hauen. So lasst die Freiheit erschallen von den gewaltigen Gipfeln und uns die Hand reichen.

Wir sollten«, ihre Stimme schwoll immer mehr an, »uns nicht vom Hochmut, der die Flammen der Rebellion entfacht, einschüchtern lassen. Wir sollten ihnen scharfsichtig die Stirn bieten, entgegen gehen und die Hand reichen. Vereint für eine respektvolle Aussöhnung, für ein konstruktives Nebeneinander, für eine Einheit in Vielfalt, für eine gemeinsame Zukunft«, jetzt schrie sie energisch, »für ein Manifest des Friedens, der Freiheit und der Brüderlichkeit.«

Noch bevor jemand darauf reagieren konnte, gebot Rosemarie wieder mit ihrem Arm Schweigen. Sie hielt kurz inne, sprach nun ganz ruhig und gedämpft.

»Seid ihr dafür, so gebt mir ein Zeichen.«

Eine konstruktive Debatte hatte sich in den folgenden Fluten der frenetischen Ovationen erübrigt.

Trulla trug Kater auf dem Arm, tröstete und streichelte ihn, was ihm nicht gerade unangenehm war. Sie schauten der Kutsche mit ihrem imposanten Gefolge voller Staunen hinterher. An der Spitze natürlich der engste Führungskreis des aristokratischen Adels. Mit Rosemarie, Schnuckelfee, Alfred und Schnatterzahn. Dazu, an ihrer Seite, eine prächtige Wolfsfamilie sowie Herr Trullersen. Die königliche Verhandlungsdelegation folgte dem Weg ins Hauptquartier der Nachmittagländer, in eine zwielichtige Wirtsschänke ohne Krugrecht, zu ihrem Anführer Furunkel-Jupp. In den nächsten Minuten würde sich die Zukunft ihres Volkes entscheiden.

»Haaalt!«, gab Rosemarie das Kommando, »›Zum durstigen Mundschenk‹, das müsste es sein. Wir sind da. Kutscher, bitte parkiert hier und harrt daselbst bis zu unserer Rückkunft aus.«

»Wie gewünscht, Hoheit.«

So langsam wurde es ernst. Die Nachmittagländer hatten sich, wie so oft, in ihrer Kneipe versammelt, aus der Trullas Vater erst kürzlich noch schmählich vertrieben wurde. Durch die verschmierten Fenster der öden Spelunke sahen die Kneipianer die Königsfamilie kommen. Von dem Aufgebot in Pomp und Gloria ein wenig eingeschüchtert, aber noch lange nicht mundtot. Der große Zampano, Hämorriden-Karl-Heinz, kam nach Verrichtung seiner Notdurft gerade noch rechtzeitig von seinem Thron in der Pinkelbude. Er knöpfte schnell seine Hose halb zu, wischte die Hände am Hemd ab, stapfte vor seine Truppe und betrachtete breitbeinig und mit verschränkten Armen das Kommende. Rosemarie trat ohne zu zaudern ein. Die anderen folgten. Es roch nach literweise Schweiß, nach Omma unterm Arm und nach ... na ja, die Klotür stand halt noch offen. Die jeweiligen Oberhäupter platzierten einander wie zum Duell gegenüber. Es knisterte

219

vor Spannung. Rosemarie ergriff als erste das Wort.

»Guten Tag«, grüßte die Kronprinzessin.

»Tachjen auch«, antwortete Herr Zampano.

»Entschuldigen Sie bitte unseren unangemeldeten Besuch. Ich darf mich vorstellen?«

»Biddschön.«

»Mein Name ist Rosemarie. Ich bin Kronprinzessin des örtlich zuständigen Königshauses und komme zu Ihnen als bevollmächtigte Abgesandte des Friedens. An meiner Seite, die komplette Königsfamilie, Herr Trullersen als Freund und Vertreter der Vormittagländer sowie unsere Wolf-Leibgarde. Darf ich fragen, mit wem *ich* es zu tun habe?«

»Aba woll ja, ihre überkandidelte Hochwohljeborn, klar dürfen se«, antwortete Krampfader-Paule auf seine ihm eigene, typisch rotzige Art. »Icke, wa, icke bin der Kaiser von China. Und de Backfeifenjesichta da, det sind meene Lakaien, wa. Dette is Furzknoten, Pfeifenheini und der Lütte da, det is Flötenaujust der fuffzehnte.« Hinter ihm lachten sich die charmanten Speichellecker scheckig über den geistreichen Humor ihres Chefs. Alfred atmete angesichts der schnodderigen Respektlosigkeit tief durch, hielt sich aber noch zurück. Dat jibbet nit, wat för en Kappes. Do Tünnes hät en Schnüs, dä kann de Spargel quär esse.

»Angenehm, Herr Kaiser, ich bin erfreut, Sie sind ja ein richtiger Komödiant. Aber ich bitte darum, sagen Sie doch einfach 'Rosi' zu mir. Eine interessante Schankwirtschaft haben Sie hier. Sehr nett. Wirklich ausgesprochen nett. Und so geschmackvoll eingerichtet. Eher die ungehobelte Variante, oder? Da möchte man doch gleich ein wenig verweilen. Wie wär's ..., darf ich Sie zu einem Schnaps einladen?«

Die Anwesenden glaubten ihren Ohren nicht zu trauen.

»Aber Rosemarie ...«, mahnte die Mutter.

»Röschen ...«, staunte der Vater.

'Herr Kaiser' taute jedoch gleich auf.

»'n Schnäpsken? Na, brich dich man nich'n Zacken außa Krone. Aba jut, klar, warum nich, is jebongt! Wirtsmann, bring mal zwe Molle mit Korn für mich und meene Rosi hier! Aba nich den billigen Fusel, sonst schepperts inna Kauleiste. Und bisken dalli, wa. Und tu mal noch ne labbrige Bulette inna Wurschtschrippe druff. Der Fraß schmeckt zwa wie eenjeschlafne Füß, aba muss ja ooch wech, wenn Schmalhans Küchnmeester schiebt, wa. Ick sach imma: Ick sitze hier und esse Klops, uff eenmal kloppt's.«

Noch so ein geistreicher Scherz, über den sich leider nur er selbst mit wogendem Bauch ausschütten konnte vor Lachen. Der Wirt brachte die Gedanken schnell wieder aufs Wesentliche.

»Darf ich zu der Bulette vielleicht noch einen kleinen Salat reichen?«, fragte er.

»Salawas? Hastese noch alle? Machn Abflug oder willste mir vajiften tun? Komm Mädel, kümma dir nich um den, setz dir lieba bisken in unsre schicke Destille mit deen Jesinde. Du jefällst ma. Wollt schon imma mal mit son uffjetakelten feenen Pinkel und dem janzen Popanzjeschmiss een bechern. Wat is mit na blubbernden Pullerbrause für deene Flitzpiepn? Oder ooch n paar Fressalien als wie icke?«

»Nein, vielen Dank, Sie sind sehr freundlich, wir möchten Ihre gesellige Runde nicht länger als nötig stören. Ein kleiner Schnaps zur Erfrischung wäre ausreichend. Wir trinken nur in Maßen.«

»Det is jut, ick trink ooch in Massen.«

Die Kronprinzessin und die Kodderschnauze setzten sich an einen einzelnen Verhandlungstisch in die Ecke, während die anderen Gäste an den umliegenden Tischen Platz nah-

men. Schnatterzahn bestellte eine kleine Spezi.

Doch was war mit Rosemarie? Was hatte sie vor? Man verlangte von ihr eigentlich eine weitere saftige Rede, eine Zurechtweisung, oder Ermahnungen und Drohungen im schärfsten Ton, eine Demonstration von kompromissloser Autorität, aber keine Verbrüderung mit der buckligen Mischpoke, mit dieser arbeitsscheuen Bande, die so viel Unfrieden und Angst im Lande stiftete. Was sollte das bloß?

Der Wirt brachte die bestellten Alkoholika.

»Na denn wolln wa uns maln Kleenen zwitschern, wa. Prösterchen, Mädel.«

»Prost! Auf Ihr Wohl, Herr Kaiser.«

»Ach wat, ick bin der Paule. Nischt für unjut, aba dette mitm 'Kaiser' kannste unta Ulk vabuchen. Proscht!« Daraufhin hob der Chef von't Janze den Branntwein nur kurz an die weit geöffnete Kehle, warf seinen Kopf mit Schwung in den faltigen Stiernacken und schon hatte er das Feuerwasser in einem einzigen Zug scheinbar weggeatmet. Übergangslos setzte er dann noch das Hopfengebräu namens 'Molle' an die Lippen und trank einen großen Schluck. Rosemarie hingegen kippte geschickt und unbemerkt das ungenießbare Gesöff rücklings in die einzige Topfblume des Raumes, die ohnehin schon im aussichtslosen Kampf um Licht und Wasser vor langer Zeit kapituliert und lebensüberdrüssig mit selbigem abgeschlossen hatte.

»Det isn jutes Tröpfchen, wa?«, prahlte Paule Kaiser und biss in seine Bulette, die, anders als die flüssigen Häppchen, scheinbar nicht so ganz seinen Gefallen fand. Eben noch voller Genuss wegen des vorzüglichen Gebräus, verzog er nun angewidert das Gesicht. »Bäh, wat isn det für ne Moppelkotze, die is ja völlich vajammelt«, bölkte er mit vollem Mund zum Wirt, »ick gloob, ick spinne. Ey du Fatzke, ick krich hier gleich die Pimpanelln, wat hastn mir da anjedreht? Willste mir behumpsen? Det Jeschmadder kannste dir dahin schiem, wo de Sonne niemals schein tut. Is die wieda von deener Ollen, der dussligen Spinatwachtel? Det trutschije Waschweeb soll lieba ma uffräum. Ick werd dir wat vaklickan. Pass bloß uf, doh, sonst jibt's mal eene jeschallert und 'n bisskken Dresche obendruff, wa!«

»Aber Bulette ist die Spezialität des Hauses«, versuchte der Wirt seine Delikatesse vor dem vergrätzten Gast zu verteidigen.

»Ooch noch Widerworte, unser Sternekoch. Biste malle in deener Matschbirne? Oder meschugge? Kannste dir aussuchen, Jenosse.«

»Ich bitte, Herr Paul, nur auserlesene und feinste Zutaten finden den Weg in meine Küche.«

»Ach, halt doch die Goschn. Dit hammwa jerne. Weeste wat? Weeste wat de bist? Weeste dat? Stuss redste. Dat biste!«, lautete die flapsige Antwort. Dicke Spucketröpfchen mit halb verdauter Bulette spritzten dabei über den Tisch. Letzte Reste wurden zwischen den wenigen fauligen Zahnstumpen gepult. Die offensichtlich zu beanstandende Qualität der hausgemachten Fleischspeise hielt ihn jedoch nicht davon ab, gleich noch einmal abzubeißen. Verschmierte Senfreste zierten sein Kinn. Rosemarie glaubte noch zu bemerken, dass seine Blicke ein leichtes Unwohlsein auszudrücken bestrebt waren, als ihm kurz die Kontrolle über seinen äußeren Schließmuskel entglitt. Er ließ einen ziemlich üblen Koffer stehen. Er flatulierte.

Ich darf kurz erklären: 'Flatulieren' gehört weder zu einer besonderen Form der Grundrechenarten noch ist es etwas zu essen, eher zu pusten, durchaus natürlich, aber unschicklich. Ein strenger Wind knetete durch den Raum.

»Hupps, Schullijung! Ick gloob, ick muss uffs Lokus. Wenn da man nich 'n flotter Dünnpfiff von wird. Aba vorher brooch ick noch een fürn Majen. Trinkst noch een mit, Mädel?«

»Sehr gern«, stöhnte Rosemarie, deren besondere Aufmerksamkeit nun allerdings erst einmal dem Herbeifächeln von so etwas Ähnlichem wie frischer Luft galt.

Herr Trullersen, der bislang das Treiben aus dem Hintergrund ungläubig beobachtet hatte, verstand die Welt nicht mehr. Er verlor jede Hoffnung, als er merkte, dass die Kronprinzessin offensichtlich auf die Seite ihrer Kontrahenten überwechselte. Er hatte eigentlich etwas völlig anderes erwartet und ging maßlos enttäuscht über diese tiefbetrübliche Entwicklung der Geschehnisse, wortlos, ohne einen weiteren Kommentar, aus dem Lokal. Die Nachmittagländer jedoch johlten bester Laune drauflos und fühlten sich in ihrem eigenen Revier stark wie Oskar. Der Wirt brachte die zweite Runde.

»Oh, na sowat, jetzte is ihr Herr … Dingenskirchen … ihr Herr Pullasn eenfach abjedampft, wa. Ooch ejal.«

»Nichts für Ungut, aber er heißt Trullersen.«

»Mir doch wumpe, aba meinswejen, Tullasn. Prostata!«

»Prost.«

Es folgte das gleiche Spiel. Ein Schnaps landete zwischen den alles schluckenden Magenwänden eines gewaltigen Bauches, der andere unbemerkt im Blumentopf. Alfred hielt es nicht mehr auf seinem Platz. Er hätte zwar auch gern so ein Schnäpperken getrunken, aber der Auftrag war zu ernst, um hier diesen Mumpitz aufzuführen. 'Klack-bum-klack-bum-klack-bum', machten die Holzbeinschritte. Er stellte sich neben seine Tochter und sprach in strengem Ton. Seine Stimme klang gepresst.

»Rosemarie! Ich versteh' dich nicht mehr, was machst du denn da mit diesem Trunkenbold? So geht das nicht. Lass das! Dieser Heini mit seiner Kohorte, das sind doch alles falsche Fuffziger. Vergiss nicht, wozu wir hier sind. Ich lehrte dich damals zwar das Schnapsbrennen, aber gleichzeitig auch die Gefahren ...« Weiter kam er nicht.

»Prinz Alfred Göbel-Meierhoff«, herrschte Rosemarie ihn an, »Sie gehen sofort wieder an Ihren Platz! Stören Sie gefälligst nicht die notwendigen politischen Amtshandlungen. Es sind wichtige Konsultationen auf allerhöchster Ebene, die weder Unterbrechung noch Aufschub erfahren dürfen. Bitte bedenken Sie das. Tummelt euch!« Allen stockte der Atem. »Papa, vertrau mir, ich mach das schon«, flüsterte sie noch leise hinzu. Alfred druckste rum und grummelte Unverständliches in seinen Bart. Wenig überzeugt ging er aber dann doch widerwillig zu seinem Platz zurück. Gnatzig, bedröppelt und angesäuert verstand er nach diesem Anfratzer die Welt nicht mehr. Prinzessin Schnuckelfee warf Schnatz einen vielsagenden Blick zu. Beide glaubten zu begreifen und schwiegen still.

»Jenau Jöbelhoff, kiek nich so wie ne Öljötze. Bestell dir doch och ne jepflegte Pilsette und denne kannstn Abjang machen. Allet in Butta hier, wa.« Alfred musste wieder gaaanz tief durchatmen, um wegen diesem dämlichen Dämlack keinen Rabatz zu machen. Rosemarie zeigte sich wenig knauserig und beruhigte die Gemüter auf ihre Art.

»Herr Wirt, eine Lokalrunde bitte!« Damit hatte sie die unterhopften Nachmittagländer endgültig auf ihrer Seite. Der Widerstand dieser hündischen Kriecher war gebrochen. Erst recht, als sie noch die vierte und fünfte Runde dem Volk spendierte. Es hatte die übliche Folge, dass jene, die nicht allzu viel vertrugen, in ihrem Suff ziemlich angeballert wirkten. Aktuelle Lagemeldung: Angetütert bis Oberkante Unterlippe. Es wurde um manche zappenduster. Sogar Fußpilz-Schorse wirkte schon ordentlich knülle und hatte Schlagseite. Der Blick glasig, die Sinne benebelt, die Zunge schwer. Darauf hatte Rosemarie nur gewartet. Es kam der Moment der Entscheidung. Sie setzte alles auf eine Karte und ging zum Frontalangriff über.

»Ach übrigens, Herr Paule, was ich noch sagen wollte, nur eine Kleinigkeit: Was halten Sie davon, wenn wir die neuen Mitbewohner, die ihre Heimat notgedrungen und unfreiwillig verlassen mussten, in unserem schönen Mittagland wohnen und arbeiten lassen? Die haben es nicht leicht und tun doch keinem 'was. Ist doch genug Platz für alle da.« Plötzlich zauberte Rosemarie eine vom königlichen Advokaten heimlich vorbereitete Schriftrolle hervor, »Sieh mal, ich habe hier einen schönen Vertrag, der hüben wie drüben eine friedliche Nachbarschaft sichern würde. Das Schwarze sind die Buchstaben und Sie brauchen nur Ihre Unterschrift drunter …«

»Wat? Wat soll ick? Ach ne, brooch ick nur die Untaschrift drunter, wa?! Is ja doll. Nachtigall, ick hör dir trapsen. Oda hab ick mir vahört? Wat isn dette für ne famose Chose? Die Eenohrn solln wa hier hocken ham? Die Eenohrn? Janz jroßes Kino. Ick gloob, mir hackts! Aba jewaltig! Son Larifari machen wa hier jarantiert nie nich. Ne ne, Mädel, nich mit uns, vajisset, nischt zu wollen. Dette haste aba fies ooskla-müsat. Willste uns verhohnepiepeln oder willste uns vajacke-iern? Rinlejen kann ick ma ooch selba, wa. Für solche Kinkalitzchen broochen wa dich nich für zu.«

Vom Schnaps befeuert wurde der große Anführer laut und pflanzte sich herrisch vor Rosemarie auf. Das hätte er lieber nicht tun sollen, denn nun folgte Leibgardist Rolfs große Stunde. Er trat drohend wenige Schritte vor, gab den Blick auf seine respektablen Zähne frei und machte:

»Grrrrr!«

Kein 'Quak', kein 'Qurrr', sondern ein ganz natürliches 'Grrrrr', aus tiefster Kehle. Er erschrak innerlich über diese ungewohnten Laute, zuckte aber äußerlich mit keiner Wimper. Schnatterzahn freute sich im Hintergrund darüber wie Bolle. Rolf nicht minder. Er machte es gleich nochmal. »Grrrrr!« Klang gut. Er fühlte sich stark, wie ein Löwe. Seine Eltern, Werner und Erna, traten ungleich weniger drohend mit gesträubten Nackenhaaren an seine Seite. Es wirkte. Der große Anführer der Nachmittagländer wich zurück und gab nach.

»Is jut, is jut, plusta dir ma nich so uff. Ihr jebt ja an, wie Graf Koks vonna Jasanstalt.«

»Grrrrr!«

»Nu pfeif mal deene Fiffis da zurück, wa.«

Rosemarie versuchte mit bewährten Methoden zu beschwichtigen.

»Herr Ober, zwei Schnäpse bitte!«

»Kommt sofort!«

Rosemarie ließ nicht locker.

»Aber Paule, ich finde, ihr könntet das ruhig mal machen.«

»Ne, könn wa nich.«

»Klar, könnt ihr das.«

»Ne!«

»Doch!«

»Wieso?«

»Weil das Geheimnis des Könnens nur im Wollen liegt.«

»Hä?«

»Schau doch bitte nochmal. Der Vertrag ist wirklich zu deinen Gunsten. Keine tückischen Fallen, keine hinterlistigen Fußangeln oder billige Tricks. Du brauchst doch nur die

Leute zu dulden und sie in Frieden leben zu lassen. Mehr wollen wir doch gar nicht.«

»Ne, niemals! Niemals duld ick ooch nur een eenziges Eenohr uff dem Jelände! Nur üba meen Kadaver, da kannste Jift druff nehm, Mädel. Niemals! Haste verstandn? Niemals! Punkt, Ende, Aus!«

»Als Gegenleistung bekommst du aus der Königsschatulle jeden Monat ein Fass Freibier.«

»Wat?«

»Freibier!«

»Hab ick Freibier jehört?«

»Volltreffer!«

»Wieville?«

»Ein Fass.«

»Een janzet Fass?«

»Goldrichtig.«

»Vonna Molle?«

»Von dem alkoholisch gehopften Wasser, ja.«

»Wie oft?«

»Jeden Monat.«

»Jeen vaflixtn Monat?«

»Stimmt genau.«

»Von dir Mädel ihr Zaster?«

»Bingo.«

»Ick gloobs nich. Für lau, für janz umsonst?«

»Dafür bürge ich.«

»Und wieso machste det jetzte allet?«

»Weil ich es kann.«

»Und wat is mit Schnapsikalien?«

»Vergiss es.«

Der Wirt kam an den Tisch und unterbrach kurz die knüppelharten Verhandlungen.

»Soo, zwe Schnäpseken die Herrschaften. Biddeschön.«

»Vielen Dank.«

»Prosthese!«

»Prost, Paul.«

Einer schluckte, eine schüttete.

»Und noch was, Paul.«

»Ja, wat denn noch?«

»Es gibt Gerüchte, dass in deinen Kreisen jeder Hans und Franz mit diesen kleinen Feuerwaffen durch die Gegend schlufft. Das erkläre ich hiermit für unzulässig.«

»Na und?! Mir doch piepe, son Nonsens.«

»Solche gefährlichen Heimlichkeiten sind mir aber äußerst lästig. Das ist unter aller Kanone. Deswegen habe ich entschieden, dass ihr eure sämtlichen Schießprügel abgebt. Ich will hier keine einzige jemals mehr hören oder sehen.«

»Watn det nu noch fürn Halligalli?! De Ballamänna broochen wa doch zu unsa Selbstvateidijung. Wat issn, wenn uns eena mit son Apparillo anjreifen tut? Dann sind wa doch die Jelackmeierten.«

»Nu mach mal halblang, mein lieber Freund. Unter uns Pastorentöchtern, wer soll euch denn angreifen? Die Heilsarmee? Noch heute kommt meine Ordonnanz und sammelt alles, ich sage ALLES, ein, bis auf die letzte Bleispritze. Und wenn ihr euch an die Regeln haltet, steht ihr unter meinem persönlichen Schutz. Und dem meiner Leibgarde. Das ist jetzt ein königlicher Befehl, sonst reden wir beide mal Tacheles!« Und in einem unmissverständlichen Ton, der keinerlei Widerrede duldete: »Ich hoffe, wir haben uns verstanden, mein lieber Paule!«

Paul verfiel in tiefes Grübeln. Die Zukunft des Mittaglandes glich in diesem Augenblick einem Tanz auf des Messers Schneide. Es stand Spitz auf Knopf. Man hörte nur noch die

Motten um die einzige trübe Funzel des Raumes flattern. Es folgten bange Sekunden der Ungewissheit. Dann wurde das alles entscheidende Urteil verkündet. Paul blies die Backen uff ... äh, auf und sprach:

»Ach, jeh mir doch vom Acker, der Deibel soll dir holn, her mit deener Schmieralie. Wo soll ick untaschreim?«

»Hier!«

Die Kronprinzessin reichte dem weichgekochten Beschwipsten eine Tintenfeder und der des Lesens Unkundige setzte seine drei Kreuze unter den völkerrechtlich verbindlichen Kontrakt. Rosemarie ließ ein wenig Wachs einer Kerze drauftröpfeln und drückte das königliche Siegel auf das Dokument. Damit hatte sie ihr Ziel erreicht. Die Zukunft der Vormittagländer und der Frieden im gesamten Mittagland waren gesichert. Sie schüttelte ihrem Gegenüber feierlich die Hand. Ein denkwürdiger Moment, der in die Geschichte einging und von dem Generationen später noch berichteten.

»Paul - ich freue mich auf eine gute Nachbarschaft!«

»Jute Nachbaschaft? Jute Nachbaschaft is doch jehupst wie jeschuckelt. Weeste Mädel, wat ick imma sajen tu:

Säufste - stirbste. Säufste nich - stirbste ooch. Also säufste. Allet andre is schnullibulli. Un jedn Tach blau, is oochn jeregeltes Lem. Vastehste? Da denk ma druff rum!«

»Paul, danke für das Vertrauen. Ich werde mir deine philosophischen Weisheiten zu Herzen nehmen, obwohl ich auf den ersten Blick befürchte, die Dinge sind ein wenig komplexer. Also dann, ich wünsche noch einen schönen Abend, mach's gut, auf Wiedersehen.«

»Jau, wa.«

Rosemarie zahlte die Zeche. Mit der großzügigen Silberdublone konnten die neuen Handelspartner ihren Durst noch eine Zeit lang stillen. Die Polizeistunde wurde an diesem Abend großzügig missachtet. Schließlich verließ die Gesandtschaft gemeinsam den Raum. Auf dem Weg zur Kutsche und dem geduldig wartenden Ottokar schickte eine wiederbelebte Topfpflanze einen letzten Gruß durch das schmierige Fenster, indem eine neue Knospe vom unerklärlichen Wunder der Natur zeugte.

Rolf wurde als Überbringer der frohen Kunde vorausgeschickt. Als die Kutsche bald nach ihm eintraf, bildeten die überglücklichen Vormittagländer im Rausch des Triumphs ein dichtes Spalier aus Jubelgeschrei und Freudentaumel. Hüte flogen durch die Luft, eine bunte Konfettiparade aus langen Papierschlangen tanzte schwirrend vom Himmel, die Kapelle tönte mit Pauken und Trompeten aus vollen Rohren in allen Ohren.

Die Kutsche hielt. Alfred stieg aus und rieb seine Rückseite. Schnatterzahn folgte. Kater kam sofort angerannt und streifte schnurrend um ihre Beine. Danach schritt die stolze Mutter Schnuckelfee heraus, die ihrer Tochter den großen Erfolg von ganzem Herzen gönnte. Als letztes entstieg würdevoll die Kronprinzessin aus dem königlichen Gefährt und winkte ihrem treuen Volk. Respekt und Anerkennung schufen eine Gasse. Herr Trullersen ging auf sie zu und verneigte sich tief.

»Majestät, ich bitte um Entschuldigung. Als ich ging … ich glaubte … ich wusste ja nicht … wie haben Sie es nur geschafft?«

»Mein Freund, lieber Herr Trullersen, ich mag es Ihnen gern erzählen. Es ist gar nicht so schwer, denn bedenket, fest in Stein gemeißelte Ansichten kann man weder mit einer wasserdichten Rechtfertigung noch mit Geld und warmen Worten aufbrechen. Trotzdem ist es kein Hexenwerk. Zunächst darf man niemanden von vornherein ausgrenzen aus der Gemeinschaft, sondern versuchen zu helfen, auch wenn es schwerfällt. Möglichst unbemerkt und unauffällig, sonst gibt es eine dauerhafte Abspaltung, eine Trennung der Gruppe, die in ihrer eigenen Geschlossenheit fanatisch wird und dadurch keinerlei Zusammenarbeit mehr zulässt, was hinterher kaum wieder geflickt werden kann. Dann muss man sich nur noch auf die Leute einlassen, ihre Sprache sprechen, anfangs erstmal kleine Brötchen backen, um sie glauben zu lassen, sie wären die Größten, dabei Vertrauen gewinnen, versöhnliche Worte wählen, Rücksicht nehmen auf Unzulänglichkeiten und auf gleicher Ebene anpassen, ohne sich von albernen Drohgebärden durch Autorität und sicheres Auftreten einschüchtern zu lassen. Persönliche Eitelkeiten sind unbedingt vorher an der Garderobe abzugeben. Man muss darüber hinaus Verständnis aufbringen, andere Sichtweisen akzeptieren sowie *über* den Dingen stehen und bereit zu Kompromissen sein. Und vor allem, man muss sie mit ihren eigenen Waffen schlagen! Ein gemeinsames Miteinander ist immer besser, als ein selbstsüchtiges oder herrisches Gegeneinander. Eine noch tiefere Spaltung der Rivalen würde nur weiteren Unfrieden stiften, der außer Kontrolle geraten kann.

»Moment, nicht so schnell, bitte langsam zum Mitschreiben.«

Gewalt erzeugt immer Gegengewalt. Schreiben Sie sich das ruhig hinters Ohr. Gewalt erzeugt immer Gegengewalt! Am Ende gäbe es auf beiden Seiten nur Verlierer. Es ist ganz entscheidend, diese Gewaltspirale emotionslos mit kluger Vernunft und scharfem Verstand zu durchbrechen. Niemals hört Streit durch Streit auf. Streit hört nur durch Vergebung und Versöhnung auf.

Das Wichtigste jedoch ist, man schafft es niemals allein.

Man braucht dazu immer genügend Gleichgesinnte, die Familie und gute Freunde. Und ein bisschen Glück. Das ist dann aber auch schon alles. Keine große Sache. Eigentlich ganz einfach.«

»Genial!«

Noch am selben Abend stand nach getaner Arbeit der Aufbruch zur Rückreise ins Elfenwunderland unmittelbar bevor. Letzte Gastgeschenke wurden überreicht. Besonders ein dickes Polsterkissen für zartbesaitete Körperteile notleidender Piraten rief größte Begeisterung hervor. Trulla trauerte dagegen ein wenig, weil sie von ihrem neuen schnurrigen Freund schon wieder Abschied nehmen musste. Ansonsten sonnten sich alle im warmen Glanz der Zufriedenheit. Die Einhörner mussten von ihren Heuraufen lassen und setzten mit einem kräftigen Ruck die Kutsche in Bewegung. Langsam verblasste das Licht des Tages. Eine Nachtfahrt stand bevor. Doch Ottokar führte das königliche Gefährt mit seiner gütigen Ruhe sicher über die zerfurchten Wege in Richtung der untergehenden Sonne. Rosemarie, Schnuckelfee, Alfred, Schnatterzahn, Kater, Rolf, Werner und Erna warfen gemeinsam einen letzten Blick zurück und winkten. Sie sahen, wie über den Häusern die neue Fahne der Eintracht wehte. Die Fahne mit dem Kreuz aus einem Ohr und einem Bierfass sowie auf besonderen Wunsch mit dem neuen Wappen des Königshauses: Schwarze Blume auf schwarzem Grund.

Unbeschwert kehrte die Königsfamilie in die Heimat zurück und hinterließ nach erfolgreicher Staatsmission ein vereintes Mittagland in Frieden, Freiheit und Brüderlichkeit.

Den Winter im Schloss prägte das Hochgefühl über erfolgreiche Familienzusammenführungen auf allen Ebenen und eine wieder hergestellte Ruhe im Lande. Eine intensive Phase der sorglosen Unbekümmertheit folgte. Rolf perfektionierte seinen neuen artgerechten Wolfsprech mithilfe seiner Eltern: »Grrr, grrr, grrr.« Hexe Schnatterzahn sammelte wieder täglich in den verschneiten Wäldern die regionale Eiskräutervegetation und linderte damit als neue Medica die kleinen Wehwehchen der Elfenwunderlandbewohner. Kater entdeckte in einer versteckten Nische des Schlosses die Bequemlichkeit einer samtenen Chaiselongue im recht mondän wirkenden Zimmer aus Bernstein. Wohlhäbig und ruhefreundlich bettete er trotz einer kleinen dunklen Wolke, die noch immer über ihm schwebte und lange Zeit ziellos im Strom des Lebens treiben ließ, zufrieden seinen Körper auf einem erlesenen Brokatkissen und verfiel regelmäßig in einen chronischen Dämmerzustand. Schnuckelfee dankte dankend endgültig ab und krönte Rosemarie zur alleinigen Königin des Staates. Werner und Erna hüteten sich vehement vor der Teilnahme an einschlägigen Preisausschreiben. Sie genossen immer noch von ganzen Lungen die beste Luft der Welten. Und Alfred wechselte endlich einmal seine Unterhose.

So hätte es ewig weitergehen können. Doch das einzig Konstante ist die Veränderung. Nur ungern überließ ein langer Winter nach einem letzten Aufbäumen dem selbstbewusst drängenden Frühling die Verantwortung für das Wetter. Die Sonne ging wieder großzügiger mit ihrem Licht um und spendete üppige Wärme. Die ersten Blümchen streckten ihre Hälse in den Himmel. Bäume belaubten ihre kahlen Äste und strotzten vor Kraft mit einem frischen, saftigen Grün. Die Vögel tschilpten übermütig ihren vielstimmigen Gesang oder suchten für die Planung der Nachkommen das Nistmaterial im niederen Gestrüpp. Wohin man schaute erwachte neues jungfräuliches Leben. Geeignet, um selbst das anspruchsvollste Gemüt mit Harmonie zu sättigen. Oh Freude schöner Götterfunken.

Sogar Kater sah man gelegentlich wieder außerhalb der Schlafgemächer spazieren gehen. Er wilderte im Schlossgarten auf der Suche nach unschuldiger Mäusenahrung und steckte mit dem Kopf tief in einem Mauseloch. Sein Hinterteil ragte senkrecht in die Höhe, als jemand an ihn herantrat und seine entgegen gestreckte Rückseite unvermittelt ansprach.

»Pardon, excuse moi monsieur, parlez-vous français? Je rechercher mon ami.«

Kater schlüpfte ungeschickt aus dem Loch. Sein Gesicht war mit Erde verdreckt. Eine Maus zappelte noch kopfüber mit dem Schwanz in seiner Futterluke.

»Rescher… was?«

Plötzlich verschlug es ihm die Sprache. Ein Blitzen trat in seine Augen. Er konnte nicht glauben, wen er vor sich sah.

»Suzette? Suzette bist du es?«

»Katöör?«

»Oh Suzette, Suzettchen!«

»Katöör! Katöör, mon ami!«

Was für eine freudige Überraschung. Damit hatte niemand gerechnet. Unversehens verknäulten sich zwei Fellknäuel knotengleich ineinander. Ihre Silhouetten verschmolzen zu einem einzelnen Schatten. Als ob man keine einzige Sekunde getrennt gewesen wäre. Sie herzten und kosten wie Ertrinkende. Es gab kein Halten mehr. Die Maus nutzte die Gelegenheit und suchte das Weite.

»Suzette, wie hast du es geschafft?, wie kommst du hierher?, wie lange bleibst du?, wie …? und wo …? und was …?« Sein Sprachzentrum geriet wieder nah an den Rand der äußersten Leistungskapazität. »Oh Suzettchen ..., Suzett-chen!«

»Mein Katöör, das 'erz kennt keinö Entfernung. Isch fühlte misch maladiös vor Sähnsuchte, nahme einfaach das nächstöö Schieff un' 'euertö als Chäfin där Mäusäfängär-brigadö aan.«

»Suzette, wie wunderschön, das ist ja unglaublich. Ich … ich … ich hätte so gerne die Maus mit dir geteilt. Jetzt ist sie weg. Willst du ..., ich meine ..., willst du stattdessen das Le-ben mit mir teilen? Willst du? Heirate mich! Bitte! Schätäm!«

»Oh Katöör, isch will, d'accord et comment - oui, oui oui!«

Nach diesem Einverständnis der besonderen Art, schnurz-ten die beiden in der Vorfreude, künftig gemeinsam im Fahr-wasser des Lebens zu schwimmen, noch liebestrunken eine Weile weiter. Wer kann es dem Herzen schon verwehren, wenn es im Sog der Sehnsucht schreit und ihre triste Steppe in den leuchtenden Farben des Regenbogens grell erblüht. So wollen wir schnell den Blick abwenden, denn die Hochzeits-planungen sollten beginnen.

Eine Schar flinker Elfenboten überbrachte die Einladungen bis in den entlegensten Winkel Amrosiens und darüber hin-aus. Die Vorbereitungen verliefen in Rekordzeit. Der glückli-che Akt der Vermählung nahte. Natürlich Kaiserwetter. Die Gästeliste war lang. Niemand wollte sich den freudigen Staatsakt entgehen lassen. Die Kirche platzte aus allen Näh-ten. Die Vorfreude kroch bis in den letzten Zehennagel. Ka-ter stand mit fescher Fliege um den Hals am Altar der klei-nen Kapelle und brannte mit ungeduldigem Herzklopfen auf seine Braut. Er ließ den Blick über die vollbesetzten Bänke schweifen.

Dort saß in der ersten Reihe die höchste Vertreterin des Landes, Ihre Durchlaucht Königin Rosemarie, im prächtigsten Elfengewand mit funkelnder Krone. Daneben, nicht weniger prunkvoll, Schnuckelfee, die Mutter aller Elfen. An ihrer Seite, Alfred. Der Tischler hatte ihn ordentlich rausgeputzt und extra sein Holzbein fein poliert und mit frischer Firnis geölt - todschick. Trauzeuge Rolf wartete in erwartungsvoller Nervosität. Ein inzwischen berühmter Mann war als besonderer Ehrengast anwesend - Käpt'n Colombo. Begleitet von seiner lieben Frau, Madam Erika. Werner und Erna, ganz zünftig, ohne Lötkolbenhelme. Den weiten Weg von der umbenannten Karl-Huusen-Hexen-Akademie hatte Sigrid gerne in Kauf genommen. Ihr Begleiter, Oberkriminalhauptinspektor Hasenfuß, machte sich neuerdings glühende Hoffnungen und ließ nicht in seinem polizeilichen Bemühen nach, um ihre Gunst zu buhlen. Seine Pfeife in der Hosentasche blieb heute allerdings kalt. Nicht zuletzt, eine in Frieden lebende Familie Trullersen. Tochter Trulla gönnte ihrem Freund Kater sein Glück. Trotz einer klitzekleinen Eifersucht.

Katers Blick wanderte weiter, über die vielen Gäste und Freunde, die ihn an seinem schönsten Tag begleiten wollten, als die Glocken zu läuten begannen. Der festliche Klang der brummenden Orgelpfeifen schwoll zeitgleich mit den Fanfaren an, sodass die Kirchenfenster in ihren Sprossen erzitterten. Jetzt setzte der Elfenchor stimmgewaltig ein. Liebliche Minnesänger intonierten in höchsten choralen Tönen. Die Herzen bubberten wie wild. Dann kam der große Moment, auf den alle ungeduldig gewartet hatten: Die Braut. Da war sie. Durch das prunkvolle Kirchenportal betrat sie erhaben die Kapelle und schwebte im sanften Schritt heran. Noch schöner als je zuvor. Ein 'Aah' und 'Ooh' ging durch die Reihen. Zwei Blumenmädchen im rosa Taftröckchen zierten ihren Weg mit bunten Blütenblättchen. Man musste zweimal hinsehen, um die niedlichen Brautjungfern Hexe Schnatterzahn und ihre Spuckeschwester Freya zu erkennen. Die Blicke der Brautleute trafen sich. Darin, die klare, treue Freude der Liebe, die die Herzen erfüllte sowie ein strahlendes Leuchten, dass sie im Liebesglanz blendete. Kater hatte einen dicken Kloß im Hals, der ihn schwer schlucken ließ. Er verdrückte eine Träne, diesmal vor Rührung, und ein Feuerwerk der Gefühle explodierte in seinem Innern, als er ihre Pfote in die seine nahm und das Schimmern in ihren Augen sah.

Das höfische Zeremoniell in einem Traum von Glanz und Adel zur Verbindung zweier Leben stand unmittelbar bevor. Die beiden knieten Seite an Seite nieder. Merkten im Rausch der Gefühle gar nicht genau, was um sie herum geschah. Die Zeit verrann wie ein Wimpernschlag. Sakralmusik und Glockengeläut ebbten ab, als der geistliche Patriarch, seine apostolische Excellenz der Domvikar und Erzprior, ein gewisser Smørre, im festlichen priesterlichen Gewand, hinter seinem Altar hervor trat und den salbungsvollen Schwur der ehelichen Zusammengehörigkeit unter den frommen Blicken des Volkes mit der gebotenen Andacht einleitete. Die geheimnisvolle Reise in den wunderschönen Nebel der Ewigkeit einer Liebe begann.

»Willst du, Kater, diese hier anwesende Suzette Bardot zu deiner Frau nehmen, sie lieben, ehren und achten, die Mäuse mit ihr teilen, in guten und in bösen Tagen, bis dass der Tod euch scheidet? So antworte mit: Ja!«

»Ja, klar will ich!«

»Willst du, Suzette, diesen hier anwesenden Kater Kater zu

deinem Mann nehmen, ihn lieben, ehren und achten, ihm ausreichend Schlaf gönnen, in guten und in bösen Tagen, bis dass der Tod euch scheidet? So antworte mit: Ja!«

»Oui, je veux, isch will!«

»Damit erkläre ich euch, kraft meines vom gütigen Herrgott verliehenen Amtes, rechtmäßig zu Mann und Frau! Möge der Schutz des Himmels und aller guten Mächte mit euch sein und auf eurem Weg in eine gemeinsame Zukunft begleiten. Friede sei mit euch.«

Mit einer vereinenden Geste und einem wissenden Blick nach oben, lächelte Hochwürden und gab ihnen den Segen des Allmächtigen.

»Herr Kater, Sie dürfen die Braut jetzt küssen.«

»Nichts lieber als das, Monsignore.«

Daraufhin beugte sich Kater unter dem Schniefen der Rührung vieler Anwesenden vor, Suzette beugte sich ebenfalls vor, sie schürzten in freudiger Erwartung einer sanftsinnlichen Berührung als weithin sichtbares Zeichen der Zusammengehörigkeit begehrend die Lippen, schlossen die Augen, kamen einander ganz nah, spürten den zarten Hauch des Atems, und dann … bedeckte Hexe Schnatterzahn geschwind die intime Vertraulichkeit mit einem Regen aus bunten Blumen. Dabei wandte sie noch einmal den Kopf über die Schulter und lächelte uns verschmitzt mit einem zwinkernden Auge an.

Schon wieder scheint es geboten, immer wenn es gerade spannend wird, unsere Aufmerksamkeit diskret vom Geschehen abzuwenden. Gönnen wir den Liebenden unbeobachtete Momente des Glücks, lassen den Lauf der Zeit ausgiebig wirken und beschließen die Tagträume der Phantasie, um leise Lebewohl zu sagen, und Abschied zu nehmen von unseren

Freunden, von unseren kleinen und großen Helden des Mittaglandes. Dort, wo ein jeder versucht, den Schwierigkeiten des Alltags zu trotzen, ihnen die Stirn zu bieten, im gemeinsamen Kampf gegen die Ungerechtigkeiten dieser Welt, im Bestreben, die Geheimnisse des Miteinanders in den Mysterien der Wirklichkeit zu ergründen, im Willen, die Welt jeden Tag ein bisschen friedlicher zu machen und im ewiglichen Bemühen um ein besseres Leben. Nicht nur für sich selbst, auch für die Gemeinschaft, die Familie und vor allem für unsere Zukunft, für unsere Kinder.

Epilog

Schnell verflog die Zeit. Im Gleichschritt mit der Chronologie des Geschehens erwies sich das Labyrinth des Lebens keineswegs als schnurgerader Strich. Es war voller Kurven und Schlaglöcher, voller Irrungen und Wirrungen, voller Lari, Blari, Schnick und Schnuck. Obwohl der Unterschied zwischen Vergangenheit, Gegenwart und Zukunft nur eine hartnäckige Illusion ist, zeigte der Zahn der Geschichte nach vielen Jahren des unaufhaltsamen Fortschritts erwartete, weniger erwartete und unerwartete Entwicklungen. 'Et bliev nix, wie et wor'.

Die Vormittagländer hatten es faustdick hinter dem Ohr. Sie entwickelten großes Geschick und wurden wahre Künstler im Schaffen von Strukturen, die ein geregeltes Zusammenleben unterschiedlichster Interessen ermöglichten. Rebellische Herrschaft und gesetzlose Willkür sollten ein für alle Mal ein Ende haben. Sie führten etwas ganz Neues ein und nannten es 'Wahlen'. Viele waren anfangs skeptisch. Wozu sollte so'n komischer Kram gut sein? Dabei durfte jeder Bürger frei entscheiden, wer die Regeln bestimmt, die für alle galten. Die erste Wahl gewann erwartungsgemäß Herr Trullersen. Kein Wunder, er war ja schließlich auch der einzige Bewerber. Ihn schmückte nun das Amt des 'Meisterbürgers'. Dafür wurde extra eine gemeinsame Partei gegründet – die Amrosische Einohrpartei für Frieden, Freiheit und Brüderlichkeit, die AEOPfFFB. Es wirkte noch etwas hölzern und nicht ganz ausgereift. Überflüssig glaubten viele, aber man übte ja auch noch. Etwas lästig und umständlich war, dass diese Wahlen regelmäßig wiederholt werden sollten. Es diente vermutlich der Gerechtigkeit. 'Naive Träumer' nannten es die einen, Demokration, Demokratur, Demokritik oder so ähnlich die anderen. Man bildete zusätzlich Vereine, die aufpassten, dass die Regeln eingehalten wurden. Deren Mitglieder trugen zur besseren Erkennbarkeit die gleichen Trikots. Wer gegen Regeln verstieß, wurde sogar bestraft. Schriftgelehrte verfassten mühselig dicke Bücher, in denen die allgemeingültigen Ge- und Verbote gesetzt wurden. Das neue Wort kam den meisten allerdings noch schwer über die Lippen: Rechtsfrieden. Alles ziemlich kompliziert, doch es funktionierte ganz gut. Selbst die Nachmittagländer fügten sich unter besonderer Beobachtung der Aufpasser den neuen Verhältnissen. Nicht unbedingt ausnahmslos und immerzu, aber sie lebten schließlich auch in ihrer eigenen vernebelten Gedankenwelt und hatten andere Interessen von eher primitivem Charakter. Jeder nach seiner Fasson. Gelebte Toleranz.

Käpt'n Colombo wurde nach seiner Entdeckung der neuen Welt zu einem prominenten und wohlhabenden Mann der besseren Gesellschaft. In den öffentlichen Bekanntmachungen las man regelmäßig seinen Namen im Zusammenhang mit Lob und Anerkennung im Überschwang. Sein Briefkasten quoll täglich über und ohne zusätzliches Personal konnten die riesigen Mengen an Fanpost und Autogrammwünschen nicht mehr bewältigt werden. Prunkvolle Denkmäler, mächtige Triumphbögen, Monumente der Bewunderung, in Bronze gegossen oder gar aus edelstem Marmorgestein kunstvoll herausgelöst, wurden zu Ehren des großen Eroberers allerorten errichtet. Kostenlose Rubbelbilder blieben ihm dafür leider verwehrt, obwohl er seine waghalsige Reise noch einige Male wiederholte. Ganz zum Nutzen der höhergestellten Gesellschaft, denn das Land auf der anderen Seite des großen Teiches offenbarte einige Schätze, die es noch vor der großflächigen Besiedelung zu plündern und in die Heimat zu überführen galt. Die Besitzverhältnisse wurden einfach neu geregelt. Den einheimischen Indistanern gefiel das nicht, aber wen interessiert schon, was diese Hottentotten da wollen?! Die haben ja keine Ahnung. Und mit ein bisschen Feuerwasser der marodierenden Söldner konnten die meisten zufrieden gestellt werden. Es geschieht schließlich alles nur zu ihrem Besten.

Smørres Glaube an den Glauben zeigte Risse. Nicht nur der Bücher-, auch der Ablasshandel der Neuzeit blühte. Missbrauch, falsche Lehren, unverhohlene Ketzereien, nicht zuletzt der unfreiwillige Verlust seines Paradieses, vor allem die Unruhen im Lande zwischen einfachem Volk und bestimmten Teilen von Geistlichkeit und gewöhnlichem Adel, ließen unseren Seelenbeistand an der Unfehlbarkeit der religiösen Gebote zweifeln. Einzig der Tag, als er seinem Freund, Bruder Martinius, die Zwecken hielt, für einen schlichten Zettel an der Kirchentür der Diözese, brachte ihm die bedingungslose Leidenschaft zurück, seinem vergötterten Gott zu dienen. Gütiger Himmel, da hatte dieser Freund mit ein paar abtrünnigen Thesen aber 'was losgetreten. So einig, wie sie in der moralischen Geisteshaltung diskutierten, so erbittert gegensätzlich war ihr Verständnis über die soziale Stellung der Hexe in der Gesellschaft. Als demütiger Diener des Herrn stand Smørre Tag für Tag bis zur völligen Erschöpfung auf dem Marktplatz und versuchte nicht nur kleine Tütchen mit heißen Maronen oder coolen Oblaten für den Klingelbeutel feilzubieten, sondern auch die Psalmen des Evangeliums aus der neuen Bibel dem gemeinen Bürgertum näher zu bringen. Das ging ganz schön auf den Rücken.

»Warum tust du dir das an?«, wurde er oft gefragt, »setz dich doch wenigstens hin.«

»Hier stehe ich, ich kann nicht anders. Amen.«

In diesem Zeitgeist der Moderne brachten die größten Veränderungen jedoch die patentierten Erfindungen Hexe Schnatterzahns mit sich. Die eigentlich längst überfälligen Studien zur Entschlüsselung der lurchschen Tischmanieren in Südkombadscha wurden schwersten Herzens anderen überlassen. Der Verkauf von Erdenluft in Dosen zum Sonderpreis und pfandfrei war ein Flop. Aber ihre automatische Kräutererntemaschine mit windunterstütztem Solarantrieb ermöglichte einen effizienten Im- und Export heimischer Pflanzen- und Heilmittel im großen Stil. Selbst unsere bescheidene Hexe erlag am Ende doch den Verlockungen des Geldes, der Amros, weil sie entdeckte, dass man mit den Penunsen auf der hellen Seite der Macht auch viel Gutes tun kann. Der Konzern florierte. Am Aktienkapitalmarkt der mittelländischen Börse schossen die Kurse des Global Player durch die Decke. Die Broker in den Aufsichtsräten der Investmentgesellschaften waren zufrieden mit dem Netto-Cash-Flow ihrer Dividenden und Optionsscheinzertifikaten im Volumen-Geschäft. 'Magic Snaddertooth & Company' leuchtete in großen Lettern über dem neuen Hutzelhaus aus Stahl und Glas. Destination: 38 Main Street, Lunchland, c/o Queen of Kingdom. Im General Management führte sie als Chief Executive Officer den Konzern. 'CEO Schnatterzahn' stand an ihrer Bürotür, ganz oben, in der Spitze des Hutzelhauses, im einunddreißigsten Stock. Die bodentiefe Glasfront bot in diesem neuen vollklimatisierten, urbanen Leben einen traumhaften Blick über die pulsierenden Häuserschluchten der City und über das ganze Mittagland. Gerade war sie auf dem Weg zu einem Face-to-Face Meeting mit dem Ressort für Public Relations zur Planung ihrer nächsten Promotion-Tour. Headline: "Feel the next Generation". Indoor-Brainstorming der local Teamplayer. Why not? Danach noch ein bisschen Input vom Instructor der Corporate Academy, ein letzter Post für heute in ihrem Social-Media-Account, und dann endlich Time-Out, nach sechzehn Stunden Workflow. Hard Job for a tough Girlie.

Auch Rolf wurde in den erweiterten Vorstand des Unternehmens gewählt. Er sorgte in seiner Funktion des Global Security Commissioner mit einem grollenden Knurren für Sicherheit. Gefährlich sah er aus in seiner schnieken Sheriff-Uniform mit den glitzernden Rangabzeichen auf der Brust. Sogar Kater trug große Verantwortung für den Erfolg des Betriebes. Als freizeitorientierter Experte für Entschleunigung supportete er in einer Win-Win-Situation auf dem Posten des DSI, des Deep Sleep Inspectors, in der Chill- and Fun-Area. Weit entfernt von der erlebnisorientierten Sportsbar. Eine irre Maloche. Trotzdem zutiefst glücklich, weil jemand ganz oldschool bis zum Feierabend zu Hause auf ihn wartete. Als nicht ganz unwesentliches Hemmnis der Expansion zeigte sich anfangs die schwächelnde Versandlogistik der Post. Doch ein altbekannter Postmann, der nun zeitgemäß 'Mail Optimizing Coordinator' genannt wurde, was aber eigentlich das gleiche war, hatte in seinem kleinen Kabäuschen hinter dem immer noch grau verstaubten Vorhang im Central-Post-Office einen pfiffigen Ideenwirbel und löste das Problem durch eine ausgeklügelte, standardisierte Verfahrensoptimierung mit einem innovativen Marketing-Konzept. Er engagierte eine dritte Schnecke. In Teilzeit. Kurz vor Beginn der Mutterschutzfrist. Danach noch Elternzeit, Arbeitsbefreiungstag, Krankschreibung, Wiedereingliederungsmaßnahme, Warnstreik sowie Sonder-, Erholungs- und nicht zu vergessen, der Schichtdienstzusatzurlaub. Aber dann, dem Amtsschimmel sei Dank, ging die Post ab.

Eine ganze Armee von Schnecken hätte dagegen leider nicht gereicht, um für alle Fernsprechapparatbesitzer endlich einen werbefreien, erträglichen und seriösen Anschluss zu erfinden. Gerne mit echten Ansprechpartnern bei kleineren oder größeren Schwierigkeiten mit der anspruchsvollen Technik. Es scheint ein Widerspruch in sich zu sein. Ein Paradoxon Faszinosum. Oder blöder Mist. Oder beides. Die gewieftesten Gelehrten tüftelten und verzweifelten reihenweise an einer Lösung des Übels dieser zweifelhaften zivilisatorischen Errungenschaft. Gegen solch eine Plage ist kein Kraut gewachsen. Es wird wohl für alle Zeit eine unliebsame Geißel der Kommunikation bleiben. Bullshit!

Mehr Erfolg hatte die Weiterentwicklung von Schnatterzahns komplexer Mixtur der Kartoffelgelbfleischstäbchen. Nachdem lästige Vitamine und Nährstoffe in einem komplizierten chemischen Verfahren mühsam extrahiert wurden, traten diese unscheinbaren, kleinen Pömmse ihren Siegeszug weit über das Mittagland hinaus an und waren seitdem in aller Munde. Entweder mit scharf oder extra Majo, zum Mitnehmen oder Gleichhieressen. Ob es der Volksgesundheit diente, musste noch genauer untersucht werden. Aber wie? Vielleicht mithilfe von Telefonumfragen?

Ein anderer großer Verkaufsschlager Schnatterzahns: Ihr neues, denkbar simples und todsicheres Kräuterrezept gegen Krampfadern und Cellulite. Nicht nur für jungfräuliche

Töchter in Canterbury-Hall. Einzige Nebenwirkung: Man war für immer zum Schlanksein verdammt. Zur Herstellung dieses Wundermittels benötigt man lediglich eine kleine Prise von … wie heißt es nochmal?, gemischt mit diesem … jetzt fällt mir der Name nicht ein, dazu eine Winzigkeit von jenem … Dingsbums … verdammt, wo ist denn das Rezept? Weiß der Kuckuck. Glaub', ich hab's verschludert. Pustekuchen. Ach, was solls, da grunzt kein Schwein nach, wen interessiert das schon?! Die genaue Zusammensetzung der Mixtur ganz bestimmt im nächsten Buch.

Denn schließlich ist noch zu berichten von der wichtigsten epochalen Erfindung der Neuzeit, von Schnatterzahns Hexenbesen mit Luftantrieb für jedermann. Ertüftelt mit den ausgeklügelsten technischen Raffinessen. Das Ding hatte sogar ordentlich Bumms unter der Haube. Wichtig dabei, der Charakter möge immer stärker als die Maschine sein. Ihr glorreiches Geniestück, anfangs von Ewiggestrigen als pötternde Nuckelpinne verschrien, hatte die Abschaffung dieser lauten, stinkenden, gefährlichen und ungesunden Fortbewegungsmittel aller Art zur willkommenen Folge. Die Welt atmete auf. Der Zukunft blieb einiges erspart. Sämtliche Straßen konnten abgerissen, der Natur ihre Flächen zurückgegeben werden. Sie wurden von der Wildnis dankbar verschlungen.

Unaufhaltsame Veränderungen, mit großen Auswirkungen auf jeden. Auch auf einen kleinen Lemming, der den Lauf der Geschichte aus seinem Versteck im dichten Dickicht scheu beobachtete. Er fürchtete jeglichen Fortschritt und suchte lieber schleunigst sein Heil in der Flucht. Vielleicht hat er recht. Vielleicht sollte man die Zukunft mit Skepsis betrachten. Vielleicht werden Schwarzmaler, Bedenkenträger und Unkenrufer die Welt erobern, mit ihrem Missmut, den sie in den Köpfen säen, und dem Verdruss, den andere ernten müssen.

Doch seht, liebe kleine und große Kinder, seht genau hin, dort ist sie: Hexe Schnatterzahn, wie sie leibt und lebt. Aber keine Angst, habt Vertrauen, sie wird's schon richten. Sie und all jene, die von den Sehnsüchten getrieben imstande sind, die Dinge zum Guten zu wenden. Die da draußen das Glück tief in die Herzen der Menschen pflanzen. Die auch in schweren Zeiten des Kummers und der Sorge, ganz viel Zuversicht, Trost und Hoffnung spenden. Durch den respektvollen Umgang miteinander, durch ihre selbstlose Hilfsbereitschaft und aufrichtige Zuwendung. Lassen wir uns anstecken von dem Mut und der Lebensfreude. Denn die Welt und ihre Menschen sind nicht herzlos und böse, nein, das sind sie nicht. Sie sind voller Hingabe und voller Leidenschaft. Sie sind voller Liebe.

Es gibt unendlich viele, unerklärliche Dinge zwischen Himmel und Erde, aber seid euch sicher, eins ist gewiss:
Das Gute wird am Ende immer siegen.

Personenverzeichnis

Schnatterzahn - Hexe
Kater - Kater, Freund und Mitbewohner Schnatterzahns
Rolf - Wolf, Freund und Mitbewohner Schnatterzahns

Lemming - Lemming, ängstlich

Prinzessin Schnuckelfee - Mutter Schnatterzahns, Elfenkönigin
Alfred Göbel-Meierhoff (Piesel-Backe) - Vater Schnatterzahns, Pirat
Rosemarie - Schwester Schnatterzahns

Karl Huusen - Hexenhausmeister
Sigrid Huusen - Karls Frau, Küchenmeisterin der Hexenschule
Freya - Hexenschülerin, Spuckeschwester Schnatterzahns
Brim Borium - Direktor der Hexenschule
Herr Runkelbein - Lehrer der Hexenschule
Herr Hasenfuß - Kommissar

Käpt'n Colombo - Kapitän der Santa Marianne
Smørre - Smutje, Geistlicher und Freund Katers
Suzette Bardot - Freundin Katers

Familie Trullersen - Vormittagländer
Krampfader-Paule alias ... - Anführer der Nachmittagländer
Hans Wurst - Nachmittagländer, Meutenführer
Zofe - Vertraute am Elfenkönigshof
Ottokar Fischschnabel - Kutscher
Werner und Erna Wolfersen - Rolfs Eltern

Seite 109: Jedem Anfang wohnt ein Zauber inne, der uns beschützt und der uns hilft, zu leben. Hermann Hesse

Seite 173: Dumme Gedanken hat jeder, aber der Weise verschweigt sie. Wilhelm Busch

Seite 218: Jetzt ist die Zeit, ... und uns die Hand reichen. Martin Luther King

Seite 227: Das Schwarze sind die Buchstaben. Heinz Erhardt

Seite 243: Der Unterschied zwischen Vergangenheit, Gegenwart und Zukunft ist nur eine Illusion, wenn auch eine hartnäckige. Albert Einstein